ブービージョッキー!!
Booby Jockey!!
有丈ほえる
イラスト Nardack

★ セイライッシキ ★
聖来の連れてきたサラブレッド。
2歳。
★ 美作聖来《みまさかせいら》 ★
セイライッシキの馬主。
22歳。
★ 風早颯太《かざはやそうた》 ★
美浦《みほ》トレーニング
センターで
働く騎手。19歳。

「おしごとはじめましょー！」
キアラ・クルトゥワ
イギリスから留学中の厩務員《きゅうむいん》。18歳。

「ごめんなさい。
起こしちゃいましたか？」

馬体を併せての壮絶な追い比べ――
先頭がセイライッシキとパウンドペルソナの
首のあげさげで目まぐるしく入れ替わる。

氷室凌馬《ひむろりょうま》
栗東《りっとう》トレーニング
センター所属の騎手。
颯太の同期。
両雄、肉弾戦といっていいほど接近していた。
馬が一騎打ちを望んだかのように。

CONTENTS

ブービージョッキー!!

有丈ほえる

GA文庫

カバー・口絵・本文イラスト
Nardack

プロローグ　ゲートイン！

「セーラ、いっせんまんえんあったら、なににつかいますかー？」

リビングからカタコトジャパニーズが聞こえてきて、キッチンで飲み物を用意していた風早《かざはや》颯太《そうた》は頰《ほお》をほころばせた。

「むぅ、1000万円ですか。キアラちゃんは、難しい質問をしますね。えーと――」

答えたのは、絵本を読み聞かせるようなヒーリングボイス。

味見のためティーカップを傾けていた颯太は、楽しげなガールズトークに耳を澄ます――なんて答えるんだろう？　旅行とかショッピングかな？

「種付けですね！」

紅茶噴いた。

「ｗｏｗ！　おそろいでーす！　ワタシも、タネツケとおもてましたー！」

「ですよね！　では、1000万円で種付けをお願いするお父さんを選んでみませんか⁉」

「おもしろそーでーす！　やりましょー、やりましょー！」

話があらぬ方向に転がっていくのを耳にして、颯太は絶句してしまう――これが、噂《うわさ》に聞く妊活ですかぁぁ!?

「このお父さんなら体格のいい子が生まれる」とか、「このお父さんからは大器晩成の子がでやすい」とかトークが今日イチの盛りあがりを見せたので、じっとしていられなくなった颯太は紅茶を乗せたトレイを手にリビングへ駆けこんだ。

目に飛びこんできたのは、ソファに座った二人の女の子が和気あいあいと種牡馬《しゅぼば》のカタログをながめている光景。

今さらながら、颯太は思いだす——二人とも、心からサラブレッドを愛する人であることを。

「あっ！　颯太くんは、どんな血統が好みですか？」

「ソータ！　ワタシに、むつかしいカンジをよんでほしいでーす！」

保育士さんのような雰囲気をまとう超絶美人のお姉さんと、ブロンドヘアをなびかせるイギリス産傑作美少女が笑顔を浮かべてふり返る——ま、まぶしい！

「馬の話だったんですね、びっくりしましたよ」

颯太は胸を撫《な》でおろしながら紅茶をテーブルにおく——一緒の時間を過ごしているうちに、自然と誰《だれ》がどのカップを使うのか定まった。

そう、颯太は訳あってこんな女神のようなお姉さんと、天使みたいな金髪美少女の二人と同棲《どうせい》している。

そんな男の夢みたいな縁を運んできてくれたのは、サ、ラ、ブ、レ、ッ、ド、の、お、姫、さ、ま、だった。

「あぁ、いつかセイライイッシキの血を受け継いだ子供たちが、競馬場を走る日がくるかもしれないと思うと胸が熱くなりますね……!!」

「ｏｈ！　それはバヌシにとって、きゅーきょくのロマンですねー！」

セイライイッシキ――馬主である美作聖来《みまさかせいら》の所有馬であり、イギリス人厩務員《きゅうむいん》のキアラ・クルトゥワがお世話しているサラブレッドでもあり、そして、神さまが計らったように風早颯太へ騎乗依頼が舞いこんだ競走馬の名だ。

この物語は、まずはそこから語らねばならない。

でも、その前に覚えてほしいことが一つだけ。

風早颯太、１９歳。職業はＪＲＡ《日本中央競馬会》所属のジョッキーだ。

第1R サラブレッドの王国

真夜中と勘違いするような明け方。

外灯が頼りなげに照らす道を、颯太《そうた》は眠い目をこすりつつ歩いていた。

朝帰りをしているわけじゃない。むしろ、その逆――出勤しているのだ。

道すがら、秋の虫の音がちらほら耳につくようになってきた8月の終わり。

ここは茨城県、稲敷郡《いなしきぐん》美浦村《みほむら》大字《おおあざ》美駒《みこま》――競馬ファンなら、この住所だけでぴんとくる人もいるかもしれない。

その時、眠気を吹き飛ばすようにサイレンが鳴り渡った。

普通だったら火事か、はたまた地震かと身構えるところだけど、颯太はまったく異なるものの襲来に備えていた。

ザパッ、ザパッ、ザパッ――砂地を踏みつける足音。どんどん近づいてくる。

一瞬、夜が艶《つや》やかな毛並みをもって身じろいだようだった。

暗闇《くらやみ》から浮かびあがったのは細い血管が走る首筋、黒鹿毛《くろかげ》のたてがみ、そして、彼らの命であるしなやかな四肢。

あらゆる生き物の中で、神さまから最も優美なシルエットを授《さず》かった動物――サラブレッドが砂地を蹴散《けち》らして駆けてくるのだ！

サラブレッドの王国、美浦《みほ》トレーニングセンター。通称、美浦トレセン。

ここでのサイレンの意味は馬の脱走、すなわち放馬。

イコール、遭遇した人間は体を張って止めなければならない――たとえ、体重600キロにも達してそうな重戦車級のお馬さんであろうとも！

「す、ストップ‼　ストォォォォップ‼」

颯太は半ばやけっぱちになって馬の行く手をさえぎる――もうね、高速道路で車に身を投げだす感覚に近い。おしっことか余裕でもれちゃいそうになります。

颯太に気付いた黒鹿毛の馬は、首を持ちあげて前進気勢をゆるめた――ブルドーザーのようだった前肢の回転が鈍る。

馬の歩法にはいくつか種類があって、ゆったり歩く常足《なみあし》（ウォーク）、二拍子で足を運ぶ速足《はやあし》（トロット）、「パカラッ、パカラッ」と三拍子のリズムを刻む駈足《かけあし》（キャンター）、そして、全力疾走を襲歩《しゅうほ》（ギャロップ）という。

キャンターからトロットに移行した黒鹿毛の馬は、尻《しり》を見せるように方向転換した。

本気になったら人間を吹き飛ばせるくらいの馬格《ばかく》があるのに、そうしないところがかわいい――体の大きい馬には、優しい子が多いもんな。

美浦トレセンには、いたるところにラチ（柵）が張り巡らされているので、それを利用して黒鹿毛の馬を追いこんでいく。

やがて、観念したらしく常足もやめて立ち止まった——尻尾《しっぽ》を落ち着きなく揺すりながら、こちらをうかがうつぶらな瞳《ひとみ》は「怖くしないで」とでもいいたげだ。

効果のほどはわからないけど、颯太は微笑《ほほえ》みながら歩み寄る。

サラブレッドに近づく際は、後ろからではなく側面からが鉄則。

馬の視野はとても広くて真後ろ以外は見えているから、背後から接近すると急に誰《だれ》かが現れたと思ってびっくりしてしまう——あっちいけキックをもらっても文句はいえない。

馬も人も仲良くなるためには、マナーが大事。超大事。

颯太は左の側面にポジションをとり、空の手綱を握った。

「つーかまえた。お前、どこの子だ？」

語りかけながら、視線の高さにある馬の鼻に手のひらを寄せる。

自分のにおいを覚えてもらう初めましてのスキンシップ——ふがふがと開いたり閉じたりする少し湿った鼻穴の感触がくすぐったい。馬の吐息は、草原の香りがして大好きだ。

うっとりするほどすべらかな毛並みで覆《おお》われた首筋を愛撫《あいぶ》する——エッチな意味じゃありませんよ、優しく撫《な》でてあげるんです。

そうしながら、颯太は馬体を確認した。

顔には手綱と一体化した頭絡《とうらく》を装着、背中にはゼッケンと鞍《くら》が乗せられ、騎乗の際に足をかける鐙《あぶみ》がぶらさがっている。四脚には保護バンテージが巻かれていた。

――あぁ、朝調教へ向かう途中に放馬したんだろうなぁ。わかりみが深い。

「馬だって通勤は憂鬱《ゆううつ》だよなぁ」

颯太が円を描くように歩きだすと、黒鹿毛の馬もそれに従って常足を始めた。目を凝らして、ぎこちないところがないか歩様を確かめる。

「よかった、怪我《けが》はなさそうだ――ん？」

違和感に首を傾《かし》げる――歩き方が妙に縮こまっているのだ。

視線をあげると、黒真珠のような瞳がなにかを訴えるようにこちらを見おろしていた。

「……よし、ちょっと乗せてな」

颯太は手綱を持ったままの手で、たてがみをつかむ。

鐙に左足を引っかけ、手綱を持っていない方の手は鞍へかける。その状態で地面を右足で蹴って体を引きあげた。

左の鐙に全体重がかかっているため、馬がふらつきそうになる――このままじゃ迷惑だ。すぐ、宙ぶらりんの右足で馬体をまたぐ。

右足も鐙にかけ、鞍に腰を落ち着かせる。お尻の位置を調整してベスポジ確保。

騎乗完了――高くなった視線に馬の首筋が伸びる。颯太は「乗せてくれてありがとう」の意を示すためにたてがみを撫でた。

馬に動作を促すには、乗り手が「扶助《ふじょ》」というサインを送ってあげる必要がある。

颯太は腰をぐいと前に押しだした――その動きを察知して、黒鹿毛の馬は歩きだす。

――やっぱり……。

体の使い方が固い。まるで、無理やり型にはめこんだような歩様だ。

乗り手の顔色をうかがうように耳が忙《せわ》しなく動き、時折、自分の身を守ろうとするみたいに手綱を引いてくる。

サラブレッドという生き物は騎乗すると過去を語りかけてくる――言葉ではなく背中で。

――そっか。そういうふうにしろっていわれたんだな。

「だけど、俺《おれ》はもっとのびのび歩いた方がいいと思うんだけどな」

馬を立ち止まらせ、手綱をあまらせて握る――それは、リスクを受け入れてパートナーに自由を与えるということだ。

再び、常足で歩かせる。相変わらず、ぎくしゃくした歩様。

颯太の判断は早かった――すぐに、拳《こぶし》一つ分手綱を引いてブレーキを指示する。

馬をガソリンで動く乗り物みたいにあつかうのはナンセンスだ――サラブレッドには心と思考が備わっている。だからこそ、なにが違ったんだろうと考えてもらうことが大事だ。

十分な間をとってから再発進――すると、黒鹿毛の馬はまだためらいを残しながらも、縮こまっていた脚を思いきりよく前へ送りだした。

——そう！　その調子！

その勇気を無駄にしないため、颯太は絶対に手綱を引かない。

馬の動きを肯定しつつ追随する——ただ、それだけに持てる技術を総動員する。

いつの間にか、颯太はびっしょりと汗をかいていた。サラブレッドのぴんと張った薄い皮膚にも、光るものがにじみ始める。

鞍の下で背中の筋肉が隆起し、波のごとくスムーズに力が伝達されていくのがわかった。

颯太はほっと息をつく——もう大丈夫。全身を使って歩けている。

「ほら、お前はできる子なんだぞ！　もっと自信持ってな！」

馬の首をよしよしと愛撫していると、視界の隅にこちらへ駆けてくる人影が映った。

きっと、この子のお世話をしている厩務員《きゅうむいん》さんだ——颯太は慌てて下馬する。

「す、すみません！　そいつ、つかまえてもらったんですね！」

「いえ、こっちこそすみません。勝手に騎乗してしまって——」

妙に熱がこもった眼差《まなざ》しを注《そそ》がれていることに気付いて颯太は口ごもる。

「あ、あの、風早《かざはや》騎手ですよね⁉　今年、日本ダービーを勝った！　握手いいすか？」

苦笑しながら、颯太は握手に応じた——俺の偽物《にせもの》とか全然、食っていけなそうだな。

すると、遠くで砂煙があがってぞっとする——あいつらが聞きつけたのだ！

「風早だと⁉　しかも、一緒にいるのは金武《かなたけ》のところの馬じゃないぞ！」

「よし、記事の一つでも埋まるかもしれん！　包囲するぞ！　逃がすなよ！」

開戦のごとく突撃してくるのは、取材に励む競馬メディアの記者たちだった――互いに競馬サークルという限られた世界に生息している人間だから、見知った顔もちらほらいる。

油断するとへの字に歪《ゆが》みそうな口角を吊《つ》りあげて、颯太は取材応対用の笑顔をつくった
――にこにこ。

「風早騎手！　日本ダービーを勝った後、連敗が続いてますが調子はどうですか⁉」

「連敗中なんだから、よくないんじゃないですか」

にこにこ。

「騎乗したインコロナートが故障した件については、いかがでしょう⁉」

「そ、それについては以前、謝罪した通りです」

に、にこにこ。

「最近、引退が噂《うわさ》されていますが次戦の予定は⁉」

「こ、コメントできません」

に、にこにこ……。

「ブ、ブービージョッキーと呼ばれている現状を、どうお考えでしょう⁉」

にこにこ……できるかぁぁぁぁぁ⁉

「ブービージョッキーってのは、あんたらがいいだしたことだろがぁぁ‼」

颯太はたまりにたまった必殺技ゲージを全消費する勢いで、記者へつかみかかった。

「な、なんだ、こいつ⁉　逆切れしやがった！」

「上等だ！　チビのひょろがりジョッキーなんざ、小指で片づけてやる！」

「小さいのも、痩《や》せてるのもジョッキーにとっちゃ立派な才能だぁぁ‼」

まだ日ものぼらない美浦トレセンに、世にも醜い大乱闘のゴングが鳴り響く。

もみくちゃになりながらも、颯太の脳裏《のうり》には過去の情景がよみがえっていた。

初夏の府中《ふちゅう》、東京競馬場――そこで、颯太は日本ダービーを勝った。

日本ダービーとは、JRAが開催するレースの中で最も格式高いGⅠ《グレードワン》に位置づけられる重賞競走だ。最強のサラブレッドと、百戦錬磨のジョッキーがぶつかり合う日本競馬の最高峰――本当なら、そんな大舞台にデビュー2年目の颯太が出走できるはずもなかった。

しかし、インコロナートという1番人気の馬に騎乗する予定だったスタージョッキーが、直前で大怪我を負ってしまったのだ。

ただちに、乗り替わりの騎手が求められた。

この日、神さまは馬券予想に必死で運命の輪をないがしろにしておいたに違いない――インコロナートの騎乗依頼がやってきたのは、よりにもよって颯太だったのだから。

現実に頭が追いつかないまま、颯太はインコロナートを駆って1着でゴールしていた――

どう乗ったのかは覚えていない。ただ、無我夢中で背中にしがみついていた。

イタリア語で「戴冠《たいかん》」という名を授かったサラブレッドは、その日、本当に王冠を戴《いただ》いてダービー馬となった。

そして、ダービーを勝った騎手も、「ダービージョッキー」として讃《たた》えられる。

騎手なら誰しもが夢にまで見る最高のタイトル。ある有名な騎手が口にしていた――ダービーを勝てたらジョッキーを辞めてもいいと。

信じられなかった。自分がそのダービージョッキーになれたのだ。しかも日本競馬史上、最年少で。

だけど、幸せの絶頂も長くは続かなかった――レース後、インコロナートが脚を痛めたことが発覚したのだ。怪我の原因は、限界を超えたラストスパートによるものだとされた。

後日、レース映像を見返した颯太は愕然《がくぜん》としてしまう――鬼の形相をした自分が、インコロナートの馬体を痛めつけるように何度もステッキを入れていたのだから。

ぱったり勝てなくなったのは、それからだ。

真っ逆さまに落ちぶれていく颯太を、いつしかマスコミは面白《おもしろ》がってダービージョッキーに引っかけてこう呼ぶようになった。
ブ、ブ、ブービージョ、ジョ、ジョッキーと――こんな屈辱ありますかぁぁぁぁ!?
颯太がオジサマたちと修羅場っていると、元気いっぱいなソプラノが聞こえてきた。

「あっ、ソータ！　ここにいましたかー！　たくさんさがしましたー！」

――こ、このキュートなわちゃわちゃジャパニーズは⁉

「き、キアラちゃん⁉」

「うぃうぃ！　ソータ、ワタシはここですよー！」

名前を呼んでもらって喜ぶ子犬みたいに、手をふりふりするのは美浦の天使だった。

彼女の名前は、キアラ・クルトゥワ――イギリスから日本に留学し、美浦トレセンで厩務員を務める18歳の女の子だ。

はちみつを練りこんだような金髪と澄んだ碧眼《へきがん》が、まだあどけなさが残るアイドルフェイスを際立《きわだ》たせている。しかも、日に当たればすぐ赤くなる色白さんで、とどめにナイスバディという暴力的な完備ぶり――おいおい、三冠牝馬《ひんば》かよ。

そんな奇跡が服を着て歩いているような存在なのに、ちっともお高くとまったところがなく、誰にでも人懐《ひとなつ》っこいというのだから天使という他ない。

記者たちはとっくに颯太への興味を失《な》くし、美浦の天使を写真におさめまくっていた。

サービス精神旺盛なキアラは、「おうまとおなじくらい、きれいにとってくださーい！」とくるくるポーズをとる――なんだこの、夏の有明で見られそうな光景は⁉

「ソータ、オツトメがはじまってしまいまーす！　いそがねばー！」

「え、ええ⁉　もうそんな時間なの⁉　キアラちゃん、いこう！」

COTTON
CANDY

颯太が駆けだすと、黒鹿毛の馬を引く厩務員の驚く顔が視界の隅に映った。

「お前、いつからこんな深く踏みこんで歩けるようになったんだ……!!」

馬が褒められると、自分のことのように嬉《うれ》しい。

だからこそ、インコロナートを壊してしまった過ちを許すことができなかった。

――俺はここにいていい人間なのかな?

もう何度目になるかわからない自問を、颯太はまた一つ繰り返した。


美浦トレセンという場所は、一般の人からすると異世界のように映るだろう。

ここは、東日本の競馬場を主戦場にする競走馬たちの前線基地だ。

東京ドーム48個分という広大な土地に、常時2000頭を超えるサラブレッドがレースに向けて日々調教を積んでいる。敷地内にはサラブレッドのために馬道やラチが無数につくられ、舗装道路には「馬優先」という標識が当たり前のように立っている。

そういうわけで、ここではサラブレッドが道路を横断するのを、車が辛抱強く待つという光景が日常的に繰り広げられる――あらゆる意味で馬ファーストな世界なのだ。

さらに、美浦トレセンには職員の宿舎はもちろん、敷地内にスーパーマーケットや病院まで併設されている――一つの施設というより、ホースマンの街みたいな様相だ。

ちなみに、関西には滋賀県に同規模の施設があり、そちらは栗東《りっとう》トレセンと呼ばれる。

颯太とキアラは息を切らして走り続け、厩舎《きゅうしゃ》エリアに辿《たど》り着いていた。

「ソータ、はやく、はやく！　いそいでくださーい！」

「わ、わかってるって！」

やたら巨大なたぬきの置物のお出迎えを受けながら厩舎の敷地に入る――他抜《たぬ》きとして縁起がいいからとおかれたこいつは、金武厩舎の守り神だ。

事務所、厩舎、洗い場の3棟でコの字に囲まれた中庭には、スタッフたちがぽつぽつと集まり始めていた――ぎ、ぎりぎり間に合ったぁ……。

「あぁ、颯太くん、きていたのですね」

「せ、先生、おはようございます！」

颯太の挨拶《あいさつ》にサンタさんみたいに笑うのは、髪もひげも白に染まった老紳士だった。

彼の名前は、金武清十郎《せいじゅうろう》――金武厩舎を預かる調教師だ。

昔は管理馬にスパルタ調教を課すことから「美浦の鬼」なんて恐れられていたらしいけど、御年68歳になった今じゃすっかり好々爺《こうこうや》になって、颯太にはぷるぷるしながら日向ぼっこをしているイメージしかない。

しかし、馬を走らせる技術は衰え知らずで、いまだ一線級の古強者だ。

すると、颯太の目が清十郎の服装に、おびただしい数の異常を認めた。

「せ、先生、その格好……」

「私の服がどうかしましたか？」

清十郎は動きやすそうな服装の上から防護性の高いジョッキーベストを羽織《はお》っていた。しかも、ヘルメットまで装着済み——完全に、自ら調教にでるつもりでいらっしゃる！

趣味の乗馬ならともかく、70歳近い老人が現役《げんえき》バリバリの競走馬にまたがって調教をつける光景なんてもはやホラーだ。見ているこっちの寿命が縮む。

普通、年齢を重ねた調教師はマネジメント業に徹して、騎乗などの力仕事は若手に任せるものだけど、清十郎は筋金入りの馬好きのため今でも隙《すき》あらば管理馬にまたがろうとする。

そういうわけで、金武厩舎のスタッフたちは清十郎が暴走しないように仕事の手を抜けないのであった——実に、斬新な職場の引きしめ手法である。

特に、遅刻なんてもっての外だ。「人手が足りませんねぇ」なんて鼻歌交じりでつぶやきながら、意気揚々と調教にでかけかねない——実際、今まさにそうなりかけてますし。

脳内が勝手に「それが清十郎を見た最後の姿だった」という不吉なテロップを流したので、颯太は慌ててフォローに入る。

「調教をつけるのは俺たちの仕事です！　ひっ——」

「ひ？　ひってなんですかー、ソータ？」

キアラから無邪気に指摘されて、颯太はのどまででかかった言葉をのみこむ——っぶねぇ！

ナチュラルに「引っこんでてください」って口走るところだったぁ！

「ひ、ひ、必要ありません！　先生がでる！」

「ｏｈ……。ソータ、ニホンゴへたくそですねー」

テンパるあまり外国人にツッコまれるレベルで壊滅的な倒置法を披露する颯太——だけど、幸いなことに、お人好《ひとよ》しな清十郎は納得してくれたようだ。

「仕方ありません。老兵はでしゃばらず、颯太くんたちにお任せしましょう」

ちょっとかわいそうだけど、それ以上に颯太は胸を撫でおろす——先生の身に万一のことがあったら、厩舎が立ちいかなくなっちゃうもんな。

そうこうするうちに、軒下のスピーカーから音楽がかかった。

時刻は午前3時を回ろうとしている——金武厩舎名物、真夜中のラジオ体操だ。これで体をほぐしてから、仕事に取りかかる決まりになっている。

今、中庭に集まっているのが金武厩舎に所属する全スタッフだ。

そして、当然ながら一人ひとりの役割も違ってくる。

まず、厩舎のトップを務めるのが調教師——その仕事の実態は「馬主から馬を預かり、調教で鍛え、レースで勝たせる」という一言に尽きる。

だけど、調教師一人だけじゃ馬を鍛えることはできない。だからこそ、颯太やキアラがいるのだ。

現在、金武厩舎には馬のお世話をする厩務員が１０名、調教の補佐をする調教助手が2名、そして、所属騎手である颯太——清十郎の部下として計13名が働いている。

細かい話をすると、キアラは厩務員でありながら調教をつけることもできるので「持ち乗り調教助手」という少し変わったポストに就いているのだけど、それはさておき。

調教師は馬の預託料やレースの賞金で厩舎を運営しながら、スタッフに給与を払っている——厩舎とは、調教師を社長とする一つの会社みたいなものなのだ。

美浦と栗東を合わせれば約２００もの厩舎が犇《ひし》めき、管理馬をレースで勝たせるべく日夜鎬《しのぎ》を削っている——まさに弱肉強食の世界の中、金武厩舎は立派に看板を守ってきた。

ラジオ体操が終わると、キアラが真っ先に声をあげる。

「テキ、おしごとはじめましょー！　ワタシ、はやくおうまをさわりたいでーす！」

「では、今日も馬ファーストで仕事に取りかかりましょうか」

ちなみに、キアラは清十郎のことを「テキ」と呼ぶ。

調教師の古い俗称で今の主流は「先生」だけど、キアラはいたく気に入ったらしく愛用している——なんでも、日本で読んだ競馬マンガの影響だそうな。

「おまかせあれー！　ソータ、ソータ！　ばぼうにまいりましょー！」

「わ、わかったから！　少し落ち着こうな、キアラちゃん！」

——イレコミの強い馬はレースで敬遠されますよ！

キアラに手を引かれ、颯太はつんのめりながら駆けだす。

そんな気配を察してか、厩舎の方からいくつものいななきが聞こえてきた。

宝石よりも高価で美しい命――サラブレッドが俺たちを待っている。

「とうー！　みなさん、おはようごじゃまーす！」

わちゃわちゃジャパニーズを炸裂《さくれつ》させて、キアラが厩舎の扉を開け放った。

薄暗い室内の空気には、生物の発する独特なにおいとぬくみが混じっている。

中に入って、まず目に映るのは真《ま》っ直《す》ぐ伸びる広々とした廊下。

その両脇《りょうわき》には、7畳ほどの部屋が対面するように設えられていた――あれが馬房だ。

「でんき、つけますねー！」

「あぁ、頼む、キアラちゃん」

ぱっと明るくなった視界に映ったのは手前から一番奥の馬房まで、アピールするように廊下側へ首を伸ばすサラブレッドだった。

急にまぶしくなって、どの子もつぶらな瞳を超速しぱしぱしている――んもう、めっちゃかわいい。

厩舎で働いていて、この光景が一番のお気に入りである颯太はほっこりしてしまった。

金武厩舎では、一人につき二頭の担当馬が割り当てられていて重点的にお世話をしている。

さぁ、仕事の始まりだ――まどろむような静けさに包まれていた厩舎がにわかに活気づく。

颯太は仕事道具を手に、さっそく担当馬のうちの一頭の馬房へ入っていった。

馬房の床は、寝わらが敷かれているのでベッドみたいにふかふかだ——といっても、馬は立って寝るから、めったに横になることはないのだけど。

「おはよう、パス子。いい朝だな」

颯太がやってきてそわそわしているこの子の名前はパスコード——だから、愛称パス子。

4歳になるクリーム色の毛色（芦毛《あしげ》）を生まれ持った牝馬だ——ちなみにメスが牝馬なら、オスは牡馬《ぼば》といいます。

颯太はパス子の横に立つと、尻尾をつかんで肛門に体温計を挿しこんだ。

「うん、37・5度と。元気、元気」

こんなふうに馬の平均体温は、人間より若干高い。

競馬学校の同期から聞いた話だと、牧場生まれの子は学校を休みたい日は馬のお尻に体温計を挿して「母さん、熱あるー」と見せるのが仮病工作の常とう手段だそうな——マジかいな。

颯太は、パス子の馬体に異常がないか確認する。特に、競走馬の命である脚元は念入りに観察しなければならない。

四肢を一本ずつ持ちあげて、蹄の裏に打ちつけたサラブレッドにとってのシューズ——蹄鉄《ていてつ》が外れそうになってないかも忘れずに。

次に、颯太が取りかかったのは馬房清掃だった。

物干し竿《ざお》ほどの長さがある農業用フォークを構えて、寝わらと向かい合う。

そして、きれいなわらと、馬のおしっこで汚れたわらを選《よ》り分けていった。

少しだけ汚れたわらは天日干しにして再利用するので、馬房の外に運びだして山にしておく。もう使えそうにないものは廃棄だ。

面白いのが馬の性格によって馬房の使い方が全然違っていて、無頓着な子は部屋のどこにでもおしっこをふりまくから掃除をする範囲が広くなる。

パス子はその対極で「トイレはここ！」と決めているので、汚れる場所が大体定まっていて世話役にとってはありがたい。ただし——

おしっこの一点集中を受けた寝わらをフォークでつつくと、にわかにアンモニアの激臭が立ちのぼる——ひゃー！　目に染《し》みるー！

どういうわけか、傍目《はため》には厩舎の仕事というのは牧歌的に映るらしいけど颯太は声を大にしていいたい——ぜっんぜん、そんなことないから（迫真）。

尿を吸ったわらは本当に重たい。フォークのあつかいに慣れないうちは手にマメができまくるし——そもそも、厩舎の仕事って一つも楽ちんなものなんてないんだよなぁ……。

泣き言ばかりじゃ始まらないので、馬のボロ（糞《ふん》）を外へかきだしていく。

きれいにしたら、新しい寝わらを追加してフォークでほぐす——レッツ、ホースベッドメイキング！

途中まではは馬房の隅でお利口にしていたパス子だったけど、ついに「なにやってるの？　ねぇってばー！」といわんばかりに颯太の脇腹《わきばら》へ鼻を突っこんでくる――あぁ、服をはむはむしないでぇ!?　破れるからぁ!!

やっとのことで、一頭目の馬房清掃完了――予想以上に手間取ってしまった。

「い、いくら時間があっても足んねえぞ、こりゃ！」

「あっ、ソータ、おつかれさまでーす！」

「あれ、キアラちゃんも清掃終わったところか？」

「うぃうぃ！　たったいま、かんりょーしましたー！」

「そっかー。もう一頭も頑張ろうな」

「おー？　ワタシはどちらのおうまもおわりましたがー？」

こっくりと首を傾げるキアラに、颯太は「うへ？」と奇声をもらしてしまう。

――ま、マジで？　こんな小柄な女の子が俺の2倍速で仕事こなしてんの？

颯太は思いだす――愛らしさのあまり忘れがちだけど、この金髪天使はとんでもない経歴の持ち主なのだ。

お父さんは競馬の本場、イギリス・ニューマーケットで重賞を勝ちまくる凄腕《すごうで》調教師。お母さんはレジェンド女性ジョッキー――そんな両親から生まれた、いわばホースウーマン版サラブレッドというべき華麗なる一族なのだから。

幼いころから英才教育を受け、血統の才能をいかんなく開花させたキアラは高い飼育能力と騎乗技術を兼ね備えている。

そんな天才は、いずれ母国で調教師になるため日本へ武者修行にやってきた。

そして、金髪碧眼のルーキーは今や金武厩舎のエース厩務員だ――美浦の天使、高スペックが過ぎんだろ。

颯太もキアラに負けじと仕事に励む。馬房清掃を終えると、今度は調教の準備だ。

パス子の馬体を丁寧にブラッシング。その後、頭絡や鞍などの馬装を施す。

颯太はパス子の手綱を引いて馬房から外へでた――ノンストップで働いていたから気付かなかったけど、空がぼんやりと白んできている。

厩舎を周回するようにパス子を歩かせる。

いわゆる、引き運動――調教の前に馬の体をほぐすウォームアップみたいなものだ。

「馬はどう走らせるかより、どう歩かせるかだ」という清十郎の信条により、金武厩舎では引き運動を入念にこなすことで有名だ。

たっぷり、1時間は歩かせる。早朝であろうとまだ晩夏であるため、徐々に気温が高くなってきて馬も人も全身に汗をかく。

厩舎の周りには時が経《た》つにつれ馬と厩務員のペアが一つまた一つと加わっていき、引き運動の輪をつくっていた。

馬の蹄が砂地を踏みしめる音と、馬具の金具が鳴る音だけが静かな世界に響く。

生まれたての朝日を浴び、照り輝くサラブレッドのぴんと張った皮膚が美しい。隆起した後肢の筋肉が陰影を得て彫刻のようだ。

「――そろそろ、いいでしょう。調教へ向かいましょうか」

さて、出陣だ――清十郎の言葉を合図に、リアルメリーゴーランドがぴたりと止まる。

金武厩舎の調教は、南馬場という場所で行うため移動の必要がある。

調教助手が厩務員に足を持ってもらって稽古をつける馬に騎乗した。キアラも颯太の補助を受けて、馬上の人になる。

金髪をなびかせてサラブレッドにまたがるイギリス美少女――絵になるなぁ。ニューマーケットの風を感じますわ。

颯太も、ぼちぼちパス子に騎乗しようとすると――

「颯太くん、少しよろしいでしょうか?」

声にふり返ると、どことなく心苦しげな表情の清十郎が立っていた。

懐《ふところ》を探る仕草で用件に察しがつく――今すぐにでも、逃げだしたい気分になった。

「――まだ、これを受けとる気になりませんか?」

清十郎が差しだしたのは、颯太の騎手免許だった。

競馬学校での3年間と、騎手免許試験を乗り越えて、やっと手に入れたジョッキーの証《あかし》

――それを颯太は清十郎に預けていた。

まったく勝てなくなり、ブービージョッキーと揶揄《やゆ》されたころに。

騎手免許の有効期限は1年だ。更新するには再度、試験をパスしなくてはならない。

だけど、颯太はもう試験を受けるつもりはなかった。だからといって、手元においておく勇気もない――弱っていく猫を看取《みと》るような心地になってしまうから。

「……すみません。今の俺に、それを受けとる資格はありません」

目を合わせられなかった――ルーキーのころ、自分を少しでもいい馬に乗せようと馬主に何度も頭をさげてくれた恩師が、どんな顔をしているのかが怖くて。

清十郎はひどく寂《さび》しそうな声で、「……そうですか」とだけ口にした。

なにもいえなくなってしまって、颯太は逃げるようにパス子に騎乗する。

サラブレッドの背中――世界中のどこよりも落ち着く場所。そして、俺がもうすぐいられなくなる場所。

蛆《うじ》のように湧《わ》いてくる、やりきれない感情を押し流そうとする。

そして、どうにかでき損ないの笑顔をつくって――

「先生、調教の時間です」

「……えぇ、そうでしたね」

こうして、無意味な延命のような一日がまた続いていく。

第２Ｒ Seira's Double Impact!!

朝調教を済ませて、馬のご飯――飼葉《かいば》をつけると、始業から忙《せわ》しなかった厩舎《きゅうしゃ》にやっとのんびりした空気が流れる。

事務棟でミーティングをこなした颯太《そうた》は欠伸《あくび》をかみ殺した。

さて、これからしばし自由時間だ――自宅に戻って仮眠でもとろうかと考えていると、キアラが大慌てで駆けこんできた。

「て、てえへんでーす！　てえへんでーす！」

「ど、どうした、キアラちゃん？」

「バ、バウンシャ、がとまって、おうまのヒキウケをおねがいしますっていわれましたー！」

外国人らしく大きなジェスチャーで訴えかけてくるキアラに、颯太は絶叫する。

「は、はぁぁぁぁ!?」

――新しい馬が入厩《にゅうきゅう》するなんて聞いてねえぞ!!

颯太は大将へ疑惑の眼差《まなざ》しを投げかけた――清十郎《せいじゅうろう》はといえば、謎《なぞ》の震えでぷるぷるしながらほうじ茶をすすっている。

「……馬のことばかり考えていると、浮世の些事《さじ》など忘れてしまいますねぇ」

時々、この人はどうやって厩舎を操業してきたのか不思議で仕方なくなることがある。

──こうなったら仕方ねえ！　サラブレッドに罪はない！

「俺《おれ》が引き受けるから、キアラちゃんは馬房《ばぼう》の準備頼む！」

「うぃうぃ！　おまかせあれー！」

颯太が事務棟をでると、外には小型バスを改造したかのような車両が停《と》まっていた。

車体にはＪＲＡのロゴと、往年の名馬のネームが入っている──あれが、馬を輸送するために開発された馬運車という乗り物だ。一台がとんでもなく高額なため、サラブレッド専用リムジンとも呼ばれる。

車体後部のドアがゆっくりとおりてきてスロープとなる。

係員がそこをのぼってゲートを開けようとする様子を、颯太は固唾《かたず》をのんで見守っていた。

──どんな馬が現れるんだろう？

そして、ついにオープンした瞬間、颯太の目は点となる──だって、馬運車から現れたのは、きれいなお姉さんだったのだから！

海底で宝物として眠っていそうな瞳《ひとみ》が颯太を捉《とら》えた瞬間、黄色い声が打ちあがった。

「颯太くん!?　わぁ！　本当に颯太くんです！」

華やかな帽子をおさえながら、ふわふわとお淑《しと》やかに駆け寄ってくるお姉さん。

美容院に通いたてなことが一目でわかる、ちゅるんちゅるんのボブに包まれた顔立ちは絶世の美貌《びぼう》を誇っていた。とろんとした垂れ目は母性にあふれていて、近寄れば無条件で甘やかしてくれそうだ。

そして、その印象は正しかった——お姉さんは颯太の目と鼻の先まで近づいてきたと思ったら、ぎゅーっと手を握ってきたのだ！

「なっ……!!　なななななっ……!!」

熱烈スキンシップに目を白黒させる颯太——しかし、お姉さんの猛攻は止まらない！

「ずっと、お会いしたかったです！　颯太くん、昔はわたしより背が低かったのに見違えるくらい立派になって！　でも、こうしてよく見ると当時の面影がちゃんと残ってますね——あぁ、もう尊さの渋滞です！　きゅんきゅんしちゃいます！」

嬉《うれ》しいことをいわれている気がするけど、ちっとも会話が頭に入ってこない——だって、お姉さんが跳ねるたびに胸がたゆん、たゆんって揺れるんだもん！

ぱっと見スレンダーなのに、このお姉さん、国宝級ボディを隠し持っている。

だけど、颯太がアホ面を晒《さら》していられたのもここまでだった。

——この人、最初から俺の名前を把握していた……？　しかも昔、会っていたかのような口ぶりだったし……。

颯太にとっては、どれも心当たりのない話だった——なにより、こんなきれいなお姉さんと面識があったら周囲に自慢しまくってる。

「あ、あの、すみませんが、あなたはいったい……？」

そういうと、お姉さんはショックを受けたように表情を失《な》くした。

「……もう十数年前の話ですもんね。忘れられていても仕方ありません」

「な、なんかすみません」

颯太は反射的に謝ってしまう――美人が悲しそうな顔をするのは心臓に悪い。

お預けを食らった子犬のようにしゅんとしていたお姉さんだったけど、気持ちを切り替えるように華やかな笑顔を浮かべた。

「全然、構いません！　こうしてまた巡り合えたんですから、わたしのことはゆっくりと思いだしてくれればいいんです！　それより、もっと大切なこと――わたしは颯太くんとの約束を果たしにきたのですから！」

「や、約束……？」

また身に覚えのない話がでてきて颯太は身構えてしまう。

「お待たせしてごめんなさい！　初めてのことだらけで色々と手間取ってしまって――でもやっと、あの子を颯太くんにお披露目《ひろめ》できる時がきたんです！」

「こ、ここここ子供ぉぉ⁉」

パワーワードがあごをかすめて、颯太は崩れ落ちそうになる。

そして、走馬灯を百倍速で再生するかのように過去をふり返った――俺に限って、一夜の過ちなんてないはずだ……!!

「わたしの自慢の子です！　きっと、颯太くんもかわいいと思ってくれるかと！」

「ちょ、ちょっと待ってください！　まだ、心の準備が――」

顔が真っ青《まっさお》になった颯太に一切《いっさい》構わず、お姉さんは謳《うた》いあげるように告げたのだ。

「あの子が、わたしの愛馬――セ、イ、ラ、イ、ッ、シ、キです！」

刹那《せつな》、颯太の目は馬運車の方に釘付《くぎづ》けになる。

スロープをゆったりとおりてきたのは、ため息がでるほど可憐《かれん》なサラブレッドだった。

グッドルッキングホースのお手本のような栗毛《くりげ》の牝馬《ひんば》――つぶらな瞳はうるうるしていて、バンビちゃんみたいだ。毛並みも太陽の下で健康的な光沢をまとっている。

額には「流星」という白い斑点《はんてん》が美しく流れていて、神さまが自ら創造した傑作にサインをしたためたようだ。

だけど、それ以上に目を引くのは、風になびく黄金のたてがみと尾毛――あれは栗毛は栗毛でも、尾花栗毛《おばなくりげ》と呼ばれる極《きわ》めてレアな毛色だ。

馬体はまだ華奢《きゃしゃ》で子供っぽいものの、全身にバネを感じさせる歩様。いかにも走りそうなつくりの四肢の先――蹄《ひづめ》の境目付近だけが白くて、短い靴下をはいているみたいだった。

なにより、かもしだされるオーラが尋常じゃない。

初めて厩舎にやってくる馬はおどおどしているものだけど、この子は逆にこちらを圧倒してくるなにかがあった——乗ってみたいと騎手の血を騒がせるなにかが。

「——どうでしょうか、わたしの愛馬は⁉」

その声ではっと我に返る——眼前には、呼吸が凍るほどきれいなお姉さんの顔があった。

そして、次の瞬間、颯太は運命の言葉を手渡されたのだ。

「颯太くん、わたしの馬に乗ってくれますか⁉」

なにもかもが突然で、頭が現実に追いついてくれない。

ただ、一つだけぼんやりと思いだしたこと——ずっと昔にも、こんな言葉をかけられた気がした。

ひとまず、セイライッシキを馬房に入れることになったのだけど、これが大変だった。

颯太が手綱を引くと、さっそくセイライッシキは「ぶるるっ！」と鳴いて耳を後ろに引きしぼる——不機嫌のサインだ。

目を三角にして、かみつきまくってくる。おかげで、ブルゾンの肩部分の布がご臨終なされた——きみ、本当に草食動物？

新入りがやってくると、決まって先輩馬たちは騒がしくなる。

廊下を歩くセイライッシキの姿に、厩舎はいななきの大合唱だ——絶対、「千年に一人の美

少女きたー！」とかいってる。ここらへんは、人間の学校なんかと同じで微笑《ほほえ》ましい。

キアラが急きょ準備してくれた馬房にセイライッシキをおさめる。

決してくつろごうとしない反骨精神丸だしの姿は、脱走を企てているかのようだった。

「ｗｏｗ！　とてもきれいなおうまですねー！　セイライッシキというのですかー！」

「うん、お姫さまみたいだよな」

ほれぼれしているキアラに颯太はそう返す――中身は怪獣ですけどね。

隣でお姉さんが愛馬が褒められるのをテレテレしながら聞いていたので、そんなことは口が裂けてもいえなかったけど。

すると、清十郎がやってきて、謎多きお姉さんに声をかけた。

「このたびは愛馬の預託《よたく》、ありがとうございます」

「金武《かなたけ》先生、ご無沙汰《ぶさた》しています！　これから人馬ともどもお世話になります！」

親しげに言葉を交わす二人――お姉さんの素性を知りたい欲求が頂点に達した颯太は、つい口をはさんでしまった。

「あの、先生。この方は馬主さんのご令嬢ですか？」

「いえ、れっきとした馬主さんですよ」

颯太は「ええ⁉」と声をあげ、透明感がありすぎてもはや精霊かなにかのような印象を受けるお姉さんをガン見してしまう――こんな若い女の人が馬主だって⁉

最近、若年層や女性の馬主が増えているというけど、あれは多数の人が少額のお金をだし合って一頭の競走馬を所有する一口馬主の話だ。

ＪＲＡで正式に個人馬主になるには過去2年の所得が１７００万円以上、総資産が７５００万以上という化け物みたいな稼ぎを叩《たた》きださなければならない。

「自己紹介が遅れてしまいましたね」

お姉さんが物腰やわらかく歩み寄ってくる。美人オーラがものすごくて、颯太は思わずのけ反ってしまった。

横髪をとく指先、あらわになった小さな耳たぶには繊細なイヤリング、そして、きちんとこちらの目を見てはにかむ仕草――一つひとつの所作が洗練されていて、手の届かないところにいるお嬢さまと接しているような気分になる。

「わたしは美作聖来《みまさかせいら》といいます。去年、馬主資格を取得しました」

「せ、聖来さん……」

ぴかぴかの1年生馬主さんなのか。いや、それよりも――ずっと前から知っていたかのような名前の響きに、左脳のあたりがひどくもやもやした。

「学生時代は欧州の大学で経済学を専攻していて、資産運用アルゴリズムを研究していました。開発したロジックが、運よく流行《はや》りのロボアドバイザーに採用されまして――その時に得たお金で馬主になることができたんです。今はフリーのトレーダーを営んでいます」

「し、失礼ですが、聖来さん、おいくつですか……？」

「22歳です」

年齢が3歳しか違わないことに驚く颯太——若いのに超セレブじゃねえか⁉

「わたし、根っからの競馬ファンなので留学中は世界中の競馬場を見て回ったんですよ」

「Ｗｏｗ！　すばらしーでーす！　ニューマーケットけいばじょーにはいきましたか？　ワタシのホームなんでーす！」

「もちろん！　ニューマーケットはとても雄大なコースでした！　まるで、本物の草原の中をサラブレッドが走ってるようで！」

「うれしーでーす！　セーラ、ありがとごじゃまーす！」

自分が褒められたかのように、のどをごろごろと鳴らして聖来に懐くキアラ——やりよる。

あっという間に、うちのエース厩務員《きゅうむいん》をメロメロにしやがった。

「最近になって日本へ戻ってきたんです——ずっと昔に交わした約束を守るために」

そういって、聖来は控えめながら期待をこめた視線を颯太へ送った。

さっきまでは心当たりがなかったのに、今は確かに頭蓋《ずがい》の奥でなにかがもぞもぞと這《は》いだそうとしている感覚がある。

「小さいころ、乗馬クラブで小学生の女の子に懐かれた経験はありませんか？」

「あっ——‼」

栓が弾《はじ》け飛んだように、かつての出来事があふれでてきた。

あれは、颯太がまだ小学校低学年だったころだ。

当時、颯太は在籍していた乗馬クラブで練習に明け暮れていた――目標としていた馬術大会で優勝するために。そして、ジョッキーになるという夢を叶《かな》えるために。

いや、これは今だからいえる後付けの理由だ――あのころの俺は、出会ったばかりの「乗馬」というスポーツにただただ夢中だった。

運動神経は悪くなかったのに、背も低ければ太ることもできない体質に生まれた颯太は、小学校で体験するあらゆるスポーツで活躍できなかった。

だけど、乗馬だけは違ったのだ。

この世界では、女の子より華奢だった体格はデメリットではなく「馬の負荷になりにくい」という強みへと裏返り、颯太に主役の輝きを与えてくれた――生まれて初めてサラブレッドの背にまたがった瞬間は、脳天を雷で打たれたような体験だったことを覚えている。

幼心にも、自分の才能の使い道が理解できた。あの何物にも代えがたい感覚を知ってしまったからこそ、颯太はジョッキーになるという道を選びとったのだ。

そんな時、乗馬クラブへ一目でお金持ちの家の子とわかるお嬢さまがやってきた。

彼女こそが今、目の前に立つ女性――聖来さんだった。嘘《うそ》みたいな話なのだけど、当時からとびきりの美人で生徒の中に混じっていても、すぐ聖来さんを見つけることができた。乗馬用ヘルメットや安全ベストを身に着けている状態でだよ？　レベチが過ぎますって。

残念ながら、引っ張りだした記憶が鮮明なのはここまでだった。

ともかく、上でどんなやり取りがあったかは謎だけど、なぜかクラブの先生ではなく颯太が聖来に馬の世話や乗り方を教えることになったのだ——最初は年上のお姉さんだったから緊張したけど、聖来さんとはすぐに仲良くなれたっけ。

だけど、颯太と聖来が一緒にいられる時間は長くはなかった——数か月もすると家の事情で、聖来は乗馬クラブを離れることになったのだ。

お別れの日、颯太がジョッキーを目指していることを知っていた聖来は泣きじゃくりながら告げた——大人になったら、馬主になって戻ってくると。そうすれば、ずっと一緒にいられるからと。

そして、その約束を果たした時は——

最後に贈られた言葉は、年月を飛び超えて颯太の鼓膜を打った——わたしの馬に、乗、っ、てくれますか⁉

子供にありがちな、守られることのない約束だと思いこんでいた。だからこそ、記憶から消えかけていたのだ。

「ま、まさか、本当に馬主になって戻ってきてくれるなんて……」

「颯太くん、約束のこと思いだしてくれたんですか⁉」

聖来は頬《ほお》を桜色に染めて、まばゆいばかりの笑みを浮かべる。

だけど、そのくらくらするほど愛くるしい仕草に、颯太は自信をもって頷《うなず》けなかった。

だって、あまりに薄情じゃないか——聖来さんの問いに、なんて答えたかまるで覚えてないのだ。真剣にとり合わないでへらへらしてたのか？　小学生の俺、クズすぎんだろ。

欠けたパズルのピースを探すように、曖昧《あいまい》な過去をこねくり回す——あぁぁぁ、思いだせそうで思いだせない！　もう、ここらへんまできてるのにぃぃ！

颯太が葛藤しているとはつゆ知らず、聖来は覚えてもらっていただけで満足というように目尻《めじり》をとろんと垂らした。ソプラノの声も上機嫌に弾む。

「時間はかかりましたけど、夢にまで見た馬主になることができました。そして、セイラと運命的な出会いを果たしたんです」

そういって、聖来は感慨深げに愛馬へ目をやる。

オーナーに似たのか、改めて見ても可憐なサラブレッドだ。気性は問題アリアリのマシマシだけど——血統はどうだろう？　俺の相馬眼《そうまがん》じゃわからない。

「確かに、いい馬ですね」

「そうでしょう！　セイラは今年のダービー馬——インコロナートの全妹《ぜんまい》ですから！」

「ぜ、全妹!?　インコロナートの!?」

因縁のある馬の名前がでてきて、颯太はぎょっとする——ってか、超良血馬じゃねえか!?

全妹ということは、インコロナートとお父さんもお母さんも同じということだ。ちなみに、お母さんだけが一緒ならば半妹《はんまい》となる。

競走馬のお父さん――種牡馬《しゅぼば》は現役《げんえき》時代に超一流の成績を残した名馬であることが多い。その優秀な血を受け継いだ産駒《さんく》たちが、現代の競馬場で活躍しているのだ。

必ずしも、血統だけで走るわけじゃない。

だけど、競馬ファンなら、良血馬が父の背中を追うように大レースを制する場面を幾度も目撃してきたはずだ。

それこそが、競馬がブ、ラ、ッ、ドスポ、ー、ツ、と呼ばれるゆえんだった。

その意味では、セイラは生まれながら歴史に名を刻む資格を授《さず》かっているといえる。

「……そりゃ、オーラが違うわけですね」

「セイラ、よかったでちゅね～。颯太くんに褒められちゃいまちたよ～」

唐突な赤ちゃん言葉で、セイラにしゃべりかけるお姉さん――どんだけ溺愛《できあい》してんすか。

愛馬にデレデレな聖来をながめているうちに、颯太の中で疑問が生まれる。

――どうして、新興馬主の聖来さんがこんないい馬を買えたんだ?

このクラスの血統となると、セリで1億したと聞いても驚かない――そもそも大物馬主をすり抜けて、聖来さんの手に渡ったこと自体が奇跡的だ。

颯太があてもなく考えていると、清十郎が眉毛《まゆげ》に隠れがちな目を「かっ！」と見開いた。

「今をもってセイライッシキの担当厩務員をキアラくん、主戦騎手を颯太くんとします！　二人とも最善を尽くし、きたる新馬戦でセイライッシキを勝たせてみせなさい！」

突然のことに言葉がでなくて、固まる颯太とキアラ。

だけど、抱く感情が正反対であることは表情から明白だった。

「ｗｏｗ！　こんないいおうまを、まかせてもらえるなんてハッピーでーす！　ぜったい、かたせてみせまーす！」

「ほ、本当ですか、キアラちゃん⁉　セイラは本当に勝てますか⁉」

「ワタシがおせわをして、ソータがキジョウすればだいじょぶでーす！」

「ですよね、ですよね！　あぁ、颯太くんに乗ってもらえるなんて夢のようです！　レース当日は、必ず競馬場で応援させていただきますね！」

「おやおや、聖来さん。これからは馬主と主戦騎手という間柄になるのです。競馬場などではなく、厩舎へ足を運んで一番近いところで声援を送ってくださって結構ですよ」

嬉しさのあまり体を右へ左へふりふりしていた聖来は、清十郎の言葉に「えっ」とぱっちり二重の目を見開いた。

「……みなさんのお仕事の邪魔にならないでしょうか？　そんなこと許されたら、わたし、きっと颯太くんにべったりですよ？」

「構いません。私が若かった時代の騎手は、馬主さんにかわいがられて大きくなったものです。

しかも、颯太くんは絶賛スランプ中なので、『あいつを俺の馬に乗せるな』と美浦《みほ》中の馬主から総スカンを食らっている状態ですし――今なら、独占して溺愛し放題ですよ」

痛いところを突かれて、颯太は「うぐっ」と変な声をあげてしまう。

だけど、聖来はそんなのお構いなしに、「これから一生、夏休みだから」といい渡された子供のように表情を輝かせた。

「で、では、先生のお言葉に甘えて！」

「ええ、ええ。聖来さんのような馬主の寵愛《ちょうあい》を受けて、颯太くんも大喜びでしょう」

清十郎が言葉をかけるも、なぜかそこで聖来は自信を失ったようだった。颯太の顔色をうかがうように、おずおずと視線をよこしながら――

「わたしに溺愛されたら颯太くんは嬉しいですか……？」

「かいいいいいいいいいいいいいい」

「ッッ――!?」

心臓に直接、電撃を流されたようだ。

どぎまぎしながら髪を耳にかけ、照れ顔×上目遣《うわめづか》いという最強コンビで「1+1=2」よりもわかりきったことを尋ねてくる超きれいなお姉さん――しかも、幼子をあやすかのようなウィスパーボイス。落ちこんだ夜には百万回くらいリピートしたい
後一歩で、5歳に幼児退行して「うんっ！」と絶叫するところだった――って、それどころじゃねぇぇぇぇ!!

やっとのことで、颯太はあれよあれよと進められていく話に割りこんだ。

「せ、先生、待ってください！」

「どうかしましたか？　まさか、新馬《しんば》のメイクデビューを任されて怖気《おじけ》づいたとでも？」

思いがけず、恩師から放たれた挑発的な言葉に颯太は下唇をかむ。

競馬界では、２歳馬は新馬と呼ばれる。

３歳馬は唯一、日本ダービーを始めとする「クラシック」と銘打たれた特別なレースに出走できる競馬の花形的存在、そして、４歳以上は総じて古馬《こば》と呼称される。

新馬戦は、馬が本当に競馬の「け」の字も知らないためトラブルが起こる確率が最も高い。人間でいうと、１４歳のやんちゃ盛りなのだから当然だ。

だからといって、颯太はそれを恐れているわけじゃなかった。

ヘボなりに騎手として1年半闘ってきた――キャリアの中でレース中に命の危険を感じたことは数えきれないし、それをとっさの機転や技術で乗り越えてきた自負もある。

セイラのような気性難の馬だって、きっと手の内に入れてみせる。今さら右も左もわからないルーキーみたいにあつかわれるのは心外だ。

そこで、颯太は我に返る――ど、どうしてこんな意地になってんだよ、俺？

いつの間にか熱を帯びていた心を冷ますように、一つ息をついてから――

「いったはずですよね？　俺はもう乗るつもりはないって――」

清十郎がなにか口にするより早く、会話に入ってきたのは聖来だった。

「なぜ、颯太くんはレースに出走しなくなったんですか⁉　それに引退の噂《うわさ》も聞きました！　あれは本当ですか⁉」

「それは……」

あなたには関係ない話でしょう――でかかった冷淡な言葉をのみこむ。

「というか、俺が騎乗しても勝ち目なんて薄いですよ？　連敗から抜けだせてないこと、知らないんですか？」

「知ってます！　颯太くんの成績なら、すべて頭に入ってます！」

「じゃ、じゃあなんで俺なんですか……？　他に勝てる騎手なんていくらでもいるのに……」

美浦トレセンをぶらつけば、颯太が一生かかっても追いつけないような実績を積み重ねてきたベテランや、将来を嘱望される活《い》きのいい若手を何人も見かける。

わざわざ、これほどの良血馬の乗り手として颯太を選ぶ理由なんてないのだ――しかし、聖来は揺るがない。

「今、連敗中なのは運が向かないだけです！　歯車がかみ合えば、前のように勝てるようになります！」

「な、なにを根拠にそんなことを……」

「わたしを颯太くんのマネージャーにしてくれませんか⁉　復活のお手伝いをさせてほしいん

です！」

颯太は困惑していた――聖来の表情があまりにも真剣すぎて。

――どうして、赤の他人のためにそんな顔ができるんだろう？　どうして、俺以上に俺のことを信じてくれるんだろう？

瞬き一つせず答えを待つ聖来の直向《ひたむ》きな表情に、その答えは見つからない。

だけど、明白なことが一つ――聖来さんの澄みきった信頼を寄せる相手として、俺は相応《ふさわ》しくない。それが幼い約束を果たすという、色あせたリボンでがんじがらめになった不健康な義務感であったとしたらなおさら。

だから、ちゃんといわなくちゃ――聖来さんを古ぼけた呪《のろ》いから解き放つために、彼女が相応しいジョッキーへ愛馬を託せるように、すべてを断ち切る最低な言葉を。

「――約束のことは忘れてください。俺はとっくに騎手として死にました」

失望されると思った。幻滅されると思った――こんな神さまが情けをかけてくれたような出会いも終わると思った。

だけど、違った。聖来は、颯太の奥底へ届けようとするように声をふりしぼったのだ。

「――そんなことありません!!　絶対にあり得ません!!」

颯太は目をすがめる――まるで、光そのものが目に飛びこんできたようだった。

「わたしは世界中の競馬場を見てきました！　イギリスのニューマーケットも！　アイルラン

ドのカラも！　ドバイのメイダンも！　アメリカのベルモントも！　香港のシャティンも！　フランスのロンシャンも！　サウジアラビアのキングアブドゥルアジーズも！　そして、日本の東京競馬場も！　そこで輝く素晴らしいサラブレッドや、名ジョッキーたちもこの目に焼きつけてきました！　でも、今年の日本ダービーを勝った颯太くんが一番格好よかったから！　ダービージョッキーに輝いたきみの騎乗が、世界中のどんな騎手よりもわたしの胸をときめかせたから！　だから、きみに乗ってほしい！　颯太くんを背にしたセイラが、誰《だれ》よりも速くゴール板を駆け抜けるシーンを目にしたい──理由なんてたったそれだけで、でも、それがわたしをここへ衝《つ》き動かした全部です！」

時折、声を裏返して訴えかける聖来の頬を透明な雫《しずく》が伝っていく。

触れれば火傷《やけど》してしまいそうな涙だった──聖来さんは泣いてくれているのだ。こんな俺のために。

胸が震える。ブービージョッキーではなく、ダービージョッキーと呼んでくれた。あんなに真《ま》っ直《す》ぐ、揺るぎなく──腐った魂に平手を打つように。

弱った心に触れられるのが怖くて、幾重にも重ねたバリケードが吹き飛んでいく。

でかでかと口を開けた風穴に、船出を知らせる風が吹き抜けていった。

「──これを」

聖来から差しだされたものを受けとる──それは、ストップウォッチだった。

「1、5秒で止めて、く、ださ、い」

なにを試されているか、すぐわかった。

わざと、聖来の期待に応《こた》えないことはできる。でも、体に染《し》みついた技術と、目の前の人を颯太はもう裏切れなかった。

目を閉じてスタートさせたストップウォッチを止める。そして、結果も見ずに聖来へ返した。

受けとった聖来は頷き、ストップウォッチを掲げる。

表示されていた時間は——15秒ジャスト。

騎手はレースのペースを読むため、正確無比な体内時計を構築している。

競馬学校での修業時代から、ずっと磨きあげてきた——俺が免許以外でジョッキーであることを証明できる、細胞にまで刻みこまれた業。

それは、まだ錆《さ》びついていなかった。こんな落ちぶれた今でも。

「颯太くんは、わたしが憧《あこが》れた騎手のままです——違いますか？」

聖来の真摯《しんし》な眼差しを、颯太は初めて正面から受け止める。

そして、体が芯《しん》から熱くなっていくのを感じながら勇気を奮い立たせて唇を開いた。

「……一回、騎乗するだけなら」

静寂の中、清十郎とキアラが息をのんだのが伝わってくる。

その中で、打ち上げ花火みたいに喜びを爆発《ばくはつ》させたのは聖来だった。

「今はそれで構いません！　セイラのことを、よろしくお願いします！」

「でるからには全力を尽くさせてもらいます」

本来なら存在しなかったチャンスをくれた人に、颯太は深々と頭をさげる。

そして、さっきから馬房前で人間がやかましくしているせいか、ご機嫌斜めなサラブレッドと向かい合う——お姫さまの皮をかぶった怪獣は首を伸ばして、値踏みするように颯太をにらみつけてきていた。

「よろしくな、セイラ。デビュー戦、一緒に頑張ろう」

昨日までは、あり得なかった台詞《せりふ》を口にしていることに驚いてしまう。

「セイラ」の名を持つお姉さんとサラブレッドが、あるはずのなかった明日へ自分を連れだしてくれたのだ。

どくん、どくん——まだ幼くて今にも止まってしまいそうな、だけど、確かに息を吹き返した鼓動を颯太は感じていた。


——本当に今日は色々あったなぁ。

帰宅するなり、颯太はソファに沈んで一日の出来事をふり返った。

颯太はマンションに住んでいる。しかも、男の一人暮らしにはあまりに贅沢《ぜいたく》なファミリータイプの４ＬＤＫ。

日本ダービーを勝った時、狂喜乱舞したインコロナートの馬主さんからぽいと譲ってもらった――お金持ちって半端《はんぱ》ない。時々、怖い。

颯太はソファから立ちあがり、とある一室へ向かう。

ドアを開けると、自主トレ用の木馬が設置されていた。

その背には鞍《くら》がおかれている――颯太がレースで愛用してきた勝負道具だ。

そっと鞍へ触れると、染みこんだ闘いの記憶がよみがえって心拍数があがった。

鞍は今も光沢をたたえている。レースから遠ざかっても、手入れは一日たりとも怠ったことはなかった。

「……なんでなんだろうな」

今ふり返ってみれば、本当に馬鹿《ばか》だったなと思う。

乗馬と出会って間もないころ、自分はずっと馬に乗って生きていくんだと無邪気に信じこんでいた――サラブレッドに騎乗すれば、誰もが将来を期待してくれたから。

だけど、希望に胸をふくらませて競馬学校に入学した時点で、そんなふうにちやほやされる機会は目に見えて減った。

この場所へ集まってくるのは、ジョッキーになるために生まれてきたような真の天才ばかりで、小さな乗馬クラブで神童ともてはやされた程度の才能は、すぐに石ころと同等のありふれたものになりさがった。

ブービージョッキーという悪名が轟《とどろ》いてなくても、遅かれ早かれこうなっていたはずなのだ――今じゃ、俺のことを本気で勝てる騎手として見てくれる馬主なんていない。

インコロナートの脚を負傷させた件で批判されている間、何度も騎手を辞めようと考えた。

サラブレッドにとって脚の怪我《けが》は、人間のものとは深刻度がまるで違う――まさに、生命の維持に直結するからだ。

馬が脚を骨折した場合、残りの三本で何百キロもの体重を支えなければならない。その負担に耐えかねて健康な脚までも病気に侵され始め、やがて歩行や駐立《ちゅうりつ》が困難になる。

サラブレッドという生き物は心臓とは別に、歩くことによって長い四肢の末端にまで血を巡らしている――肉体の構造上、歩行不能になった時点で馬は衰弱死する運命から逃れられないのだ。

今まで無数の競走馬が脚の故障に泣かされて現役を引退したり、やむを得ない場合はせめて苦しむことなく逝《い》けるように安楽死処分をくだされてきた。

不幸中の幸いというべきか、インコロナートの怪我は命に別条のない軽いものと診断され、今まさにリハビリの真っ最中だと聞く。

だけど、王者がターフに戻ってこられる保証はない。戻ってこられても、日本ダービーで10万人の観客を沸《わ》かせたあの走りができるかなんて誰にもわからない。

一度、壊れてしまったサラブレッドの脚は簡単に癒《い》えることはない――ゆえに、「ガラスの脚」と形容されるのだ。

　自分が犯した過ちを省みるたび、颯太は「お前にジョッキーでいる資格はあるのか？」と誰かからささやかれている気がする。

　それなのに、どうしても馬からおりて生きる自分をイメージできなかった。

　それほどまでに颯太の生涯は「サラブレッドに騎乗する」という、たった一つの行為に捧《ささ》げられてきた――取り返しがつかないほどに。後戻りなんてできないほどに。

　――俺にはそれ以外なにもない。本当に、なに一つないんだ。

　だけど、これ以上、騎手を続けていける気もしない――ならば、俺は今さらセイラに乗ってどうするつもりなんだろう？

　環状線のように巡る問いかけへの答えはでない。それでも、レースの日はやってくる。

「……また、一緒に闘ってくれるか？」

　茜色《あかねいろ》を帯びた西日を浴びて、鞍がきらりと光を弾いた気がした。

第3R その才能が魂を焦がすから

うっかり、やる気をだしてしまったこの間の自分を呪《のろ》いたい気分だった。

まだ太陽も顔をださない明け方だというのに、金武厩舎《かなたけきゅうしゃ》では神輿《みこし》をかついでいるかのような騒ぎが巻き起こっている——中庭で馬装を施されたセイラが大暴《あば》れしているのだ！

キアラだけじゃ手に負えなくて、清十郎《せいじゅうろう》も加勢しての二人引きだけど荒ぶるお姫さまをちっともおさえきれていない。

セイラが苛立《いらだ》たしげに首をふりあげるたび、キアラの小柄な体がぐいんぐいんと上下する。ふり回されて汗だくになっても、美浦《みほ》の天使はポジティブだ。

「ｏｈ！　ゲンキですねー！　ソータ！　セイライッシキはやるきまんまんですよー！」

——殺《や》る気の間違いじゃないですかね……。

様子を見守っていた颯太《そうた》は、すでに生きた心地がしなかった。だって、今からあの怪獣に乗って調教をつけなければならないのだから——そもそも乗れんの、あれ？

「颯太くん、セイラは初めてなので優しくしてあげてくださいね……!!　あぁ、あの子、ちゃんとできるでしょうか……!!　ママは心配です……!!」

颯太の隣では、主戦騎手が初めて愛馬にまたがる記念日だからと厩舎に駆けつけた聖来《せいら》があわあわしている。言葉のチョイスが色々とアレだったけど、颯太が気になったのは一点だった。

「せ、聖来さん？　初めてっていういう意味ですか……？」

「セイラは牧場でも、まともに人を乗せたことがないんです！」

額に飾っておきたいくらいの笑顔で、聖来はとんでもない事実を口にする。

颯太は激しくなりつつある動悸《どうき》をなだめながら――

「つ、つまり、乗ってもすぐ落馬させられたと……？」

「はい！　牧場のスタッフの方がいっていました――この馬に乗れるのは勇者だけだと！」

――それって、暗に乗れないっていってるよね!?

絶句する颯太をよそに、聖来の瞳《ひとみ》はますます確信めいた光を帯びていく。

「だから、颯太くんならセイラを乗りこなせるはずなんです！」

どうしてそうなるんだろう――エクスカリバーを抜けといわれた村人Ａって、こういう気持ちなのかもしれない。

颯太がいっそ逃げだしてしまおうかと画策していると、清十郎から声がかかった。

「颯太くん、騎乗してみましょう！」

「は、はいぃぃ！」

まるで、断頭台に向かっているような気分だった。

キアラと清十郎におさえこまれたセイラの鼻息は荒く、ひんむいた目は「乗ったら殺す！」といわんばかりに血走っている。

「いいですか、颯太くん⁉　チャンスは一瞬です！　それを逃したら終わりと思ってください！　無事に帰ってきたら、とっておきのお茶を淹《い》れましょう！」

「先生、今の調教の指示ですよね⁉　映画のラストにでてくるようなパワーワードばかりなんですけど⁉」

「ソータ、ロボットのテキゴウシャになったしゅじんこーみたいでかっこいいでーす！」

「鉄板の暴走フラグやめろぉぉ⁉」

聖来はというと、なにやら一心に祈っていた——ヤヴァイ、帰りたい……。

だけど、残念ながら世の中というものはそう甘くできていない——颯太は補助を受けて、半ばやけっぱちの心境でセイラに騎乗した。

鞍《くら》を通じて初めて味わう新パートナーの背中——ファーストコンタクトの瞬間、颯太の感性に火花を伴った衝撃が走った。

——な、なんだ……⁉　この乗り味……‼

少し常足《なみあし》をさせただけで、才能の塊にまたがったことを思い知らされる。

四肢の動きが素軽《すがる》くて、不思議なほどすいすいと前へ進むのだ。

そのくせ、鞍上《あんじょう》は驚くほど安定している——いや、鞍の下では背中がぐねぐねと動いているのが伝わってきた。おそらく、全身の筋肉がとんでもなくやわらかいのだ。

だけど、乗り手の五感に訴えかけてくるのはそれだけじゃない――さっきから、セイラの馬体から熱波のように立ちのぼってくる生命力の滾《たぎ》りが颯太の脳天を貫き続けていた。

そういえば、以前に騎手の先輩から聞かされたことがある――後に名馬と呼ばれる特別なサラブレッドは、その背中もまた特別な味がするのだと。

――こいつ、もしかしたら……!!

しかし、次の瞬間、激昂《げきこう》したセイラが扶助《ふじょ》も待たずに突っ走ったのだ。

「ちょ!?　待て待て待てぇぇ!?」

あまりの加速に転げ落ちそうになるのをどうにかこらえる。

しかも、間髪入れずに連続の尻《しり》っ跳《ぱ》ねに、唐突な方向転換、さらにはジグザグ走行の極悪《ごくあく》コンボ――セイラはあらゆる手段を駆使して、背中の無礼者をふり落とそうとする。

――あかん、死ぬぅぅ!!　これ死ぬぅぅ!!

手綱で御そうとするも左にいけといったら右にいき、右にいけといったら左にいくしでお話にならない――反抗心、強すぎだろ!!　前世、革命家なの!?

おまけに、セイラは厩舎の壁めがけてミサイルのごとく突進していくではないか！

「――いいいいいいいいい!?」

猛スピードで壁が迫る。セイラに脚をゆるめる気配はない。

飛びおりろと本能が最大ボリュームで警報を鳴らしていた。

だけど、もう一つの信じるべきもの——騎手としての感性が颯太に手綱を握らせる。

果たして、サラブレッドのお姫さまが挑んだチキンレースは鞍上の勝ちとなった。

まさに、ぶつかる寸前——セイラは前肢を地面へ叩《たた》きつけ、横っ飛びで壁を回避したのだ。

——もはや、馬の動きじゃねぇぇ⁉

朝焼けの空に舞うサラブレッドと騎手——構図としては非常に美しいものがあったけど、当のジョッキーはマジ泣きしていた。

しつこい鞍上を鬱陶《うっとう》しそうにしながらも、セイラは息を整えるようにトロットで歩く。一方、颯太は口から魂が抜けかけの状態だった——もう、マヂむり……。

そうこうするうちに、いたく感激した様子の聖来がぱたぱたと駆け寄ってくる。

「こんな短時間でセイラが背中を許すなんて！　やっぱり、颯太くんは勇者さまでした！」

颯太はしみじみ思う——なにかの間違いでエクスカリバーを抜いた村人Aって、こういう気持ちなのかもしれない。

「ひとまず、これで調教に出発できそうですね」

許されるなら、清十郎の言葉に「無理です」と答えたかった。

稽古をつける馬に騎乗した颯太たちは厩舎を出発して、南馬場へ向かっていた。

道中、別厩舎の馬と会うたびに乗り役と「おはよーす」と挨拶《あいさつ》を交わす――この時間は、美浦トレセンのあちこちで調教に向かうサラブレッドの通勤ラッシュが起こる。

やがて、広場にでた颯太は大喧嘩《げんか》の末にセイラを立ち止まらせた。ちょっとした指示をだすのにも一苦労だ――キアラちゃんが乗ってるパス子は、おっとり屋さんでいいなぁ……。

「金武厩舎の調教は南馬場で行うんですよね？　わたし、初めて入ります」

すると、聖来が瞳を好奇心で輝かせながら尋ねてきた――馬上で会話すると、常時お姉さんのキュートな上目遣《うわめづか》いを拝めるからとても得した気分になる。

「そうなんですね。結構、立派だからびっくりすると思いますよ」

「今は、なにを？」

「みんな、開場を待ってるんです。もう少ししたら面白《おもしろ》いものが見れますよ」

広場に立つ時計は午前4時57分を表示していた。

それが、5時になると――

「す、すごいです！　サラブレッドがこんなにたくさん――!!」

トレセン中から集まった馬たちが一斉に開場したての南馬場へ雪崩《なだ》れこんでいくのだ――

その光景は迫力満点で、騎馬隊の大移動のようだった。

「みんな狙《ねら》った場所で調教したくて、たまに競争みたいなことにもなるんです」

「へぇ、そうなんですね」

とはいっても事故が起きないように「馬場に入る時はゆっくりと」みたいな約束事があるのだけど――ルールを守った上でなら、多少は急いでも構いませんといった感じだ。

「ソータ、ワタシたちもまいりましょー！　テキからいわれたメニューをこなさねばー！」

キアラの言葉に颯太は「あぁ」と頷《うなず》いて、セイラを南馬場へ進ませる。

施設の全貌《ぜんぼう》を目にすると、聖来はまた歓声をあげた。

「ひ、広い！　競馬場くらいあるんじゃないですか⁉」

颯太たちの目の前に現れたのは、複数のコースがロールケーキのように重なる陸上のトラックにも似た光景だった。

最内《さいうち》には一周1370メートルと、1600メートルのダート《砂》コースが兄弟みたいに並んでいる。その外側には1800メートルの芝コースと、1858メートルのニューポリトラックという合成樹脂が敷かれたコースがあり、最も外縁を2000メートルのウッドチップ《木片》コースがとり巻いていた。

馬へ与える負荷や、トレーニング内容に応じて様々な特性のコースが用意されているのだ。

「聖来さんは、あそこで調教の様子を見ててください」

「あ、あの建物はなんですか？」

颯太が指し示したのは、南馬場を見渡すように建てられた建造物だった。

「調教スタンドといって、調教師の先生たちはあそこで管理馬の調教を見守っているんです。

馬主さんや記者なら、普通に入れますんで」

特に、ＧⅠ《グレードワン》レースがある週は多くの人が詰めかけることになる。

「セイラはどのコースを走るんですか？」

「あぁ、ごめんなさい。セイラは坂路調教をつけるように先生からいわれてて――スタンドからじゃ見えないですね」

「坂路《はんろ》調教って、あの坂路調教ですか⁉」

さすが、競馬ファンだけあって聖来は一発で理解してくれたようだ。

「頑張ってくださいね、颯太くん！　セイラも、頑張るんでちゅよ！」

愛馬をよしよしと撫《な》でると、聖来は手をふりながら調教スタンドへ向かっていった。

その姿を見送ってから颯太は扶助を送って、セイラに発進を促す。

だけど、多くの馬たちが稽古を積む馬場へは向かわなかった。

「俺《おれ》たちはこっちだぞ、セイラ」

颯太たちが踏み入っていくのは、ウッドチップが敷かれた馬道――鞍上の指示に反抗しながら、セイラは渋々そこを歩いていく。

ゆるやかなカーブをしばらく進んだ先に現れたのは、人工的に18メートルの高低差がつけられた長い坂道だった――颯太たちがいる助走区間からだと、段階的に険しくなっていく斜面を馬が駆けのぼっていく様子がよく見える。

坂路調教とは、読んで字のごとくサラブレッドに坂道を走らせることだ。平地よりも少ない本数で馬に強い負荷をかけられ、しかも、後肢のキック力や心肺機能を強化できるとあって、現代競馬ではポピュラーな調教方法になっている。

実は、颯太はこの瞬間が楽しみで仕方なかった。

さっきセイラにまたがった時、未体験の乗り味に度肝を抜かされた――だったら、坂路ではどんなパフォーマンスを発揮するんだろうと期待するなという方が無理な話だ。

「うし！　いくぞ、セイラ！」

助走区間から、セイラに気合をつけて発進させる。

颯太も鞍から腰を浮かせて、レースさながらの騎乗フォームをとった。それなのに――

「……おーい、セイラちゃーん？　お散歩じゃないんですよー？」

セイラは、明らかにちんたら走っていた。

鞍上の指示など素知らぬ顔で、ラチで憩っている小鳥に興味津々だ――完全に顔を横に向けて走ってますがな……。

坂路には１ハロン――２００メートル間隔でセンサーが設けられていて、その受信機がセイラのゼッケンに装着されたＩＣタグを読みこむ。すると、走破タイムが計測されて、清十郎と聖来がいる調教スタンドのモニタへ表示される仕組みになっているのだ。

予想通り、トランシーバーから声が送られてきた。

「時計がよくないですね。これでは稽古になりません」

「セイラ！　ちゃんと走らなきゃ、めっでちゅよ！」

清十郎の声と重なるように、聖来の赤ちゃん言葉が聞こえてくる。

なんだか、自分にしゃべりかけられているみたいでどきどきしてしまう——俺、新たな性癖に目覚めかけてません？

その時、別厩舎の馬がセイラを追い抜いていった。

「ッッ——⁉」

脊髄《せきずい》を貫いた戦慄《せんりつ》に鳥肌が立つ——またがるセイラが、別の生き物に変貌していくのが伝わってきたのだ。

——どうして、お前ごときがわたしの前を走っている‼

颯太は尾花栗毛《おばなくりげ》の内に流れる、最速を宿命づけられた血の叫びを聞いた気がした。

目の色を変えて駆けだすセイラ——凶器のごとくふりおろされた蹄《ひづめ》の威力にウッドチップが爆《は》ぜ散る。尋常じゃない加速に体が持っていかれそうになるのを、颯太は手綱に頼ってこらえた。四肢が発火する勢いで繰りだされる。重心が沈みこみ、馬体に搭載された極上の筋肉がたった一つの目的を果たすべく総動員されていくのがわかった。

そう、スピードの神を肉体におろさんとするために。

瞬き一つの間に颯太が身をおいていたのは、前景が一瞬で吹き飛んでいく別次元の世界だった。

——な、なんだ、このスピード……!!

奔馬《ほんば》と化したセイラが乗り手に指図《さしず》してきていることを、颯太の感性が察知する。

——わたしの荷物になるなら失せろ!!

その殺気じみたシグナルに頰《ほお》を打たれたように、颯太は調教ということも忘れてギャロップのリズムに無我夢中で合わせにいった。

なんて破壊的な走りだ——時間にして数秒に過ぎないのに、体力が容赦なく削りとられていく。

その代償として、騎手へ授《さず》けられるのは悪魔に魂を売ったかのようなスピード。

セイラは標的の馬を軽々と抜き返すと、格付けは済んだとばかりに流しに入る。

颯太もふっと力を抜く——丁度、坂路の頂上に達したところだった。

「そ、颯太くん！　セイライッシキのラスト1ハロンのタイム——11・7秒ですよ！」

——11秒台だって!?

清十郎の言葉に耳を疑ってしまった——美浦の坂路だと、めったにお目にかかれない好タイムだ。おそらく今朝《けさ》、調教した馬の中では最速だろう。

——それを、まだ体もまともにできてない2歳馬が初調教で叩きだすなんて……!!

規格外の才能の片鱗《へんりん》に触れた興奮がおさまらない——もし、レースでも同じように走らせることができたなら、誰《だれ》が相手だろうと負ける気がしなかった。

颯太は排熱するように息をついた後、もう満足したとでもいいたげに蝶々《ちょうちょう》を目で追うセイラの様子をうかがいながらトランシーバーに声を吹きこんだ。

「先生、セイラのやつ、今日はもう走りそうにありません」

「わかりました。初日ですし、後は軽い運動をこなして終わりにしましょう」

颯太は返事をすると、クールダウンを兼ねて帰りの馬道を歩いていく。

自然豊かな景観を、セイラは気に入ったようだ。行きとは違って、るんるんと歩を進めてくれる――本当に気分屋だなぁ。

だけど、快適なドライブは一瞬だった――前触れもなく、セイラが足を止めたのだ。

「ん？　どうした、セイラ？」

セイラが立ち往生しているのはウッドチップが敷かれた赤茶色の馬道と、砂地の道の境目だった――まるで、そこに高い壁があるかのように、前肢でまたぐのをためらっているのだ。

もちろん、そんなものはないのだけど。

不思議な反応に颯太は首をひねる。ただ、深くは考えなかった――ま一た、お姫さまの気まぐれだろ。この子の性格は大体わかった。

「ほら、いくぞ。わがままは終わり」

付き合いきれないというようにセイラの尻をぽんぽんと叩く。

するとプライドを傷つけられたお嬢さまのごとくいなないて、セイラはやっと砂地の道へ足を踏み入れてくれた——はぁ、歩かせるだけでもこんなに大変だとは……。先が思いやられますな……。

やっとのことで戻ってきた調教スタンド前には、満面の笑みの聖来が待っていた。

思わず、颯太の緊張がゆるむ。それは手綱のゆるみにもつながった——この瞬間を待っていたかのように、セイラの目が反逆児のそれになる。

突如、首を思いっきりさげるセイラ。不意を突いた動きに、颯太は「おわっ⁉」と前につんのめった。

そして、無礼者に復讐《ふくしゅう》せんと、金色のたてがみをふり乱しながら首を反りあげたのだ！

「——ぐはっ⁉」

カウンターヘッドバットが、颯太の顔面へ直撃する。

悶絶《もんぜつ》後、あえなく落馬——セイラのやつ、完全に乗り手を殺しにきてやがる⁉

慌てふためく聖来を尻目《しりめ》に、セイラは歯茎をむきだしにするドヤ顔で逃走を開始した。

美浦トレセンにサイレンが鳴り渡る——セイラと金武厩舎総出の追いかけっこ開始！

「そ、颯太くん、大丈夫ですか⁉　颯太くーん⁉」

あんなじゃじゃ馬をパートナーにして、デビュー戦まで生きのびられるのか——薄れゆく意識の中で、颯太はそんなことを思ったのだった。

第4R 電撃!! 閃撃!! 瞬撃6ハロン!!

9月――この時期、週末になると千葉県にある船橋法典《ふなばしほうてん》駅は人でごった返す。
駅の構内と直接つながる専用通路を通じて行列が吸いこまれていくのは、久しぶりの開催日に沸く中山《なかやま》競馬場――暑すぎる夏が終わって、競馬が関東に帰ってきたのだ。
颯太《そうた》にとっての復帰戦――そして、セイラのデビューの日がついにやってきた。

「――うし、いくか」


時間を確認して、颯太はジョッキーの待機所をでた。

頭にはヘルメットとゴーグル。手にはグローブをはめ、ステッキを小脇《こわき》に抱える。

上半身はド派手な柄の勝負服に、下は真っ白なジョッキーパンツ。そして、足元はブーツを装着していた。

颯太は中山競馬場名物であるグランプリロードを歩く。

お客さんがいるエリアと柵《さく》一つで仕切られているこの開放的な通路には、贔屓《ひいき》の騎手に一目会おうと出待ちしているファンが多い。

さっそく、休日のお父さん風の男性に声をかけられたので颯太は笑顔をつくって頭をさげた。

スマホを掲げてアピールする女性ファンの撮影にも快く応じる。

一通り、ファンサービスをこなしてグランプリロードから地下馬道に入る。

前方では、光のカーテンが揺らめいていた。トンネルの向こう側から蹄《ひづめ》が立てるリズミカルな音が聞こえてくる。

目をすがめながら地下馬道を抜けると――視界に広がったのはパ、ド、ッ、ク、だった。

陸上競技場のトラックをうんと小さくしたような楕円形《だえんけい》の馬道を、8頭のサラブレッドたちが厩務員《きゅうむいん》に引かれて周回している。

パドックを囲む柵の近くには観客が詰めかけていた――競馬新聞を見つめて予想にいそしむ往年のファンや、キャノン砲みたいなカメラを意中のサラブレッドに向ける女の子。そして、「お静かに」という手看板を持つ警備員さん。

人々のささやき声と蹄の音が厳粛な空気に響き、馬が催したボロのにおいが時折、鼻をつんと刺激する独特な空間――また、戻ってきたんだなと思わずにはいられなかった。

パドックの別名――下見所。ここは、レースを直前に控えた馬をお披露目《ひろめ》する場所だ。

巨大な電光掲示板には、オッズとは別にレース名が表示されている。

第5レース、芝1200メートル新馬戦――それが、セイラのデビュー戦となった。

ちなみに、1200メートルはサラブレッドにとって電撃6ハロンと呼ばれる短距離戦だ。

「さてと、俺《おれ》のパートナーはどこかな」

いたいた――予想通りすぎて、颯太は苦笑いを浮かべてしまう。

相変わらず、セイラはうるさくしていた。激しく首を上下して、手綱を引くキアラを困らせている――もうちょっとで、火でも吹けそうな暴《あば》れっぷりだな。

「とーまーれー!!」

正装した係員が声をあげると、周回するサラブレッドたちが足を止めた。

これが騎乗合図だ――パドックにでてきていた騎手たちが一礼して、自分の馬へ小走りで駆けていく。

キアラは颯太の顔を一目見るなり、こらえきれなくなったように噴きだした。

「ソータ、ひどいかおですねー!」

「本当にな。生きてるのが不思議なくらいだよ」

颯太は顔にいくつも貼《は》られた絆創膏《ばんそうこう》の一つに、ぽりぽりと爪《つめ》を立てながら答える。

お姫さまとの調教の日々は本当に生傷が絶えなかった――この子、前世ティラノサウルスだわ。目はバンビちゃんなのに。

颯太は、ちらりと電光掲示板に目をやった。

セイラの単勝オッズは、パドックでの激しいイレコミが敬遠されて最低人気――それはつまり、多くの人がセイラを「駄馬」と判断したということだ。

クイズの答えを先に知ってしまったみたいに、颯太とキアラはにやにや顔を止められない。

断言しよう——間もなく、中山は彗星《すいせい》のごとく出現したニューヒロインにジャックされる。

「ソータ、みんなのドギモをぬいてやりましょー！」

「あぁ！　やってやろうぜ、キアラちゃん！」

キアラの補助を受けて、セイラに騎乗する。

手綱を握り、鞍《くら》に腰を落ち着かせる。そして、鐙《あぶみ》への足のかけ具合を微調整した。

「うわっ!?　ととと……!!」

颯太を背にしたセイラは、さっそく目を三角にして暴れだす。

まったく息が合ってない人馬に、パドックで笑いが起こった。

「ブービージョッキーさんよぉ。久しぶりすぎて乗り方を忘れてねえか？」

「復帰戦だってのに、最低人気の馬でコースを回ってくるなんてご苦労なこった」

パドックと観客の距離は近いから、こういうひやかすような声も耳に入る。お金が絡《から》むので、期待を裏切るような結果に終わったら罵声《ばせい》を浴びせられることもしばしばだ。

でも、もう慣れた——メンタルが弱くちゃ騎手なんてやってられないですよ。それに、聞こえてくるのは野次だけじゃないもんな。

「きゃー！　颯太くん、かっこいいですぅー！　セイラもかわいいでちゅよー！」

パドックを見おろす位置に設けられた馬主専用席では聖来《せいら》が推しメンのライブに参戦したかのように盛りあがっていた。

ＪＲＡの規定により馬主にはドレスコードが課せられているから、今日の聖来はパーティーで主役を張れそうな出で立ちだ――ただし、あの「颯太×セイラ無限推し」とプリントされた謎法被《なぞはっぴ》を脱いでくれればだけど。両手のにんじんサイリウムはなにに使うの？

他の馬主とは毛色が違いすぎて、聖来は馬主席で浮きまくっていた。

だけど、推しごと中の淑女には、そんな些末《さまつ》なことなど気にならない――今の聖来の目に映るのは、正真正銘この地球上で颯太とセイラのみだ。

「その勝負服、すごく似合ってます！　たくさん悩んでデザインした甲斐《かい》がありました！」

そう、ジョッキーが着用する勝負服は、馬主がデザインしてＪＲＡが審査した上で登録されたものを使う決まりになっている。

だから、勝負服を見れば「あのオーナーの馬だ」と一目でわかるのだ。

聖来は最初、背中に「風早颯太《かざはや》」とプリントされた特攻服ばりに気合が入ったデザインを申請したらしい――無論、規定違反により秒で却下されました。

颯太のこととなると常識を忘れがちなお姉さんは、馬主席でなにやら用意していた。

次の瞬間、勢いよく広げられたのは横断幕――布の面積いっぱいに「復活の時だ、風早颯太！」と記されている。

きっと、夜な夜なつくってくれたんだろう。思わず胸が熱くなった。

「颯太くん！　わたし、きっと勝ってくれるって信じてますから！」

身を乗りだして聖来が声をかけてくれる。

――応援してくれる誰《だれ》かが一人いるだけで、こんなに勇気が湧《わ》いてくるなんて。

応《こた》えなくちゃいけないと思った。ありったけのエールを送ってくれる人へ。

颯太は聖来に向けて拳《こぶし》を突きだした――勝ってきますという言葉の代わりに。

「尊みの極《きわ》みッッ!!」

魂の雄叫《おたけ》びをあげて、聖来は「生きててよかったですぅー！」と見る者の寿命を吸いとりそうな身悶《みもだ》えを披露する――隣にいる馬主のオジサマのドン引きする目よ。聖来さんが馬主サークルで上手《うま》くやっていけるか、少し不安になってきた。

「ソータ、いきますよ！　じゅんびはいいですかー？」

「あぁ、いつでもOKだ、キアラちゃん！」

誘導馬を先頭に、出走馬が闘いの舞台――本馬場へ向かうため地下馬道へ吸いこまれていく。

☆　☆　☆

中山競馬場に一輪の花が咲いていていた。

スタンドの馬主席――パドックから急ぎ駆けつけた聖来が本馬場をながめているのだ。

中山の芝1200メートルのスタート地点は、おにぎりのような形をした外回りコースの頂点付近──スタンドから離れた側の直線（バックストレッチ）に、スターティングゲートが設置されていた。

正面のターフビジョンには騎手と馬がゲートインを待つ様子が映っているけど、肉眼では枠順を示すカラフルな帽子が動いている程度にしか視認できない。

とうとう、発走を知らせるファンファーレが鳴り渡る。

まずは、奇数番の馬が係員に導かれてゲートに入る。次は、偶数番がゲートイン。

気難しいセイラは係員を手こずらせた末、やっと４番ゲートに馬体をおさめた。

緊張のせいで頻《しき》りに肘《ひじ》のあたりをさする聖来に、隣から穏やかな声がかかる。

「なにも心配いりませんよ、聖来さん。颯太くんに任せておけばいいのです」

「金武《かなたけ》先生……」

その間に、出走馬８頭のゲートインが完了する。係員が小走りで離れていった──それは、あらゆる準備が整ったということを意味する。

スタートまで、まさに秒読み。聖来は自然と両手を祈りの形に組んでいた。

競馬場全体が一瞬の静寂に包まれる──そして、ついにゲートが開いたのだ！

「──あっ⁉」

聖来はターフビジョンが映しだす光景に目を疑う。

一斉に飛びだした馬群の中に、セイラの姿がなかったのだ。

☆　☆　☆
――ガシャン!!
ゲートが開く音を聞いた瞬間、颯太の前からターフ《芝》が消え失《う》せた。
代わりに、視界を占めるのは一面の青。
――そ、空？
それで、やっと理解した――スタートと同時に、セイラが後肢で立ちあがったのだ！
「1頭まだゲートにとり残されてます！　4番のセイライッシキだ！」
実況の声が響くと、スタンドで悲鳴と笑いが入り交じった歓声が湧いた。
「せ、セイラ、いくぞ！」
促されたセイラは、ゲートが開いていることに気づいてターフへ飛びだす。
揺れる馬上で、颯太は騎乗フォームをとった。
レースになると、鞍に腰を落ち着かせるシーンなんて一秒たりともない。
鐙にかかった五指だけで体重を支え、ハの字を描くように膝《ひざ》を内へ入れる。
体は決して起こさない――空気抵抗が増して、セイラの邪魔になってしまうからだ。
馬の背と平行になるように体を折り曲げる。腰を引き、臀部《でんぶ》を突きだすように構える。

そうしながらも、疾走する馬上の衝撃を吸収するため全身をリラックスした状態に保つ。特に、膝はクッションの役割を担うからやわらかく使わなければならない。

ステッキと一緒に手の内にある、手綱はまだ持ったまま。

真正面からぶつかってくる風をゴーグル越しににらみ、前方を確認する。

揃《そろ》ったスタートを切ったライバルたちは、黒々とした一団として目に映る。先頭集団は、ハナ《先頭》を奪おうとやり合っている最中だ。

颯太はコース脇《わき》へ200メートルごとに立てられたハロン棒と、体内時計を頼りにレースのペースを読む——うん、そんなに速くない。

手綱を操作して内側のラチへ誘いながら、まずはセイラの走りたいように走らせる。

そうしながら、颯太は中山芝1200メートルのコース特性をおさらいしていた。

競馬は平坦《へいたん》な道を走っていると思われがちだけど、全然そんなことはない——特に、この中山芝1200メートルは高低差に富んだコースだ。

ゴール板前から時計回りに数えて2つ目のカーブ——2コーナーの出口付近に設置されたスターティングゲートから、まずはバックストレッチへ飛びだす。その後、ゆるやかな3コーナーがだらだらと続き、4コーナーを回りきるまでの間に4・5メートルを駆けくだる。

そして、スタンド前の最終ストレートで待ち構えるのは心臓破りの急坂——日本競馬史に残る、いくつものドラマを生みだしてきた決戦場だ。

つまり、前半戦はコーナリングしながらの激流くだりとなる。そこで、ロスなく立ち回れた馬が勝利へ近づく。

だから、実況がこんなことをいうのも無理もない。

「先団は5、6頭で形成されました。隊列は最後尾のセイライッシキまで10馬身といったところでしょうか。これは、すでに絶望的な差か」

普通ならそうかもしれない――だけど、この馬は普通じゃないのだ。

前兆を察して、颯太は隙《すき》なく身構える――ぴくぴくとアンテナみたいに動いていたセイラの耳が、鋭く引きしぼられたのだ。

まさに、その瞬間だった――セイラが豹変《ひょうへん》したかのように爆発《ばくはつ》的な加速を果たしたのは！

「3コーナー手前で、セイライッシキがペースをあげました！　前との差をみるみるうちに詰めていきます！　暴走でしょうか⁉」

唸《うな》りをあげる風に実況の声がかき消される。すさまじい加速についていけなくて、体が後ろに持っていかれそうになった。

――やっぱすげえな、お前……‼

胴の下に風をかきこむような美しい前肢のフォーム。芝をえぐりとる強烈な後肢の蹴《け》りだし――それらの動きが連動して怒濤《どとう》のギャロップを成し、セイラは貪《むさぼ》るようにスピードを獲得していく。

まるで、モンスターマシンのアクセルを踏みこんだような陶酔感——もちろん、細かい操縦なんてきかない。調教でも、セイラは鞍上《あんじょう》のいうことなど聞きやしなかった。

だから、今の颯太にできることは、セイラの内にみなぎる「走ろうという意欲」を削《そ》がないことだ。

競走馬は、口の中にハミという金属を含まされている。

それが手綱とつながり、騎手が操作することで口内に刺激として鞍上の指示が伝わるのだ。

しかも、ブレーキをかける際は手綱を引かれ、ハミがより強く口内に当たる。

そんなの痛いに決まっている。歴戦の古馬ならともかく、経験の少ない繊細な2歳馬にとってはそれだけで競争を止める理由になり得る。

だから、暴走といわれようが、絶対にセイラの口をいじめないと心に決めていた。

馬を気持ちよく走らせる——凡才に過ぎない自分の取り柄といえばそれくらいだということを、颯太は自覚していた。

ゆるやかな弧を描く3コーナーへ突入。くだり坂のため、さらに勢いがつく。

激流を駆けくだりながら7、6番手の馬を外側から一気に追い抜いていく。

かわしざまのほんの一瞬、相手の騎手の表情が驚愕《きょうがく》に染めあがった。

「まるで、3コーナーを最終ストレートと勘違いしているような走りです！　ゴールまでもつのでしょうか!?」

だけど、実況やライバルたちより信じ難いものを目にしたのは颯太だった。

――う、嘘《うそ》だろ……!!

中山のコースは右回り――だけど、セイラは左脚手前で走っているのだ。

馬には手前というものが存在する。人間でいうと利き手《きて》みたいなものだ。

サラブレッドが走る時、最後に地面へつく方の前肢が手前だ。つまり、馬によって右手前と左手前が存在する。セイラの手前は左――必ず左前脚を一番遠くに突きだしてギャロップを継続している。しかし現在、走っているコーナーは右回り。

これを人間の体におきかえると、右カーブを曲がる時に左足から踏みだしていることになる――感覚的に不自然な動きになることがわかってもらえると思う。

セイラは理に反したことをしているのだ――だからこそ、不都合が起こる。

3コーナーを疾走するセイラの体が徐々に内ラチから離れていく――手前が逆のためグリップがきかず、インにとどまれないのだ。

経験豊富な古馬なら、そういうことも自然にできるようになる。

だけど、セイラは、まだ競馬の「け」の字も知らない才能の原石――正真正銘、持って生まれたむきだしのセンスだけを頼りに疾走しているのだ。

そして、その経験不足を補うのが騎手の仕事の一つでもある。

颯太は体を素早く傾けて、合図を送るように重心をずらした。

その微妙なバランスの変化に、セイラはなにかを感じとったようだ。

次の瞬間、走法が回転襲歩《かいてんしゅうほ》に移行する。サラブレッドが手前を替える時に見せる走り方だ。

果たして、次に最も遠くへ突きだした前肢は――右脚だった。

――いい子だ。そっちの方が走りやすいだろ?

手前替え成功――さぁ、いけ!!

外に流れていた馬体がぴたりと止まる。途端にフォームも安定した。

セイラは歓喜するように全身を躍動させる。

激流の3コーナーを抜け、今度はきついカーブを描く4コーナーの入り口へ。

600メートルを通過――前方では、先頭集団から脱落した2頭が縦に並んで走っている。

次なるターゲットに、セイラは容赦なく襲いかかった。

内で走っているはずの馬に外からやすやすと追いつき、一瞬も並ぶことなく抜き去ってい
く――それは、ライバル馬と絶対的なスピード差があることの証左だった。

しかも、セイラに疲労の色は微塵《みじん》もない。それどころか、脚はぐんぐんと伸びていく――

まるで、走ることを純粋に楽しんでいるように!

「セイライッシキ、コーナー途中で4番手に浮上しました!　ペースは一向に落ちない!　ものすごい勢いでまくっていきます!　間もなく、最終ストレートへ!」

実況のボルテージがあがっていく。視界に入ったスタンドから歓声が聞こえてきた。

最低人気の馬が発揮した異次元のパフォーマンスが、見る者すべての胸に「もしかして」という期待の種を植えつけたのだ。競馬場全体の注目がセイラへ吸い寄せられていくのが、ざわつき始めた観衆たちの様子を通して伝わってくる。

そして、ただならぬ熱を帯び始めた空気の最中《さなか》にあって、ただ颯太だけが知っていた――いいいいいいいいいいいいいいいいいいいいいいい、みんなが目撃したいと思っているものが、もうすぐ現実になろうとしている。

ついに、激走するセイラが先頭集団を捉《とら》える。差は目視で2馬身ほど。

コーナリング――角度が変わり、陽光が鋭くゴーグルへ射《さ》しこむ。

だけど、颯太は瞬きを忘れて目を見開き続けた。

わかる――この魂が焦《こ》げつくような勝負のにおい。ここで、なにもかも決まる。

3頭固まって走る先頭集団の後ろ姿は岩塊のようだ。

時速60キロメートルで疾走する0・5トンの肉弾が放つ迫力が、命を震えあがらせるほどの恐怖心を呼び起こす。尻尾《しっぽ》は濁流に晒《さら》されているようになびいていた。連なるギャロップの足音は、激しいドラムスのようだ。

前の馬が地面を蹴るたび、蹄の裏に打ちつけられた蹄鉄《ていてつ》が鈍く光を弾《はじ》く。

蹄を叩《たた》きつけられ、爆《は》ぜた芝が舞い散る。しかも、それだけじゃない――強烈な蹴りこみによって、土の飛沫《しぶき》さえ飛んでくる。キックバックというやつだ。

颯太のゴーグルに土の弾丸がぶつかり、重い音を伴った衝撃が走る。

だけど、目は一瞬たりとも閉じない。ずれたゴーグルを直そうともしなかった――今、勝敗に関係ないものに構う余裕など一ミリたりともない。

完全に集中しきった颯太の頭の中は、数秒後のレース展開で占められていた。

先頭の馬群に割って入っていくか。それとも、このままじっとチャンスをうかがうか。

――どっちもノーだ。そんなお行儀のいいやり方は、わがまま放題のお姫さまらしくないだろう。

やることなんて初めから一択だ――きっと、セイラも喜んでくれる！

血が爆ぜるような昂《たか》ぶりの中、颯太は決然と手綱をさばいた。

4コーナーが終わりを迎え、各馬が歓声に沸く最終ストレートへ雪崩《なだ》れこんでいく。

スピードに乗った前の馬たちがインを突こうと苦慮する中、颯太はセイラを最もスタンドに近いところ――大外へぶん回したのだ！

「先頭の馬がインコースを選択する中、セイライッシキだけが大きく外にふくらみました！なにか、誤算があったのか⁉」

まさかの大外を激走するセイラに、スタンドの観客たちがどよめく。

驚くような顔と顔と顔――無数の表情が、一瞬で後方へ飛び去っていく。

誰もが、閃光《せんこう》のごとく疾駆するセイラから一瞬たりとも目を離せない。あのおてんば娘が次になにを見せてくれるのか、気になって仕方がないのだ。

――さぁ、最大の見せ場だ！　お客さんたちに一番近くで見てもらおうか！

超高温の星を宿したような双眸《そうぼう》が前を見据える――待ち構えるのは、ゴール板まで続く最終ストレート。３１０メートルしかないから、セイラには物足りないかもしれない。

しかし、先頭まで届かないかもしれないなんて弱気な考えは、颯太の頭に欠片《かけら》もなかった。

確かに、大外のコースを選択したせいで先頭との差が開いている。

だけど、大外のコースを選んだからこそ進路に邪魔者の姿はない。

颯太は確信しているのだ――この程度のロス、セイラの脚の前じゃ不利のうちに入らない！

「お前のために用意した滑走路だッッ!!　思う存分、かっ飛べッッ!!」

手綱をしごく。セイラはいわれるまでもないというように、そのハミをがっちり受けとった――彼女の肉体でマグマのごとく煮沸する闘争心が、すべてぶち抜くと獅子吼《ししく》しているのだ。

馬体が沈み、首の位置がぐっと低くなる。

セイラは生まれながらに知っていたかのように、風を切り裂くフォームをとった。

呼応して、颯太も手綱を握り直して追いだしにかかる――それは、本来なら荷物にしかならない騎手が、サラブレッドのスピードの限界値を引きあげる技術だった。

極限まで距離を稼ごうと突きだしたセイラの前肢が地面に着くと、今度は後肢の蹴りだしにつなげるため全身を収縮させる。

四肢が体の中心に集まっていく。時間にして、ほんの一瞬――鞍上の颯太は馬体が凝縮していくのを感じとった。

そのわずかなタイミングを逃さず颯太も手綱を引く。セイラの首が持ちあがり、極上の筋肉を搭載した馬体がバネのごとく縮む。

セイラが後肢で芝を蹴るモーションに移行し、蓄えに蓄えた弾性力を爆発させようとしたその刹那《せつな》――

――いけぇぇッッ!!

颯太も全霊の力でもって、手綱ごとセイラの首を前に押しだしたのだ。

ベクトルが合致した二つの力が混然一体となり、爆発的な推進力が生みだされる。

颯太はセイラの拡張筋肉であるかのようにふるまい、彼女のギャロップをさらなる高みへ導く。別個の生き物であるはずの一人と一頭の動きは、激しいダンスを踊るかのように荒々しくも美しく調和していく。

サラブレッドが持って生まれた限界以上の運動能力を、騎手の助力によって引きだす――

それが、「馬を追う」という行為の意味だ。

苛烈《かれつ》なラストスパートのリズムに合わせて、颯太も馬上で全身を躍動させ続ける。

人も馬も汗まみれになり、体力はあっという間に底を尽きかける。

だけど、颯太の意識にあったのは疲弊ではなく、世界が塗り替わる瞬間に立ち会ったかのような感動だった。

「セイライッシキだけ脚の伸びが違う!!　なんだ、このとてつもないスピードは!?　内でスパートをかけているはずの馬にやすやすと追いつき――!!」

これが、セイラのトップスピード。内を走る馬が止まって見える。このまま、つかまっていれば地球の裏側まで連れていってくれそうだ。

気付けば、颯太の前にライバルの姿はなかった――あるのは一枚絵のような空と、風踊るターフと、そして、もうごまかしきれない胸の高鳴り。

「あっという間に、先頭までぶち抜いたぁ!!　豪快な大外一気が決まるぅぅ!!」

丁寧な口調をかなぐり捨てて叫ぶ実況。興奮のるつぼと化すスタンド。

競馬場が重賞レースと見紛《みまが》うばかりに沸いている。これが、たった一頭のサラブレッドが引き起こした熱量だなんて信じられない。

そして、その火は颯太を象《かたど》る数十兆の細胞にまで燃え移っていた。

もっと、この馬の走りを見てみたい。極上のロックンロールが爆音で鳴りだしたようにときめきが止まらない。

最終ストレートの急坂に差しかかる。人も馬も一番苦しい場所だ。

その時、あの人の声が耳をかすめた。

「――颯太くんッッ!!」

反射的にスタンドの方角を見やる。

探すまでもなかった——真っ先に視界へ飛びこんできたのは、スタンド最前列を懸命に走る聖来の姿。

馬主席で観戦するといっていたのに——きっと、駆けつけてくれたんだ。ドレスコードを守るためハイヒールをはいているから、何度も転びそうになっている。

それでも、聖来は全力疾走を止めず、己《おのれ》のすべてをふりしぼるように叫んだのだ。

「颯太くん、勝って!!　勝ってください!!　そのまま、いけーーーーーーーッッ!!」

そのエールは、唸《うな》る風を貫いて颯太の鼓膜を叩いた。

魂に火が入る。目元がどうしようもなく熱くなった。

颯太は腹を括《くく》る——この人の想《おも》いに応えなければ、俺は本当に死んでしまう！

もう1着は約束されている。だけど、聖来に見てもらいたかった。

コンマ一秒でも速く、ゴール板を駆け抜ける愛馬の勇姿を——そして、あなたが信じてくれた騎手は、まだかろうじて生きているのだと！

颯太の中で燃え残っていたものが、この瞬間を待っていたかのように雄叫びとなった。

「——があああああああああああああッッ!!」

颯太の気迫とセイラの気迫がぶつかり、灼熱《しゃくねつ》の衝撃波のごとく弾けた。

心臓破りの急坂を一瞬で制する——今この瞬間、人馬は無敵の疾風の真《ま》っ只中《ただなか》にいた。

追う。追う。追う。追う。追う——追いまくる！　残る、すべてをだし尽くす！

そして、一人と一頭は誰よりも早くゴール板を駆け抜けたのだ。

「セイライッシキ、1着でゴール‼　ノーステッキで後続を6馬身千切っての圧勝だぁぁ‼」

レースの勝ち馬は、ウィナーズサークルで口取り写真を撮影する決まりになっている。

中山競馬場の場合、グランプリロード脇にウィナーズサークルが用意されていた。

まだレースの興奮が冷めやらないセイラを中心に、馬主の聖来と厩務員《きゅうむいん》のキアラが誇らしげに寄り添っている。

一歩離れたところでは清十郎《せいじゅうろう》が嬉《うれ》しそうに目尻を垂らし、その眼差しを受けながらセイラのゼッケンを手にした颯太が撮影を受けていた。

久しぶりに味わう勝利の味——細胞を歓喜が満たしていくようだった。

撮影が一区切りつくと、お客さんが我先に聖来とキアラにサインをねだってくる。

颯太も応じようと待っていたのだけど、ただの一人も色紙を差しだしてこない——ねぇ、騎手より人気な馬主と厩務員ってどういうことなの？

未練がましく残っていても「毎回そう乗れよ、ブービージョッキー！」とオジサマたちから野次られるばかりだったので、足早にウィナーズサークルを去る……寂《さび》しくないもん。

すると、颯太を待っていたかのように清十郎が佇《たたず》んでいた。

優しい眼差しをした恩師の手には、ずっと預けっぱなしだった騎手免許。

なにをすべきなのか、すぐにわかった。

伸ばした指先にはまだ迷いが残っていたものの、颯太のもとへ騎手免許が帰ってくる。

そして、それを手に運命の人と向かい合った。

「聖来さん、これ、受けとってくれませんか？」

「は、はい？　なんでしょうか、これは？」

聖来は不思議そうに手渡されたものを見つめる。そして、次の瞬間——

「こ、これ、颯太くんの騎手免許じゃないですか……!?」

「俺はもう金とか名誉とか、自分のために騎乗することはできません。だから、残りはあなたのための余生です。こんなヘボジョッキーですか、末永く使ってください」

頭を深くさげた颯太に対して、聖来は口をぱくぱくさせるばかりでなにも言葉にできない。

「後、俺のマネージャーになってくれるって話——本当ですか？」

「は、はい！　颯太くんに嘘《うそ》なんてつきません！」

「だったら、年俸１０００万円で雇われてくれませんか？」

「１０００万円って、そんな大金……!!」

「ダービーの賞金です。運だけで手に入ったお金なので自分のものだと思えなくて——だから、有意義な使い道が見つかってよかったです」

颯太は吹っ切れた表情で笑いかけたものの、聖来はまだ夢の中の出来事と疑っているみたいでこっそりと肘のあたりをつねっている。

そんな疑念を吹き飛ばしたくて、颯太は真っ直《ます》ぐに想いをぶつけた。

「今度こそ、俺が実力でダービーをつかみとれるように一から鍛え直してください」

その言葉に打ち抜かれたように、聖来は息をのむ。

大きく見開かれた瞳《ひとみ》は、熱を帯びながら少しずつうるんでいき――

「もちろんです！　颯太くんは、わたしが世界で一番大切にします！」

聖来は颯太の騎手免許を胸に抱き、クリスプレゼントをもらった子供みたいに頰《ほお》を染めてはにかむ――こらえきれなくなった一雫《しずく》を拭《ぬぐ》いながら。

自分よりも自分の復活を望んでくれる誰か――きっと、そんな女神みたいな人は、世界中探したって聖来さんしかいない。

かけがえない人の姿を見つめながら、颯太はゲートが開く音を聞いた気がした。

それは、第二の騎手人生が駆けだした合図だったのかもしれない。


セイラが見せつけた圧巻の勝ちっぷりに、金武厩舎《かなたけきゅうしゃ》は沸きに沸いていた。

すぐにでも祝勝会を開きたいところだったけど、明日も競馬の開催日は続く――人間の都合で、馬たちを蔑《ないがし》ろにするわけにはいかない。

そうはいいつつも、金武厩舎の事務棟では、仕事の合間にスタッフたちがちょっとしたおつ

まみを持ち寄っての前祝いが開かれていた。

賑《にぎ》やかな輪の中心にいるのは、いうまでもなく聖来だ――スタッフたちから代わる代わる祝福され、わたあめみたいにふわふわ微笑んでいる。

そんな愛らしい仕草をながめながら、颯太は勝ててよかったと感慨に耽《ふけ》っていた。

すると、こういうお祝いの場で一際《ひときわ》はしゃぎ回るはずの天使がいないことに気付く。

――あれ？　キアラちゃん、どこいった？

気になって事務棟を抜けでる――もしかしたら、前祝いが行われていることに気付いてないのかもしれない。だとしたら、ちょっとかわいそうだ。

中庭にでると洗い場の方から水音が聞こえてきて、自然と足がそちらへ向いた。

間もなく、颯太は立ち止まる――洗い場に、ぼんやりと人馬の影を認めたのだ。

「キアラちゃん？」

「あっ、ソータ！　おつかれさまでーす！」

ふり返ったキアラは、薄暗さを吹き飛ばすような天使スマイルを披露してくれる。

「お疲れさま。なにやってんだ？」

「セイライッシキのケアをしてましたー」

キアラが体をよけると、セイラの前肢にホースのようなものが巻きつけられているのが見えた。側面に開いた穴から水がちょろちょろと流れでている。

一見すると不良品のようだけど、元々こういうふうにつくられている——あれはレッグソーカーという道具で、馬の脚を冷却するためのものだ。

厩舎で働いていれば、親の顔より見ることになる仕事道具——だから、颯太が驚きで言葉を失《な》くしてしまった理由は別のところにあった。

「でも、セイラはついさっきクールダウンの時間を十分にとったはずじゃ……」

「うぃうぃ！　ですけど、アシモトのネツが、なかなかヒかないからキになってしまって」

そういって、キアラは確かめるようにセイラの脚に手のひらを当てた。

「きっと、セイライッシキはものすごくレースにマエムキなおうまなんですねー。キュウシャにかえってきたときは、チカラがはいらなくてふらふらでしたから」

「そういえば、いつもの暴れっぷりも控えめだったような……」

前脚の具合を確認して、やっとキアラはセイラを馬房へ戻そうとした。

その後を歩きながら、颯太は頭の片隅に追いやられていた用事を思いだす。

「キアラちゃん？　今、事務棟でセイラの新馬勝ちの前祝いをやってるんだけど——」

「ｗｏｗ！　ワタシ、オイワイゴトだいすきでーす！　たくさん、チーズころがしまーす！」

「そりゃ、イギリスの奇祭でしょうが」

口ではそういうものの、キアラに仕事を切りあげる気配はなかった——だって、セイラを馬房におさめたと思ったら、大きな器具を引っ張りだしてきたのだから。

マイクロ波治療器——あれも、ホースマンが日常的にお世話になる厩舎七つ道具の一つだ。馬の筋肉をほぐして、レースや調教の疲れをとってくれる効果がある。

キアラはマイクロ波治療器のヘッド部分を、セイラの前肢のつけ根あたりに当てた。

「おひめさまー、マッサージのグアイはいかがですかー？」

颯太はまた用事を忘れて、真摯《しんし》に汗を流すキアラに見入ってしまう——あれは、俺が知る中で世界一きれいな横顔だ。自分の仕事に誇りを持っているプロフェッショナルが働く姿は、それ自体が一つの芸術品であるかのように美しい。

いつしか、颯太は純粋な疑問を口にしていた。

「……勝ったんだから少しは浮かれてもいいいんじゃないかな?」

「いいえ、いけません。ワタシがテをぬくことはゆるされないんです」

キアラは意志を宿した眼差しで首をふる。

そして、厩舎で憩う馬たちを見つめながら、天使のような笑顔を浮かべたのだ。

「——ソータにとってのセンジョウがケイバジョウであるように、ここがワタシのセンジョウですから。ワタシがいるからには、どのおうまもフコウなメにあわせません」

颯太はまぶしくて目を細めてしまう。

日も当たらなければ喝采《かっさい》を浴びることもない、ともすれば誰の目にもとまらない情熱が厩舎の片隅でサラブレッドたちだけのために輝いていた——こういう素晴らしい才能が厩舎を守ってくれるから、俺たち騎手は安心して闘えるのだ。
颯太は再認識する――本当にキアラちゃんは美浦の天使なのだ、と。

☆　☆　☆

「セイラーーーーー!!」

大ジャンプを繰りだそうとするように、聖来は体をうんと縮めて声をあげる。

それを笑顔で見守るのは颯太、キアラ、清十郎――金武厩舎の面々だ。

三人は見目麗《うるわ》しい馬主のいたずらっぽい表情からタイミングを見計らい――

「「「イッシキーーーーー!!」」」

合図と共に掲げたグラスを賑々《にぎにぎ》しくぶつけた――それが、開宴の合図となる。

開催日が無事終わり、セイラの祝勝会が開かれた。

会場となったのは、聖来が贔屓にしている高級鉄板焼き屋さんだ。

馬主との食事には営業という目的もあってできるだけ出席してきた颯太だけど、いかんせん同席する相手が人生の大先輩すぎて会話に困ってしまう。しかも、大体がどこぞの社長だとか会長だとかで圧がすごいし。

結果、ずっと恐縮しっぱなしで、颯太にとってはあまり喜ばしいイベントではなかったのだけど今日だけは特別だ――聖来との祝勝会は肩の力が抜けたとても楽しいものになった。

「ふぅー、ちょっと食べすぎちまったかな……?」

店をでてすぐ、颯太は腹をさすった。

馬主が紹介してくれる店は、100％うまいというのが競馬界の常識だ。

つい食べすぎそうになるけど、颯太は騎手になってから、食べ物を見ると自動的にカロリー値が算出される特殊スカウターが身に着いたのでどうにかやっていけている――後で待っている減量苦に比べれば、これくらい楽勝っすよ。

ふと、颯太は手のひらを見つめた。確かめるように握ったり、開いたりを繰り返す。

まだ、生々しい感触が息づいていた――セイラが手綱を引くエネルギーのみなぎりが。

夜の空気を深く吸いこむ。体の奥底に芝の香りが残っていた。

血流が速く巡り、心臓が熱を帯びる。あの清冽《せいれつ》な風巻く場所――サラブレッドの背中に戻りたいと心が急《せ》く。

颯太は苦笑してしまう――毎日のように引退を考えていたのに、明日も騎手でいられることにこんなにも歓喜している。

最後に強く拳を握った――もう、今の答えを失くさないように。

「颯太く〜〜〜〜ん！」

ご機嫌な声にふり返ると、聖来が世界中から争いごとを消し去りそうな笑顔を浮かべて駆け

寄ってくるところだった――のだけど、徐々に左へ逸れていく⁉

「あ、あれあれ⁉　颯太くん、どこいくんです⁉　やーん、逃げないでー！」

「逃げてるのは聖来さんですよ⁉」

ふらふらと危なっかしいお姉さんをつかまえようとすると、聖来は今が好機とばかりに「えいやっ！」と飛びついてきた。

「えへへっ、つかまえちゃいましたー。颯太くん、お覚悟ー！」

颯太の腕にじゃれついて、ぽわぽわと無邪気にはしゃぐお姉さん。ほろ酔い状態だからか、隙あらばぴとぴとひっついてくる――ここが天国ですか？

颯太の動揺を見抜いてか、保育士さんのような聖来の目がちょっぴり小悪魔になった。

「今日の颯太くん、とっても格好よかったので、そのご褒美でちゅよ～」

「な、なななな……⁉」

「ふふっ、わたしがセイラに話しかける時、うらやましそうな顔してましたから。颯太くんってこういうのが好きなのかなって――図星でしたか？」

のどをくすぐるように微笑みかけられ、颯太は鼻血がでてないか確認してしまった――甘やかしお姉さんに、甘え殺される！　こんなん心が糖尿病になりますって！

颯太が人生のハイライトを迎えている間に、キアラと清十郎も店からでてくる。

「颯太くん、聖来さんを車で送ってあげてくださいね」

「はい、最初からそのつもりでした。キアラちゃんも乗ってくか？」

「ｙｅａｈ！　ありがとごじゃまーす！」

「キアラちゃん、ダービージョッキーの運転ですよ！　1着はもらったようなものですね！」

「うぃうぃ！　きっと、チョクセンのノビがちがうんでしょーねー！」

「いやいや、安全運転でいくからね⁉」

颯太は運転席に乗りこむ。助手席に聖来が、そして、後部座席にキアラが座った。

こんな女神みたいなお姉さんと、イギリス産傑作美少女を乗せているのだ。事故ったら、それこそ世界の損失になりかねない——颯太は、いつもより慎重に車をだす。

「そういえば、聖来さんの家ってどこでしたっけ？」

「あっちですぅ！」

聖来のへにょへにょした道案内に頰をほころばせながら、颯太はハンドルを切った。

運転しながら、当たり障りない話題を向けてみる。

「やっぱり、馬主ってお金とか大変じゃないですか？」

「はい。先輩たちから儲《もう》からないぞと聞かされてきましたから、覚悟はしているつもりなのですが——」

この間、セイラが勝った新馬戦の1着賞金は手当込みで約1000万円——その賞金のうち80％が馬主に、10％が調教師に、残り5％ずつが騎手と厩務員に入る。

つまり、あの日だけで聖来は８００万円を稼いだというわけだ。

これだけなら、よだれがでるほどおいしい話なのだけど実情はまるで違う。

聖来は金武厩舎に預託《よたく》料を月６０万円払っているし、馬の輸送費なども自腹でださなければならない。

競走馬一頭の維持コストは、年間１０００万円はくだらないといわれる。

それだけ巨額のお金を投じても、まったく賞金を稼いでこない馬だってざらにいるし、そもそもセイラを購入した額が負債として残っているのだ。

黒字化は遠い——というか、馬主を営んで儲かってる人なんて一握りだ。みんな、「馬が好き」という気持ちで損失を補塡している。

ちなみに、日本ダービーの1着賞金は2億円。だから、１０００万円が颯太の懐《ふところ》に転がりこんできた。

「ところで、道こっちで合ってます?」

「はい!　ばっちりですぅ!」

「ワタシも、こっちでオーケーでーす!」

「えっ?　キアラちゃんはトレセンの寮じゃなかったっけ?」

「のんのん!　さいきん、こっちになったのでーす!」

——最近?　そんなの初めて聞いたんですけど。

「ここですぅ！　ここなんですぅ！」

気付くと、とあるマンションに到着していた。

車からおりて建物を見あげる——ものすごく既視感のある外観なんだけど……。

颯太は叫びだしたい衝動をこらえ、転がる毬《まり》のように駆けだした聖来とキアラについていった。

「ここですぅ！　ここが、わたしの部屋ですぅ！」

「うぃうぃ！　ワタシの、あたらしいおうちでもありまーす！」

二人はある一室を指差して、百点満点の笑顔を向けてくる。

颯太はのどまででかかった言葉をのみこむ——いや、これはさすがにのみこめねえよぉぉ⁉

「ここ、俺の部屋じゃないですかぁぁ⁉」

「Hmm……。セーラ、カギがかかってまーす」

「あっ、鍵《かぎ》ならここにありますよ、キアラちゃん」

「あるの⁉　なんで⁉」

「お金を積めば、多少の無理は通るものです」

——聖来さん、なんか怖い⁉

聖来が鍵を差しこむと、ドアは呆気《あっけ》なく開いた——セキュリティの意味ぇ……。

だけど、こんなのはまだジャブに過ぎなかった。

玄関をくぐった直後、山積みの段ボールが目に飛びこんできたのだ——もしかして、これ引っ越しの荷物か!?　ってか、いつの間に!?

「聖来さん、キアラちゃん!?　これはどういうことですか!?」

問い詰められた二人は、悪びれるどころか表情を凛々《りり》しくさせて——

「あれほど高額な報酬をいただいてマネージャーになったんです！　住みこみで、颯太くんをサポートするのは当然です！」

「ワタシも、セーラからおてつだいをおねがいされましたー！　さんにんでチカラをあわせて、セイライッシキをつよいおうまにそだてましょー！」

打ち合わせたようにびしっと謎ポーズを決める二人——いつから、そんな仲良くなったの？

「そういうわけで、颯太くんの部屋に住まわせてくれませんか!?　わたし、後先考えずマンションを引き払ってきたので他にいくあてがありません！」

「ワタシも、まえのおへやはちょっとせまかったのでーす！　こんなひろいおうちに、すめたらサイコーでーす！」

「そっちが本音だろぉぉ!?」

腹の底から叫びながら、颯太はどうするべきか悩んでいた。

都合がいいのか悪いのか、颯太のマンションは4LDK——三人で暮らすための十分なスペースが確保されている。

しかも、一等星として空に飾れそうな二人の瞳が、おねだりするようにうるんでいるのだ。

こんな二人と一つ屋根の下で暮らせるという超ボーナスイベントが、今こくりと頷《うなず》くだけで手に入れることができる。なにより、颯太は聖来に恩があった。返せないくらいの恩が。

——ずるい！　こんなの断れるはずないじゃないか！

「あぁ、もう！　わかりましたよ！　二人の好きなようにしてください！」

「やりました！　押しかけ作戦大成功ですよ、キアラちゃん！」

「うぃうぃ！　おめでたいでーす！　おせきはんをたきましょー！」

聖来とキアラは手をつないで、見えない縄を飛ぶようにぴょんぴょんと跳ねる。頬がバラ色に染まって、とても愛らしかった。

「わたしのマネジメント方針は褒めて伸ばすです！　明日からたくさん甘やかしてあげますからね、颯太くん！」

目の前でまばゆいばかりに弾けるのは、お姉さんの可憐《かれん》な笑顔。

とんでもない超展開。一体、なにがどうなることやら。

でも、明らかなことが一つだけ——きっと、めちゃくちゃ楽しい毎日になる！

「こちらこそ、よろしくお願いします」

互いにわくわくをこらえきれない表情で、颯太と聖来は握手を交わしたのだった。

第5R　きれいなお姉さんによる管理生活は好きですか？

ホースマンの休息日は、週末の競馬開催日を終えた月曜だ。

寝室の時計は、朝8時を示している。

颯太《そうた》は平日だとのどから手をだしてもつかめない最高の贅沢《ぜいたく》——二度寝をキメていた。

まだ、しばらく惰眠を貪《むさぼ》るつもりだったのにふと意識が覚醒《かくせい》する——リビングから、いいにおいが漂ってくるのだ。

颯太は樹液におびきだされた羽虫のように、ふらふらとリビングへでる。

直後、眠気が吹っ飛んだ——エプロン姿のきれいなお姉さんが、キッチンで調理に励んでいるのだ。かわいらしい鼻歌も聞こえてくる。

一人暮らしの寂《さび》しさが見せた幻想なのかと立ち尽くしていると、母性にあふれた瞳が颯太を捉えた。

「あっ、颯太くん、おはようございます！」

シュークリームみたいな笑みを浮かべ、手をふきふきしながら駆け寄ってくるお姉さん。

やっと、脳みそが起動する——そうだ、聖来《せいら》さんと同棲《どうせい》することになったんだった！

目の前にやってきた聖来は、朝日の中で横髪を耳にかけて照れくさそうにはにかんだ。

初めて拝むエプロン姿のお姉さん。しかも、今朝《けさ》はふわふわのボブをポニーテールにまとめてとっても爽《さわ》やかだ――ううっ、女神すぎる……!!

「ごめんなさい。うるさくて起こしちゃいましたか？」

「い、いえ、そんなことは……!! ってか、ご飯つくらせてすみません……!!」

「わたしは颯太くんのマネージャーですし、なにより居候させてもらっている身です。これくらいはさせてください」

すると、なにかに気付いた聖来がやわらかく微笑みながら手を伸ばしてくる。

白くてしなやかな手が、目を白黒させる颯太の髪にぽんとおかれた。

「ふふっ、寝癖ついてますよ。じっとしていてくださいね」

淡雪みたいなウィスパーボイスでささやきかけながら、聖来は颯太の跳ね髪にそっと手を当てる。時間が経《た》つにつれ、お姉さんのやわい体温が流れこんでくるようだ。

よしよしされているみたいで気恥ずかしいけど、颯太はされるがままになってしまう。

「はい、もう大丈夫。直りましたよ」

「あ、ありがとうございます」

「すぐ、食事にするので顔を洗ってきてくださいね。忘れずに体重も量ってくださいね」

「わ、わかりました」

そこで、颯太はやっと気付く――聖来はルームウェア姿ではなく、このまま外におでかけしてもちっともおかしくない格好なのだ。しかも、お化粧までしている。

朝食をつくる時間を逆算したら、かなり早く起床したのだとわかる。

「聖来さん、すごいですね。お休みなのに、そんなきちんとして」

ぱっちり二重の目をぱちくりさせた後、颯太のいわんとしているところを理解した聖来はくすぐったそうに肩をすぼめた。

「このお洋服、少し気合が入りすぎでしょうか？」

「い、いえ！　めちゃくちゃ似合ってます！」

颯太の褒め言葉はひどくぎこちなかったものの、お姉さんはとろけるように笑った。

「わたし、普段はもっとずほらなんです。でも――」

「で、でも？」

「憧《あこが》れの人の前ですから。少しでも、かわいいと思ってもらいたくて」

小首を傾《かし》げながら、聖来はとびきり甘く颯太へ微笑《ほほえ》みかけた。

「よかった、鼻血でてなかった……」

洗面所の鏡に映る自分の顔を見て、颯太はほっと胸を撫《な》でおろす。

働き者の聖来がスイッチを入れたのだろう――洗濯機はごうん、ごうんと稼働していた。

それにしても思い知らされる。あの甘やかしお姉さんとの、ちょっとしたやり取りは板チョコ5枚分の糖度だ。

油断していると、尿から糖がでるかもしれんぞ——顔を洗いながら颯太は気を引きしめる。

「さてと——」

颯太は、洗濯機脇《わき》においてある体重計に足を乗せた。

競馬学校時代から必ず朝一番には体重を測定してきたので、習慣というよりもはや儀式みたいなものになっている。

表示された数値は50キロ——昨日、祝勝会があったから怖かったけど、それなりに体重をキープできている。

騎手の平均体重は50キロ台前半といわれている。若手の中だと、颯太はむしろ太っているくらいだ。60キロなんて超えた日には、斤量《きんりょう》という制度によって乗れる馬がいなくなってしまう。

騎手であり続けるにはレースで勝つことはもちろん、日々変化する体重という強敵とも付き合っていかなければならない。

その時、不意にドアが開く物音がして颯太はふり返った。

同時に声にならない声をあげてしまう——お風呂《ふろ》から、湯気をまとったキアラがあがってきたのだ！

濡《ぬ》れ滴《したた》る金髪に薄ピンクに染まった色白の柔肌、なによりバスタオル一枚じゃ隠しきれない魅惑のボディ――ぷりんとしたり、ぽよんとしたものが悩ましげにちらちらしている。

顔はまだ幼い少女なのに――これが、欧州血統のなせる業ですかぁ⁉

「あっ、ソータ、おはようごじゃまーす！　ｃｈｕ、ｃｈｕ、ｃｈｕ〜♡」

「キアラちゃん、挨拶《あいさつ》のチークキスはいいから服着てぇえ！」

本日、２度目となる鼻血案件に見舞われて、颯太は絶叫してしまったのだった。


ハプニング続きで、朝食のテーブルに着いた時にはすっかりくたびれてしまっていた――いや、幸せなことしか起こってないんだけどさ。

颯太とキアラが揃《そろ》ったのを見て、聖来がるんるんと料理をテーブルへ運んでくる。

あまりの豪華さに颯太は目を見張ってしまった。

きらきらと輝く粒が立ったご飯に、いい香りがするお味噌汁《みそしる》。

そして、お盆の上に小鉢が満載されていて、バラエティ豊かなおかずが少しずつ盛られているのだ。

「ｗｏｗ！　おいしそーでーす！」

「こ、これ全部、聖来さんが⁉」

「はい、颯太くんのマネージャーになるべく料理の修業を積んできたので！」

——お、俺《おれ》のために⁉　光栄が過ぎる！

「た、食べていいですか⁉」

「もちろんです。そのためにつくったんですから」

大至急、いただきますをして聖来の手料理を口に運んでいった。

「なんですか、これ⁉　どれもこれも最高にうまいです！」

「ふふっ、そういってもらえると嬉《うれ》しいです。ちゃんとカロリーを計算しているので、完食しても問題ありませんからね」

感動のあまり、颯太は「おぉ……‼」と変な声をあげてしまう。

体重管理をなにより気にしなければならない騎手にとって、聖来の気遣いはありがたいことこの上なかった――こんな神ご飯を、これから毎日食べられるなんて咽《むせ》び泣きそう。

「この魚、脂が乗っててておいしいですね！」

「はい、銚子《ちょうし》の海産物はどれも絶品です」

「えっ、そんなところまで買いにいってるんですか？　近くのスーパーでいいのに……」

「そういうわけにはいきません！」

それまで、ご飯を食べる颯太とキアラをにこにこと見守っていた聖来が、急に血相を変えてイスから立ちあがった。

「颯太くんが食べるものは、いずれ颯太くんになるものです！　つまり、食材選びとは、かわいい颯太くんにお金と時間を払っているようなもの──どうして、わたしがだし惜しみできるでしょうか⁉」

唐突に、身ぶり手ぶりを加えて力説する聖来。

もちろん、颯太はぽかん状態だ。キアラは、我関せずせっせとご飯をかきこんでいる。

気持ちが伝わってないことをもどかしく思ったのか、聖来はさらに言葉を継いだ。

「たとえば、颯太くんがセレクトセールにでるとしますよね」

セレクトセールとは、日本における馬産の中心地──北海道で行われる日本最大の競走馬のセリ市だ。毎年、億超えのサラブレッドが何頭もでるし、大物馬主や調教師、現役《げんえき》ジョッキーたちも来場するので会場はセリ市とは思えない華やかな雰囲気に包まれる。

ちなみに、いうまでもなく人間は売りにだされない──前提と倫理が崩壊しているけど、ひとまず颯太は口をはさまないことにした。

「初値が４０００万円とします」

「たっけぇ⁉」

セリの目玉となる超良血馬レベルの価格だ──聖来さん、俺のこと過大評価しすぎ！

「そして、わたしは狂喜乱舞してオークショニアに向かって手をあげるのです！」

馬主だけあって、現場にいたことがあるのだろう──聖来は人差し指と中指の二本をぴんと立てた。セリで使う独特な手ぶりだ。

「……200万円アップっすね（ごくり）」

「いえ、2000万円です！」

――桁《けた》が違ったぁぁ⁉

「は、払いすぎです！　俺にそんな価値ありませんって！」

「なにをいいますか！　まだ落札できるか不安なレベルです！　6000万円ぽっちで、颯太くんを養える権利を購入できるなら安い買い物です！」

ちょっと、なにいってるかわからない――お姉さんの愛が重すぎる！

目に渦巻を生じさせながら内で飼っている獣を解き放ちかけていた聖来だったけど、二人が朝ご飯を完食したのを見て正気に戻ったようだ。

「あっ、颯太くん、キアラちゃん。食後に少し時間をもらえますか？」

「おー？　ワタシはヨテイがないからだいじょぶですがー」

「お、俺も同じく――でも、なにするんですか？」

よくぞ聞いてくれましたとばかりに意気ごんだ聖来は、握ってもなおやわらかそうな拳《こぶし》をつくり――

「はい！　今後の重要プロジェクトを説明しようと思いまして！」

「じゅ、重要プロジェクト……？」

唐突な話に目を点にする颯太。対照的に、聖来の口調はますます熱を帯びていった。

「はい！　名付けて、『颯太くんこそ最強最キュンジョッキー』プロジェクトです！」

聖来の表情は野望を語るように真剣だった――いや、だから問題なんですけどね！

もしや、とんでもない人の寵愛《ちょうあい》を受けてしまっているんじゃ――今さらながらそんなことを思う颯太なのだった。


聖来と一緒に食器を片付け終え、颯太は約束通りテーブルに戻った。

いつの間にか、プレゼンター役である聖来はメガネを装着している――形から入るタイプらしい。反則級に似合っているから、目の保養になっていいのだけど。

「では、『颯太くんこそ最強最キュンジョッキー』プロジェクトの説明をしますね」

「ネーミングセンスはドン引きですけど、お願いします」

「このプロジェクトの目的は、あらゆる手段を講じて颯太くんを最強ジョッキーへ育てあげることです――手始めに肉体面を一番よかった時期に戻しましょう」

「そんな鈍《なま》ってますかね、俺？」

まったく自覚がなくて、颯太は首を傾げる――自分の体のことは、自分が一番わかっているつもりなんだけどな……。

「ダービーを勝ったころと比べれば、明らかにトレーニング量が落ちてますよね？　お腹《なか》につまめるくらいのお肉ができているんじゃないですか？」

「な、なぜそれを——‼」

鋭い——確かに、レースに出走しなくなってからは肉体を追いこむ機会が少なくなった。ずっと48キロにキープしてきた体重も、今じゃ2キロ増えてしまっている。

「わたしの颯太くんアイの前では、服など着ていないのも同然です」

キャリアウーマンっぽくメガネをクイッとして、決め台詞《ぜりふ》らしきことをのたまう聖来——きれいなお姉さんの口からでたものじゃなければ完全に変態の妄言である。

「そこでです！　キアラちゃん、カモン！」

「やいさほー！」

聖来の手先と化したキアラが鎖をじゃらじゃらと引きずってきたかと思ったら——なんと、冷蔵庫に巻きつけて南京錠をかけてしまったのだ！

「な、なにするんですか⁉」

「颯太くん、体重管理に苦労してますよね？　セイラとの復帰戦でも後数百グラムが落とせなくて、トレセンのサウナにこもりっぱなしでしたし」

またも痛いところを突かれて、颯太は言葉に詰まってしまう。

聖来のいう通りだった——トレセン内にある調整ルームという場所では、騎手のために「汗取りサウナ」という設備が開放されている。

ドライサウナと違って、浴室全体が蒸気に包まれているから長い時間をかけてたっぷりと汗をかくことができる。本気をだせば、一回入るだけで颯太は1キロ落とせたこともあった。

まさに体重管理の駆けこみ寺的な存在——そういうわけで、世の中がサウナブームになって、「整った〜」と口にする人々が急増する以前から騎手はサウナに入り浸っている。肌がきれいな人が多いのは、そのおかげかもしれない。

汗取りサウナを過信するあまり、つい暴飲暴食してしまうこともあるのだけど。

颯太はそのパターンで何度も痛い目を見てきたのに、いまだに間食を止められない——だって、深夜に食う大好物《ラーメン》って脳汁でるほどうまいんだもん。

「なので、颯太くんは自由に冷蔵庫を開けられないこととします。合鍵《あいかぎ》を持ったわたしとキアラちゃんで使わせてもらいますね」

「そ、そんな……。一日中なにも食べられないだなんて……」

「親愛なる颯太くんに、そんなひどい真似《まね》はしません。颯太くん専用の小さい冷蔵庫に、太らない程度の飲食物を入れておきますので」

聖来の言葉に颯太は渋々と頷《うなず》いたものの、話はこれで終わりじゃなかった。

「それと、カロリー過多な食べ物も控えてください。炭酸飲料も制限させてもらいます。規則正しい生活を心がけ、毎日欠かさずトレーニングもこなしてもらいます——これが、基本的なスケジュールとなります」

聖来から渡された資料に目を通すや否《いな》や、颯太は顔を青くする。

まさに、禁欲管理生活——四六時中、空腹と手をつないで訓練に明け暮れた競馬学校時代に逆戻りしたみたいだ。思ってたより百倍徹底しとる！

「ラーメンだけは！　せめて、ラーメンだけは三日に一回は摂取させてください！」

床に這《は》いつくばってのラーメンおねだり——騎手のくせに完全にデブの所業である。

本当なら溺愛《できあい》したい年下の男の子にお願いをされて、聖来も気持ちが揺らぐ。

しかし、颯太の躍進を心から望むお姉さんの決意は固かった。

「だ、だめです！　辛《つら》い思いをするのは颯太くんなんですよ⁉」

「そこをなんとかお願いします！　俺からカロリーを奪わないでください！」

必死の抵抗に、聖来は困ったように「う〜ん！」と考えこみ——

「わたしがふーふーあーんしてあげますから、一週間に一回にしてください！」

「妥協の仕方が斜め上すぎる⁉」

——一瞬、それもいいかもなんて思ってしまったのは内緒の方向で。

「それと、もう一つ颯太くんには我慢してほしいことがあるんです」

「まだあるんですか……？」

すると、それまで毅然とした態度を保ってきた聖来が急に口ごもった。

なにやら頰《ほお》を赤らめ、今日もきれいに整った前髪に触れながら悩ましげに体をもじもじさせている——えっ、そういうのやめよ？　どきどきするから。

「そ、颯太くん？　失礼ですが、あれの回数《かい》をうかがってもいいでしょうか？」

「あれとはなんでしょう……？」

「あ、あれとはあれです！」

「どれでしょう⁉」

聡明なお姉さんにしては要領の得ない会話だった——完全にテンパっておられる⁉

埒《らち》が明かないと思ったのか、聖来は写真に残したいくらいに顔中を真っ赤《まか》にしながら——

「じ、じじじじじじ自慰の！　回数です！」

放たれた言葉が、颯太の脳天を貫いた——清楚《せいそ》の極《きわ》みのような聖来さんの口から、そんなはしたないワードが飛びだしたらそりゃぶったまげますよ⁉

「プロアスリートの世界では、過度なマスターベーションは成績を落とす要因になるという説があるので——」

「な、なるほど、そういうことだったんですね！」

調子を合わせるように答えたものの、肝心の答えは中々口にできなかった——ってか、こんなん答えられるか⁉　どんな羞恥《しゅうち》プレイだよ！

「や、やっぱり、いいにくいですよね……？　では、わたしからいいましょうか……？　そうすれば、おあいこに——」

「わぁぁぁぁ⁉　い、いいます！　いいますからぁぁ！」

耳まで赤くなった顔を小さな手で隠そうとする聖来に、颯太は超特急で声を荒らげる。

お姉さんの口からそんなことを聞いたら、朝から大変な想像をしてしまいかねない――ってか、それよりも！

「自慰の制限なんて不可能です！　こればかりはぜっっったいに無理です！」

「や、やはり、男の子とはそういうものなのですか……？」

聖来は1ミリの心当たりもなさそうに首を傾げる。やり取りを見守っていたキアラも「なんのこっちゃ？」といわんばかりに表情をぴゅあぴゅあにしていた。

そのリアクションが本音だとすれば、あまりに無自覚すぎる――二人とも、自分がどれだけ男の目から魅力的に映るかまるでわかってない。しかも、同棲していれば今朝みたいに、あられもない姿を目撃するイベントにエンカウントするかもしれないし。

だからこそ、ガス抜きが必須なのだ。二人の身の安全のためにも――別に性欲が強いわけじゃないよ？　性欲だけは種牡馬《しゅぼば》級とか思ったやつ、ステッキで百叩《ひゃくたた》きな。

「これは、困ったことになりましたね……」

またも、聖来は体を傾けながら悩みに悩み――

「わかりました！　催した時は、わたしがサポートしますから我慢してみましょう！」

「だから、妥協案が斜め上すぎるんすよぉぉ⁉」

セイラもそうだけど、馬主さんも負けじと癖《くせ》が強い――えっ、てかサポートってなに？

なにしてくれるの？　詳しく聞いていい？

颯太が中学生みたいにどぎまぎしていると、聖来が時計を見て声をあげた。

「もうこんな時間⁉　颯太くん、今すぐお着替えを！　トレーニングの時間です！」

「と、トレーニングって、ジムにでもでかけるんですか？」

「いえ、隣の部屋にいきます！」

あまりに予想外な返答に、颯太が目をお粗末な点にしていると――

「颯太くん専用トレーニングルームをつくっておきましたので！」

親指をぐっと押しあげ、聖来は「ばちーん☆」とウインクをぶちかましたのだった。

空き室だと思っていたお隣は、いつの間にかとんでもないことになっていた。

颯太が立ち尽くしていたのは、ジム顔負けの機材が揃うトレーニングルームだった。

「……マジか、マジか」

――一体、いくらかかったんだ？　しかも、俺が使うためだけに。

怖くなったので、颯太は考えるのをやめた――この世には、知らなくていいこともある。

対して、聖来は淡々と機材を確認していた。まるで、払うべきものにお金を払っただけとでもいいたげに――お金持ち怖い……、お金持ち怖い……、お金持ち怖い……。

「そういえば、聖来さん、部屋を借りたんならこっちに住めばよかったのでは――」

「――さて、トレーニングを開始しましょうか」

聖来の表情は額に飾っておきたいくらいの可憐《かれん》な笑顔だったものの、奥底からただならぬ迫力をかもしだしていたので、颯太はうかつに触れたパンドラの箱を記憶から消去した。

「聖来さんがメニューを考案してくれたんですよね？　どんな内容なんですか？」

「よくぞ、聞いてくれました！　まずは、これをはいてください！」

聖来から手渡されたのは下駄《げた》だった。

しかも、ただの下駄じゃない――本来、複数あるはずの歯が一本しかないのだ。

さっそく、一本歯の下駄をはいて真っ直《ます》ぐ立とうとするも、どうしてもぐらぐら揺れてしまう――すごい、体幹をいじめ抜かれている気がする！

「これ、効きますね……!!」

「そうでしょう。さぁ、その状態で騎乗フォームをとってください」

「え？　立ってるのも厳しいのに？」

ご冗談でしょうと顔色をうかがっても、聖来さんはにこにこ笑顔を崩さない――あっ、これマジのやつですわ。

下駄をはいたまま足を開いて騎乗フォーム――いわゆる、「モンキー乗り」という体勢をとろうと恐る恐る腰をおろしていく。

トレーニングの恐ろしい負荷は、すぐさま颯太を襲った。

――あああああ、生まれそう！　ケツから禍々《まがまが》しいものが生まれそう！

数分もすると、ふとももの震えが止まらなくなる――きっつぅぅぅぅ⁉

「はい、ダンベルです。その体勢のまま、あげさげしてくださいね」

「えっ⁉　まだ、強度あがるんですか⁉」

「腕の筋肉は馬を御するために必要不可欠ですから。ですが、筋肉のつけ過ぎには注意して鍛錬していきましょう。颯太くんの強みである、やわらかな騎乗が損なわれてしまいます」

聖来がさらりといってのけた言葉には、確かな知識の裏打ちが感じられた。

――こりゃ、見直さなくちゃいけないな。

正直なところ、颯太は心の底では甘く見ていた――聖来さんは確かに熱狂的な競馬ファンだけど、騎手の肉体については素人《しろうと》に過ぎないと。

でも、それこそが颯太の思いこみだった。

きっと、たくさん勉強したのだろう。このメニューは騎手に必要な筋肉を理解した上で組まれている――だからこそ、颯太は目の前の課題に集中して取りかかることができた。

「んぎぎぎぎぎぎぎ……‼」

あご先から垂れ落ちた汗で床に水たまりができたころ、颯太はやっとメニューを消化した
――っしゃ、おらぁぁ！

「はぁい、よくできました！　颯太くん、いい子、いい子です！」

すかさず、駆け寄ってきたお姉さんから、お褒めの言葉とドリンクをふるまわれる――かわいいマネージャーがいると厳しい練習も頑張れるって、本当なんだな。俺は競馬学校出身だから、そもそも部活って文化に触れてこなかったけど。

ＪＲＡが運営する千葉県白井《しろい》市に建てられた競馬学校は、入学試験時点で生徒数を徹底的にしぼりこむ少数精鋭戦略が採られていることで有名だ。

颯太が受験した年は８人が合格となった――ちなみに、最近には珍しく女子が一人もいなくて、しかも一つ上と下の学年にはちゃんと女の子が合格していたから、俺たちの期は「谷底の世代」という不名誉な名前がつくことになった。神さま、俺はあの時のことまだ許してねえからな！

普通の共学高校に通っていたら、こういうアオハル成分を摂取できていたんだろうか――なんだか、遅れて青春を取り戻している気分だ。

「では、次です！」

「えっ、もう⁉」

――もしや、この人、ぽわぽわ鬼軍曹なのでは⁉

次に、聖来が抱えて持ってきたのは大きなバランスボールだった。

「これに乗ってください。颯太くんにとってはお馴染《なじ》みのアイテムですよね？」

「ええ、そりゃもう」

騎手にとって、バランスボールは友達みたいな存在だ――学生時代、どれだけこいつのお世話になったかわからない。夏祭りの夜も、クリスマスの夜も寮ではこいつが寄り添ってくれてたから俺は一人じゃなかった……怖い話じゃないよ？

颯太は「よっ」とバランスボールに乗って、その上で騎乗フォームをとった。

危うげに揺れていたボールが、颯太の体勢が安定したことで静止する。

聖来は一流の演劇を鑑賞したかのように、惜しみない拍手を送った。

「さすが、颯太くん！　見事ですね」

「なんだか懐かしい感覚です」

今でも、昨日のことのように思いだせる。

競馬学校に入学したてのころ、先輩たちのトレーニングを目の当《ま》たり《あ》にして開いた口が塞《ふさ》がらなかった――彼らは不安定なバランスボール上で、いとも容易《たやす》くモンキー乗りを維持していたのだ。ヤバいところにきちまったと、震えあがったものだ。

しかも、この特訓はこれで終わりじゃない。

「では、次に行うことについての説明はいりませんね？」

「はい。いつでもどうぞ」

経験があったからこそ聖来がゴムボールを持ちだしたことにも、そして、それをパスされたことにも驚きはなかった。

ただ肉薄してくるボールを目視し、モンキー乗りのまま両手でキャッチにかかる。

受け止めた瞬間、定まっていた重心が移ろう。しかし、颯太はそのバランスのほつれを瞬時に矯正して、安定を手放さない。

——さて、今度はこっちが聖来さんに投げ返す番だ。

「ほいっと」

ボールを投げる時も、動作の余勢でやはり均衡が崩れる。

その重心のずれも、優れた平衡感覚を駆使して修正してみせた。颯太がバランスボールから落ちる気配は皆無だ——この一連の感覚を体に覚えこませることで、絶え間なく揺れる馬上でも安定を保つスキルが養われるのだ。

学生時代、こんなふうに延々とキャッチボールをしたものだ——他にも、競馬学校ではユニークな訓練が行われている。最初、なにかの手違いで雑技団に入ったかと思ったもん。

原点となるトレーニングをこなし終わり、さっそく体のあちこちが悲鳴をあげていた。

「いちち……、聖来さんのいう通り体が鈍っていたみたいです——って、あれ？」

返事がないことを不思議に思って、お姉さんへ視線をやる。

聖来はリスみたいにボトルを抱えて、目をきらきら輝かせながら待機していた。

なんとなく、なにを求められているかわかったので——

「聖来さん、のどが渇いたのでドリンクもらえます？」

「はぁい♡　どうぞぉ♡」

頼むや否や、一目散に駆け寄ってきてボトルを差しだしてくれるお姉さん――癒《いや》し効果が半端《はんぱ》ない。俺だけがこんなに幸せでいいのかしら？

片や、聖来はのどをうるおす颯太をうっとりとながめながら――

「意中の方と同じ部活に入っているマネージャーさんって、こんなに胸がときめいてやまないものなのでしょうか……!?　勉強ばかりの高校生時代を供養している気分です……!!」

こちらもこちらで、一周遅れの青春を満喫しているようだった。

それからも、颯太は基礎トレーニングを黙々とこなしていった。

しかし、中々集中できない。なぜなら――

さっきから、聖来がちらちらと視界の隅に映るのだ。

それも段々とエスカレートしてきて目の前を通りすぎたり、しゃがみながらなにかを訴えかけるような眼差《まなざ》しで見つめてきたり、最終的には物影に隠れながらボトルをふるふるしてアピールしてくる――年下ですけどいっていいすか？　ナニ、アノカワイイイキモノハ。

完全に、ごちそうさま案件だ。だから、颯太はせめてものお礼に口にせざるを得ない。

「聖来さん、ドリンクいいですか？」

「ただいまぁ♡」

聖来は嬉しそうに両手でボトルを差しだしてくる――ヤバい。このお姉さんにトレーニングに付き合ってもらうと、お腹がたぷたぷになってしまう。

――まぁ、いっか。汗取りサウナで水分を抜けばいいんだし。

そう思い直し、颯太はボトルを傾けて親愛なるお姉さんの幸せを優先したのだった。


――自宅のシャワーよりも、ここの方がひとっ風呂浴びた感があるんだよなぁ。

そんな職業病じみたことをしみじみと思いながら、颯太は脱衣所で服を脱ぐ。

そして、聖来が持たせてくれたふわふわのタオル片手に、調整ルームの汗取りサウナへ入っていった。

脱衣所の段階で暑かったけど、浴室へ足を踏み入れるとその熱気がさらに増す。

スチームが充満した浴室は、霧に包まれているみたいだ。

湿度の高い空気がむんむんと熱を帯びていて、呼吸するたび内側から蒸されているかのような気分になる――鼻の穴が、ちょっと痛いもん。

暑いのが苦手な人だと、お湯に入る前にギブアップしてしまうかもしれない――俺なんかは熱さに悶《もだ》えながら、「これこれ、これなのよぉ！」と快感を覚えてしまう肉体へつくり変えられてしまったけど。もう普通に戻れない。責任とってくれ、ＪＲＡ。

「うぃ～～～～！」

体を流し終えて、大浴場に肩まで浸かると颯太は年寄りくさい声をあげてしまう――聖来さんには絶対に聞かせられない。

「――おい、お前の家の風呂じゃねえんだぞ」

「す、すんません！」

てっきり貸し切り状態だと思っていたので、スチームの向こうから聞こえてきた刺々《とげとげ》しい言葉に謝罪する。

おどおどしながら蒸気の向こうに目を凝らすと、見えてきたのは――

「り、凌馬《りょうま》⁉」

思いがけない人物との遭遇に、颯太は浴室に反響するほどの声をあげてしまった。

「なんだよ、うるせえな」

群れるのを嫌うオオカミにも似た表情を浮かべるのは、颯太と同じ年に競馬学校を卒業した同期の一人――氷室《ひむろ》凌馬だった。

凌馬は滋賀にある栗東《りっとう》トレセンの厩舎《きゅうしゃ》に所属しているため、接点がほとんどない――こうして、ちゃんと顔を合わせるのだって1年半ぶりだ。そりゃ声も大きくなるだろ！

「なんで、凌馬が美浦《みほ》にいるんだ⁉」

「お前の許可がないと、ここにいちゃいけないのかよ？　随分とえらくなったものだな。さすがはダービージョッキー――いや、今はブービージョッキーか」

――あっ、ふーん。久しぶりに会ったのにそんな感じなんだー。そっかー。

ぴきぴきと青筋が立つ感覚をやり過ごしながら、颯太は努めて友好的に――

「今さらだけど、最多勝利新人騎手の受賞おめでとう」

そう、凌馬は昨年のルーキーイヤーで年間39の勝ち鞍《くら》を記録して、新人にとって最も誉れ高いタイトル――JRA賞最多勝利新人騎手に輝いたのだ。ここに名を連ねるのは後のレジェンドばかりで、自然と凌馬は颯太たちの世代では最有望株と目されている。

「今年も勝ちまくってるし、調子いいみたいだな。さすがだよ」

「俺より下手なやつが、俺の騎乗を評価すんな。それとも、俺に『お前こそダービー制覇、おめでとう』といわせたいだけのご機嫌とりか?」

……ねえ、なんなの、この子。エターナル反抗期なの? そんなんで、お母さまと上手《うま》くやっていけてるの?

颯太は嫌気がさしてため息をこぼす。

本当に、競馬学校にいたころからまったく変わってない――自分だけ格が違うのだと見せしめるような王さま然としたふるまいも、そして、悔しいけれどそんな態度に説得力を与えてしまうほどの騎乗技術の高さも。いや、後者はさらに磨きがかかってるか。

でも、なんだかんだ3年間、同じ時間を過ごした仲間だ――乙女ゲーから飛びだしてきたかのような、リアルオレさま系男子である凌馬きゅんへの接し方は心得てますよ。

まず、心を凪《なぎ》の海のように保つ。そして、お釈迦《しゃか》さまスマイルを心がけ、なにをいわれても決して熱くならずに柳のごとく受け流し——

「この間の復帰戦、見たぞ。相変わらず、ひどい競馬だったな。昔からなんの進歩もねえ」

「んだと、ゴラぁぁぁぁぁ!?」

——いけね☆　失敗しちった☆　でも、ここまでいわれちゃ仕方ないよね☆

「俺なりに最善を考えて、ああいうふうに乗ったんだよ！」

「はっ。その結果が、あのいかせっぱなしのだらしない競馬か？」

「お前はあの馬の怪獣っぷりを知らないから、そんなことがいえんの！」

「それは、天下のダービージョッキーさまが『俺には馬を御する技術がありません』って白状したってことでいいんだよな？」

「うぐっ——」

「俺だったら、もっと上手く騎乗できた。あの行儀を知らない馬に『競馬』ってものを教えこんだ上でな——そんなんだから、俺に模擬戦で勝てなかったんだよ」

一本とったとばかりに、にんまりと口角を吊《つ》りあげる凌馬。

ただでさえサウナに入って高まった体温がさらに爆上がりしたのを感じる——本当に、こいつの俺に対してマウントをとるスキルは天下一品だ！

ともあれ、久しぶりの感覚だった。競馬学校時代から、座学でも実技でも颯太と凌馬はなにかにつけて張り合っていた——こういってしまえばバチバチのライバル関係だったかのように聞こえるけど、実際にはあらゆる面で凌馬の実力が上回っていた。

それを如実に示すのが、凌馬が口にした模擬戦だ。

競馬学校の3年生は、本番さながらの模擬レースを1年にわたって複数回行う——その着順がポイントとして加算され、最も得点が高かった生徒が卒業時に「競馬学校チャンピオンシップ」の優勝者として表彰されるのだ。

まさに、凌馬が優勝に輝き、颯太は大差をつけられての2位という成績に終わった——そう、俺は凌馬に対して先着したことが一度もないのだ。ぐやぢい……、ぐやぢい……。

在学中、馬鹿《ばか》な勝負も数えきれないくらいした。

どっちが先にボールを落とすかバランスボール上でキャッチボール合戦したのを昨日のことのように思いだせる——あれ、ちょっと待って。俺の青春といっても過言じゃない競馬学校の記憶のほとんどにこいつが顔をだすんですけど？　超、嫌なんですけど？

ともあれ一度、火がついてしまった勝負師の心は、なんらかの形での決着を望んでいた

——ジョッキーは負けん気が強くなければ務まらない。

幸いにも今、身をおいているのは灼熱《しゃくねつ》の汗取りサウナ。最高にわかりやすくて、最高に頭の悪い勝負のつけ方がある——凌馬もとっくに察して、上等だとばかりにあごを傾けた。

——どっちが長くサウナに耐えられるか勝負だ！

颯太と凌馬は、申し合わせたように肩までどっぷりと湯に浸かる。二人とも、すでに顔はゆ

であがったタコみたいな有様《ありさま》だ。

「――なぁ？」

「なんだ？　もう降参か、凌馬？」

「馬鹿いってないで耳貸せ――お前、あらゆるスポーツの世界で、最も不公平な競技ってなんだと思う？」

「……なんだよ、その質問？」

「いいから答えろ」

いちいち刺々しい命令口調にイラっとしながらも颯太は考えてみる。

凌馬は、その逡巡《しゅんじゅん》すらも罪深いといいたげに――

「1年半も現場にいながら自覚がないとか――どんだけ、おめでたい頭してんだか」

「競馬だって、いいたいのか？」

「あぁ、そうだ――この世界じゃ競馬学校を卒業したての新人が、デビュー戦で超一流ジョッキーとぶつかることだってざらにある」

心当たりがありすぎて、「それなぁ」と実感が伴った声をあげてしまった。

颯太にとってデビュー戦となったレースでも、ＧⅠ《グレードワン》勝利経験のあるジョッキーが普通にでてきていた――ええええ、いうまでもなく勝負になりませんでしたよ。騎手としてのレベルに差がありすぎて笑っちゃったもん。

「ここまでならまだいい。ルーキーが勝ちようのない強豪と当たっちまうのは、スポーツに限らずどこの世界でもある話だ。だけど、競馬にはその先にとんでもない理不尽が待ってる——強いジョッキーが強い馬を独占してんだよ」

「お、お前、それをいうか……⁉」

「いい子ぶるな。ジョッキーをやっていて身に覚えがないなんていわせねえぞ」

確かにそうだ——強い騎手は数年を所属厩舎《きゅうしゃ》で過ごすと、その後はフリー騎手として独立することが多い。

フリー騎手は厩舎という枠に囚《とら》われず、己《おのれ》が磨いてきた腕で馬を集める——金武《かなたけ》厩舎に馬を預ける馬主たちも、所属騎手である颯太を飛び越えて「フリー騎手の誰々《だれだれ》に騎乗をお願いしたい」と注文するケースが多々ある。

自身の馬に勝てる騎手を乗せたいという親心は理解できるし、なにより馬をどう使うかについて最も強い決定権を持つのはオーナーだ——厩舎は、基本的に馬主の意向通りに騎乗依頼をだすことになる。

そういうわけで、水が高いところから低いところに流れる摂理をなぞるように、強いジョッキーへ強い馬が集中することになる。まさに、鬼に金棒状態だ。

しかも、そのジョッキーがGⅠレースを勝った日にはさらに威光が増し、輪をかけて有力馬の騎乗依頼が殺到して——いよいよ、無双モードに突入する。

実力もコネもない若手がその勢いを止めることなんてできない――すぐ隣に、永遠に勢力が衰えない台風が滞在しているような感覚だ。

「おかげで、俺たちに1番人気の馬が回ってくるのは１００頭に1頭くらいだ」

「ま、まぁ、俺もそんなもんだな！」

凌馬の同意を求めるような言葉に、颯太は目を泳がせながら答える。

――嘘《うそ》です。乗せてもらっている身でこんなことをいうのは罰当たりだけど。去年、俺には約５００の騎乗依頼があって、そのうち1番人気になった馬は2頭しかいなかった。凌馬のやつ、俺よりずっと売れてやがる……!!

ちなみに、颯太のルーキーイヤーの勝率は０・０４――ソシャゲのＳＳＲ排出率並みの確立でしか勝ててない。

とはいえ、絶望的な数値というわけじゃない。騎手の勝率というのは1割を超えたら立派なもので、2割を超えたらそれはもう人の形をした神だ――怪我《けが》がなければ、日本ダービーでインコロナートに乗るはずだった神崎無量《かんざきむりょう》騎手とかね。あの人、エグすぎだわ。

凌馬は、颯太が張った見栄に気付きすらせず自分の話を押し進めた。

「ほらな。ジョッキーは超のつく格差社会なんだよ。ルーキーは弱者として、その底辺へ投げだされる――わかるか？　俺たちはデビューした瞬間から、生きるか死ぬかの瀬戸際に立たされるんだ。だから、のしあがっていくためには自身の価値を証明しなくちゃならねえ。スタージョッキーさまたちが固めた盤石な足場に風穴を開けるために、な」

「はいはい、そうですか」

重たい話はごめんだとばかりに冗談めかして聞き流す。

とはいえ、同時に凌馬をうらやましくも思う――そういうシビアな意識で戦っているからこそ、厳しいレースで勝ち鞍を積み重ねてこられたのだろう。こいつが時折、勝利に飢えたオオカミのように映るのは、その乾いたマインドによるところが大きいのかもしれない。

「……それを一番自覚しなきゃいけないのは、颯太だと思うんだがな」

「は？　俺が？　なんでだよ？」

予想もしてなかった言葉が飛んできて、颯太はきょとんとしてしまう。

その表情を見て、凌馬は強烈な拒絶反応を起こしたように顔を歪《ゆが》めた。

「だから、お前のことが心の底から嫌いなんだよ……!!」

――わけわからん。ホントになんなん、こいつ。俺だってお前のこと嫌いですー！　ばーか！　ばーか！

「で、どうすんだ？」

「は？　なにが？」

「勝負だよ、勝負。このままじゃ、埒《らち》が明かないだろ」

そこで、颯太は凌馬がいわんとしていることを理解する。

相変わらず汗は滝のように流れているものの、サウナ慣れしている颯太と凌馬は蒸気地獄の中でピンピンしていた――すでに、入浴してから30分が経過している。

確かに、このままだらだら続けていてもドローゲームになる未来しか見えない。

ならば、どうするか――答えは一つだ。あの魔空間を使うしかない！

「いくか、凌馬！」

「あぁ、望むところだ」

すべてを口にするまでもないとばかりに浴場のさらに奥へ進む。

二人を待ち構えていたのは――サウナだった。

汗取りサウナ内に、さらなるサウナがあるのだ――なにをいっているかわからないと思うけど、こうしてあるのだから仕方ない。

そう、このサウナこそが騎手ですら長居することができない最狂ホットスポットだ。

今までいた浴場が地獄だとすると、この中には煉獄《れんごく》が待ち構えている――競馬番組でカメラが潜入した際、熱気のせいで撮影続行不可能になったいわくつきの場所でもあるしな。

さすがの颯太も、煉獄《サウナ》に突入する前は緊張を禁じ得ない。

「いいか!?　いっせーのせで入るからな!?」

「待て。俺の地元だといっせのーでだった。いっせのーでにしろ」

この世で最も不毛な会話を交わしながら、二人は煉獄《サウナ》に足を踏み入れた。

——あっつううううう!!

肌が炙《あぶ》られているみたいにぴりぴりする——さすがに、この温度に耐えられるように人間はできていない。短期決戦は必至だろう。

座って覚悟を決めたら、後はひたすらに耐えるのみだ。

普段は水風呂を織り交ぜながらインターバルをとって入浴しているので、これほど長い時間入った経験はなかった——脳みそをぐつぐつと煮こまれているようだ。死ぬほど暑いはずなのに、汗をかかなくなってくる。こ、これはヤヴァイ兆候なのでは……?

さすがに限界を感じてきた颯太は、ちらりと対抗馬の様子をうかがった。

凌馬は背筋を律儀に伸ばして、修行僧のごとく暑さをやり過ごしていた——頼む、そろそろギブアップしてくれぇい! フルーツ牛乳おごるからぁぁ!

「……生きてるか、颯太」

「……なんだよ、凌馬」

いよいよと朦朧《もうろう》としてきた意識の中で答える。

「トップジョッキーたちの牙城を崩すには、周りの俺たちを見る目を変えるしかねえ。俺一人でもいつかは成し遂げられるだろうが、アホみたいに時間がかかっちまう。だから、俺たちの世代を主役の座にぶちあげるためにお前も力を貸せ」

「俺が……?」

「そうだ。悲しいことにお前だよ、颯太。俺を抜きにすれば同期の中で、まだマシな成績を残してるのはお前しかいないからな——そこんとこは、認めてやってもいい」

「凌馬、お前……」

——それって、憎まれ役が死に際になってデレるやつじゃないですかぁ⁉

案の定、凌馬の目は焦点が合ってなかった。しかも、ぶつぶつと謎《なぞ》のうわ言を量産しているし——召される！　同期が召されちまう！

「りょ、凌馬⁉　逝《い》くなぁ‼　帰ってこいぃぃぃ⁉」

肩をつかんで揺するも、凌馬の首は生まれたての赤子のようにぐでんぐでんと動く。

急激に動いたせいなのか、颯太の肉体にも異変が襲いかかった。

——あ。これ、まずいかも。

意識が急速にと、お、く、なっ、て、いっ、て——

「颯太くん、あまり驚かせないでください。心臓が止まるかと思ったんですよ？」

「面目ないです……」

今にも泣きだしそうな聖来の表情から、かけてしまった心配の大きさを推し量れたので颯太は深々と頭をさげる。

サウナに意識を刈りとられた颯太が目を覚ましたのはマンションだった——どうやら、発見した職員さんが救助してくれたようだ。余計な仕事を増やしてすんません……。

ふと、凌馬は大丈夫だったんだろうかと思う――２秒後、大丈夫だろと自己解決した。

颯太はいまだ気だるさが残る体を投げだすようにリビングのソファへ沈みこんだ。

すると、親愛なるお姉さんの目が好機とばかりに輝く。

「あっ、丁度いいです。颯太くん、そのままで――」

えもいわれぬいい香りが鼻先をくすぐった――ソファの隣に、お姉さんが座ったのだ。

「な、なんですか、聖来さん？」

「もう、そのままっていったじゃないですか」

体を強張《こわば》らせた颯太に、聖来は「むぅ」というような表情をつくって頬をふくらませる

――これを天然でやっているんだとしたら、このお姉さんの存在はもはや男にとって兵器だ。

狙《ねら》ってやっていたとしても最高なんですけどね。あざとくてなにが悪いの？

「颯太くんがサウナから帰ってきたら、マッサージをしてあげようと思ってたんです」

「ま、マッサージですか……？」

「はい！　この日に備えて、マッサージの資格も取得したんですよ！　さぁ、わたしの手で颯太くんをたーくさん癒させてください！」

――あなたは、万能の女神かなにかなの？

「でも、マッサージって意外と力がいるんじゃ……」

「ご心配なく！　わたし、こう見えて力持ちなので！」

そういいながら、聖来は真っ白な素肌がまぶしい腕を曲げて、ちまっとふくらんだ上腕二頭筋を自慢げに見せつけてくる――これで自分を力持ちだと思ってるなんて、ちょっと正視できないくらいかわいい。あざとくてなにが悪いの？（パート2）

美しさと愛らしさを完備したお姉さんの魅力的な申し出を断る理由なんてなかった。

「じゃ、じゃあ、お願いできますか？」

「もちろん！　はぁい、リラックスしてくださいね」

そういいながら、聖来はただでさえ近い距離感をさらに詰めてくる。

素肌がぴたりと触れ合って、聖来のやわい体温が流れこんでくる――こんなの、リラックスどころの騒ぎじゃねえ⁉

現時点で心臓ばくばくなのに、聖来は颯太の手を宝物でもあつかうように恭《うやうや》しく胸元《むなもと》へ引き寄せた。その眼差しは、チョコレートも溶けそうな微熱を帯びている。

「あぁ、これがセイラを1着に導いてくれた颯太くんの腕――今、癒してあげますからね」

同じ人間とは思えないくらいすべらかな肌であやすようにさすられ、細い指で丁寧に腕をもみこんでくれる――めっちゃ気持ちええ……‼

「はぁい、体の力を抜いてくださいね。もし、体勢を保つのが苦しかったから、わたしに寄りかかってくれてもいいですからね」

聖来の的確な指圧で、筋肉が噓みたいにほぐれていくのがわかった。

時折、聞こえてくる吐息交じりの「んしょんしょ」というキュートな声が耳にくすぐったくて、催眠術にかかったように頭の中がとろんとしてくる。

骨抜きにされた颯太は本当に聖来へ寄りかかってしまった。

「ふふっ、颯太くんったら赤ちゃんみたいです。もぉーっと、わたしに甘えてくれていいんですよ？」

ウィスパーボイスでささやかれ、なにもかも慈愛で包みこむような天女の微笑みをふるまわれる。この世で見つけた楽園の中で、颯太は幼児退行してしまいそうだった。

「あっ、セーラ、なにやってるのですかー？」

すると、楽しいことを発見した子犬みたいにキアラがぱたぱたとやってくる。

「トレーニングを頑張った颯太くんに、マッサージをしていたんですよ」

「ｗｏｗ！　ワタシもやってあげたいでーす！　ソータ、おててをはいしゃくでーす！」

そういうや否や、キアラは金髪をひるがえして颯太のもう片方の隣へ腰かける。

きれいなお姉さんと、イギリス美少女にサンドイッチされて視界がさらに華やいだ——かわいいが渋滞しとる⁉

キアラは颯太の手をとると、聖来の真似っこをするように一生懸命ふにふにしてくれる
——見なくてもわかる。今の俺、絶対きしょい顔で笑ってる。

男の夢を詰めこんだような、贅沢すぎる時間。

こんなご褒美が待っているならどんな辛いことも頑張れる気がした――いや、お姉さんによる管理生活はしんどいんですけどね。

颯太は、ここが天国か地獄なのかわからなくなってしまった。

第6R　2歳牝馬ヒロイン戦線　ライバル現る！

その日の朝調教が終わり、颯太《そうた》はセイラを厩舎《きゅうしゃ》の洗い場へ連れていった。

ブースみたいに区切られたスペースに手綱をつなぎ、運動を終えたばかりで荒熱を帯びた馬体にホースで水をかけてやる。

「ほい、きれいにするからなー」

セイラは四肢をばたつかせながら、器用にちょこちょこ逃げていく。

水流が腹を伝っていく感覚が苦手なようだ——サラブレッドにとってお腹《なか》は敏感な部分だもんな。夏場にハエが飛んでると、尻尾《しっぽ》をぶんぶんふって嫌がるし。ちなみに、フルスイングされた尻尾が顔に直撃すると涙目になるレベルで痛いです。

「こらこら、逃げるな、セイラ。我慢してくれ」

「セイラ、大人しくしなきゃだめでちゅよ！」

当たり前のように、横から飛んでくる赤ちゃん言葉。

今さらすぎて指摘するのもあれだけど、このお姉さんはずっと金武《かなたけ》厩舎にいる。

というか、スタッフと同じ時間に出社して同じ時間に帰る。清十郎《せいじゅうろう》に「給与を払わないといけませんねぇ」といわしめる勤勉さだ——本業の方は大丈夫なのかな?

いらぬ心配をしながらセイラの馬体をブラシでこすってやると、心地よいのかやっととされるがままになってくれた。つぶらな目がとろんとしている。

「あっ! ソータ、セーラ、おつかれさまでーす!」

元気な声をあげてキアラが洗い場にやってくる。

連れているのは、たった今調教をこなしたばかりの牡馬《ぼば》だった。

馬体には大量の泡が付着している——初めて見た人はぎょっとするかもしれないけど、あれはただの汗だから安心してほしい。馬の汗には石鹸《せっけん》に似た成分が含まれていて、ゼッケンでこすれたりするとああいうふうに泡立つのだ。

キアラは鼻歌を口ずさみながら牡馬の手綱を洗い場につなぐ。

あの馬は金武厩舎でも最重量級のサラブレッドで、今朝《けさ》の測定では560キロあった。こうして並ぶと、430キロしかないセイラがちんまりと見えてしまう。

それなのにだ——なにがお姫さまの気に障ったのか、セイラが牡馬に食ってかかっていったのだ!

当然、相手も黙っていない。互いに後肢で立ちあがって鋭くいななく。

「ま、待て待て待て! 喧嘩《けんか》するな!」

颯太が慌てて止めに入ろうとした直後、目を疑うような事態が起こった——なんと、牡馬の方が逃げる素振りを見せたのだ。

――う、嘘《うそ》だろ……!!

馬というのは、高度な社会性を有する動物として知られている。

だからこそ、群れをつくる個体同士には厳格な序列が存在する。それは野生の馬でも、厩舎にいる馬でも変わらない。

馬同士は、かみつきや威嚇《いかく》などで力の優劣を決める――さっき、セイラと牡馬が繰り広げたのはまさに序列決めにあたる行為だ。

セイラは入厩《にゅうきゅう》してから先輩たちとの序列決めに勝ち続け、一足飛びに地位をあげてきた。

そして、たった今追い払ったのは、厩舎のリーダー的な牡馬だったのだ。

イメージでいうなら、ヤンキー校に転校してきたセイラが並みいる男どもをぶちのめし、番長までのしあがったという感じだろうか――サラブレッド血風喧嘩列伝《けっぷうけんかれつでん》か。

「へぇ、セイラが厩舎のリーダーに」

「はい、こんな気の強い牝馬は初めてですよ」

水洗いを終えたセイラを馬房へ戻す道中――颯太の言葉に、聖来《せいら》はまんざらでもなさそうに微笑《ほほえ》んだ。女番長を襲名したセイラの蹄鉄《ていてつ》の音は「かっぽ、かっぽ」と誇らしげに響く。

ただ、颯太には気になることがあった――厩舎にきてからというもの、セイラが他の馬と仲良くしているところを見たことがなかったのだ。

お姉さんのパス子からくんくんと鼻を寄せられても、つれないセイラはそそくさと逃げてひとりぼっちでいた。少しだけ寂《さび》しそうな横顔で。

――でもまぁ、いつか友達できるよな。

すると、馬房を目にしたセイラが急にご機嫌を損ねて体をひるがえした。

お姫さまは、まだ馬房に帰りたくない気分らしい――いよいよ、不良じみてきたな！

「セイラ、お家《うち》帰るぞー」

手綱を引っ張っても、セイラはいやいやするように首をあげて後ずさっていく。

一馬力と表現すれば大したことないように聞こえるけど、実際に体感すれば人間では抗《あらが》いようがないほど強い力だということがわかる――綱引きしたって勝ち目はありまへん！

「あっ、ソータ！　ワタシがおたすけしましょーか？」

「でも、セイラのやつ、こんな調子だから二人がかりでも厳しいかも……」

「のーぷろぶれむでーす！　ワタシにおまかせあれー！」

キアラは、スーパーで大の字になってお菓子をねだる子供のごとく徹底抗戦の構えをとるセイラの正面に立つと、観察するような眼差しを向けた。そして――

「ふんふん、なるほどー」

おしゃべりをするようにセイラへ語りかけたのだ。

「き、キアラちゃん、馬とお話できるんですか……!!」

「聖来さん――しっ！」

キアラの同僚である颯太は今までもこんなシーンを何度か目撃してきた――そして、この後、奇跡が起こるのも。

「がってんでーす！　しょうしょうおまちをー！」

セイラに向かって天真爛漫《てんしんらんまん》にそういうと、キアラは颯太の方へ首を巡らした。

「ソータ、クシをもってませんかー？　おかりしたいのですがー？」

「く、クシ？　持ってないけど。ってか、なにに使う――」

「あっ、わたし、持ってます！　キアラちゃん、どうぞ！」

「Ｗｏｗ！　セーラ、ありがとごじゃまーす！」

クシを受けとると、キアラは「よっ」とつま先立ちをしてセイラの前髪をといてあげた。

「はい、できましたー！　おきにめしましたか、おひめさまー？」

そう声をかけると、キアラが少し促しただけでセイラはすんなり馬房へ入っていったのだ。

「おんなのこは、マエガミがいのちですからねー！　ぐしゃぐしゃのまま、おうちにかえるのはイヤだったみたいでーす！」

どんなものだといわんばかりに、キアラはむんと胸を張ってみせる。金武厩舎が誇るエース厩務員《きゅうむいん》の働きぶりに、聖来《まあ》も「す、すごいです！」と惜しみない賛辞を贈った。

手品みたいな芸当を目の当たりにして、颯太は愕然《がくぜん》としてしまう。

そういえば聞いたことがある。この世には馬の言葉を理解し、馬にささやきかける人――ホースウィスパラーと呼ばれる稀有《けう》な才能が存在するということを。

「おうまはヒトのコトバはしゃべれませんけど、たくさんのことをかたりかけてくれます。ワタシは、それをヒトのコトバでもおおくリカイしてあげたいのです」

そういって、セイラへ笑いかける金髪美少女は紛《まぎ》れもなく天才ホースウーマンだった。

「――ごめんくださーい」

ふいに響いた声に、颯太は我に返る。

厩舎の出入り口に目をやると、ポロシャツ姿の男がこちらをのぞいていた―― いつも、颯太の取材にやってくるスポーツ新聞会社勤めの番記者だ。

「やぁ、風早《かざはや》騎手。今、取材いいかい?」

「くるなんて聞いてないっすよ」

「僕と君の仲で、そんな堅苦しいものは不要でしょ?」

「レースにでなくなってからは、途端に会いにこなくなったくせに」

「きみは閉まったデパートへ買い物にでかけるのかい?」

悪びれることなく返されて、颯太はため息をこぼす―― こういう職業に就いている人にとって、図々しさは一種の才能だ。

「君の番記者である僕にとっちゃ、この間の復帰戦は見逃せないニュースだからね。それに、怪物みたいに強い勝ち方をした相棒のことも」

そういって、番記者は好奇心を隠そうともしない眼差しを馬房のセイラへやった。

さて、どうお引き取り願おうかと颯太が考えていると、最終ストレートで雌雄を決するサラブレッドのごとき超スピードで前にでてくる影が一つ。

「その取材、お受けします！」

「せ、聖来さん⁉　こういうのは気軽に引き受けたらダメなんですって！」

「なぜですか⁉　セイラの取材をしていただけるんですよ⁉」

勢いに気圧《けお》されていた番記者も聖来の顔を二度見して、ずれ落ちたメガネを正した。

「あ、あなたはセイライッシキのオーナー――いや！　今、競馬界で注目を浴びている美人すぎる馬主さん⁉」

――聖来さん、もうそんな話題になってたの⁉

「あなたが取材を受けてくれるなら、ありがたい！　風早騎手の復活には、馬主さんが一役買ったと聞いています！　ぜひ、そこのところもお聞かせ願いたい！」

「颯太くんのカムバックはもちろん本人の努力の賜物《たまもの》ですが、わたしのサポートもちょぉーっとだけ――いいえ、この際たくさん寄与したといっていいでしょう！」

聖来はまんざらでもなさそうに「えっへん！」と豊かな胸を張る。

そのちょろすぎる姿を見て、颯太は嫌な予感に襲われた――多分、この調子だと少しおだてられただけで洗いざらい吐いてしまう。絶対に隠さないといけない同棲生活《どうせい》のことも！

颯太が戦々恐々としている間に、番記者はさらなる取材対象を見つけてしまった。

「しかも、そこにいるのはパドックでセイライイッシキを引く動画がバズりまくっている美浦《みほ》の天使ちゃんじゃないか⁉」

「おー？　ワタシですかー？」

「ぜひ、君にも話を聞かせてほしい！　一緒に取材を受けてくれないか⁉」

「Ｈｍｍ……、ワタシ、ちょーきょーしのパパからジャーナリストにおうまのことはウカツにくちにするなといわれているので――」

「近くに、絶品のケーキをだすカフェがあるんだ！　ぜひ、ごちそうさせてほしい！」

「ｗｏｗ！　ワタシにおはなしできることなら、なんでもおはなししましょー！」

手のひらを返して、わふわふと大喜びする美浦の天使――キアラちゃん、美少女なのに警戒心薄すぎ⁉

「ほら、風早騎手も早く！　時間がもったいないじゃないか！」

完全に乗り気になった聖来とキアラを見て、颯太は観念するしかないのだった。

「――なるほど。セイライイッシキの初勝利は、三人の力で成し遂げたというわけだね」

番記者は、スプーンでコーヒーに渦をつくりながらそういった。

女性客で華やぐカフェで、颯太は肩の力を抜く――どうなることかと思ったけど、なんとか隠すべきところを隠しながら取材を切り抜けることができた。

それにしても、先日の新馬戦でセイラの注目度が跳ねあがったのだと痛感する。

こうして単独の取材がくることもそうだし、調教で馬場にでる際も色んな視線を感じるようになった。

すると、番記者はコーヒーをかき回していた手を止めて聖来に話を向けた。

「ところで余談なんですけど、美作《みまさか》さんと風早騎手はどんな関係なんですか？　見たところ、ただの馬主と主戦騎手という間柄じゃなさそうだ」

絶対、余談じゃない。むしろ、こっちが本命だ――だって、目が特ダネに飢えたジャーナリストのそれなんだもん！

「せ、聖来さん⁉」

「――わかってますよ、颯太くん」

屹然《きつぜん》とそういって、聖来はすっと手をあげた。凛《りん》とした横顔が頼もしい。

颯太は自分の愚かさを恥じた――聖来さんは大人で、俺《おれ》よりずっと聡明な女性なんだ。心配しなくても、完璧《かんぺき》な受け答えをしてくれるはずだ。

深く納得して、颯太は心静かにコーヒーを口に運ぶ。

そして、聖来は一切《いっさい》の隙《すき》なく表情を引きしめ――

「わたしは、颯太くんに1000万円で買ってもらいました！」

　コーヒーを霧噴射した。

「その話を聞きたかった！　噂《うわさ》では、あなたと風早騎手は同棲してるとささやかれていますが、それは真実なのですか⁉」

「同棲しています！　そして、颯太くんの下半身を管理しています！」

　店内が騒然とする。番記者は神速でなにやらメモしていた。

　颯太の耳に、社会的死が迫る靴音が響く――これ、あかんやつや！

「ちょっと待てぇぇぇぇ‼」

　颯太は猛然と立ちあがる――話だけ聞けば1000万円払って、聖来さんに下半身を管理させてるクズ野郎じゃねえか！　断じてはそんなことは……いや、待てよ。一応、事実なのか？　俺、クズ野郎なのか？　ええい、知るかぁぁぁぁ‼

「聖来さん、なんでペラペラしゃべっちゃうんですか⁉」

「最近、芸能人や配信者の方々がにおわせているのを見て、わたしも応用してみようかと。颯太くん狙《ねら》いの女の子が寄ってこなくなりますし」

「そういうの実践しなくていいですから‼」

　――そもそも、俺を狙う子なんて存在しないから！　聖来さんが異例すぎるんだ！

「君はどうなんだい⁉　美浦の天使ちゃんも、風早騎手と暮らしているという噂が立っているんだけど――」

口元にケーキのクリームをつけたままキアラは、「おー？」と首を傾《かし》げ――

「うぃうぃ！　ワタシがソータとくらしているのはホントーでーす！」

颯太は天を仰《あお》いだ――美浦の天使は天使すぎるゆえに嘘などつけないのだ。

「君も汚い金で買われたのかい⁉」

「人聞き悪い言い方やめてくんない⁉」

「いいえ、ちがいまーす」

キアラはシリアスな面持ちでフォークをおいた――口元のクリームのせいで台無しである。

「ワタシのボコク――イギリスではかつてシュショウをつとめたチャーチルが、ダービーにまつわるユウメイなコトバをのこしていまーす」

「一国の宰相になるよりも、ダービー馬のオーナーになる方が難しい――だね？」

番記者の言葉に、キアラは静かに頷《うなず》き――

「そして、ジョッキーのママがおしえてくれました――ダービーをかつジョッキーになるのも、おなじくらいむつかしいことだと。ニッポンでダービージョッキーとであったら、かならずケイイをひょうしなさいといいつけられました」

キアラのどこまでも純粋な眼差しが、颯太へ注がれる。

「だから、ワタシはソータがもとめることだったら、なんだってしてあげたいです」

なんでだろう、普通なら感激で胸がじーんとするところなのに――今の文脈上だと、いやらしい意味にしか聞こえない！

「なるほど！　美浦の天使はダービージョッキーから激しく求められるままに――!!」

「官能小説みたいなメモ書きやめろやぁぁ!!」

「邪魔しないでくれ、種う――風早騎手！」

「今、種馬っていいかけなかった!?」

結局、取材は状態異常全制覇＋ライフ限りなく0という惨状で終わった――ゲームオーバーともいう。

「いやー、会心の取材をさせてもらったよ！」

番記者はイスに深く腰かけてご満悦だ――新聞の発売日が怖い……。

「ところで、風早騎手はこんな話を知ってるかい？」

「な、なんすか？」

「最近、セイライッシキと同等の勝ちっぷりを披露した2歳馬がいることを」

寝耳に水の話で、颯太は驚いてしまう。

先日のレースでセイラが発揮したパフォーマンスは、並みの馬に真似《まね》できる代物じゃない。最終ストレートが短い中山の1200メートルで、後続に6馬身の差をつけるなんて化け物じみた才能だ――いるのか、セイラに匹敵《ひってき》するほどの能力に恵まれたサラブレッドが。

「しかも、牝馬《ひんば》だから、いずれどこかのレースでぶつかるだろうね。美浦じゃ、そいつとセイライッシキのどっちが強いんだっていう話題で持ちきりだよ」

「そ、その馬の名はなんというんですか?」

それまで黙って話に耳を傾けていた聖来が、前のめりになって尋ねた。

「パウンドペルソナ――それが、セイライッシキのライバルになり得る馬の名前だよ」

「パウンド、ペルソナ……」

記憶に刻みつけるように颯太はもう一度つぶやく――イタリア語で、「打ち砕く者」と名付けられたまだ見ぬ馬の名を。

「2歳牝馬ヒロイン戦線の主役はセイライッシキだけじゃないということさ――さて、そろそろお勘定にしようか」

カフェの駐車場にでてすぐ、颯太は聖来とキアラの目を盗んで番記者をつかまえた。

「あの、ちょっといいすか?」

「ん?　どうしたんだい、風早騎手?」

「取材で話したことなんですけど、記事にするのは馬のことだけにしてくださいよ?　聖来さんとキアラちゃんの個人情報に関《かか》わるので……」

――なにより、俺がトレセンを歩けなくなる。というか、娑婆《しゃば》にいられるかもあやしい。

だって、キアラちゃんってまだティーンエイジャーだよ?

「やだなぁ。僕は風早騎手の番記者だよ？　君の機嫌を損ねると、ご飯のタネがなくなっちゃうじゃないか。そこのところは信用してくれていい」

「だといいんですけどね……」

番記者は、「それじゃあね！」と手をふって意気揚々と車へ乗りこんだのだった。


――最年少ダービージョッキー、種牡馬《しゅぼば》生活に突入か⁉

これが、新聞にノリノリで躍っていた見出しである。

――お相手は同棲中のセレブ大和撫子《やまとなでしこ》と、欧州血統の金髪美少女。ぱっとしない種牡馬戦績の割には破格の繁殖牝馬の質である。


それ以上、颯太は記事を読み進められなかった。

「余計なお世話だわぁぁぁぁ‼」

ヘッドバットで新聞を突き破る――あいつ、やりやがった！　今度、トレセンで見かけたら馬でひいてやる！　ひいてから、バックでもう一度踏《ふ》み潰《つぶ》す！

「あぁ⁉　なんてことするんですか⁉　次はわたしが見たかったのに！」

「聖来さんは、こんな下品なもの見なくていいんです！　聖来さんやキアラちゃんのことを繁殖牝馬とかいってるんですよ⁉　こんなん名誉棄損ですって！」

「ソータ！　シュボバもハンショクヒンバも、ボクジョーをささえるたからものです！　メイヨなことではないですかー！」

「それが竈馬《かまどうま》だったら、なおさらいい子を産まなくてはと身が引きしまります！」

「二人はサラブレッドマニアすぎて、色々ピントがずれてるの！」

颯太はがっくりと膝《ひざ》をつく――人生、詰んだ……。もうトレセンを歩けない……。絶対、裏で種馬颯太とかいわれてる……。なんか無駄に語呂いいし……。

すると、清十郎が意気消沈する弟子に寄り添い、その肩に慈しみ深く手をおいた。

「元気をだしてください、颯太くん。以前、ブービージョッキーと揶揄《やゆ》された苦境も、君のずぶとい精神は乗り越えたじゃないですか」

「先生……」

――それ、慰めになってる？

だけど、恩師のいう通りだと涙を拭《ぬぐ》う。厩舎の事務棟に調教師、馬主、主戦騎手、さらには担当厩務員が一堂に会したのは悲しみに暮れるためではないのだから。

「さて、セイライイッシキの次走について話し合いましょうか」

清十郎が議題を発表すると、空気がぴんと張り詰めた。

初戦で規格外の才能を見せつけた、将来のエース候補を次に使うレースを決めようというのだ――まさしく、厩舎の未来を左右する重要案件だった。

「その前に、オーナーである聖来さんに確認しておきたいことがあります」

「なんでしょうか、先生？」

「セイライッシキが3歳になった時、どのレースを目標にしたいとお考えですか？」

その問いの意味を察して、聖来は表情を引きしめる——清十郎を見つめ返す澄んだ瞳《ひとみ》の奥には、似つかわしくないほど野心の炎が揺らめいていた。

「——セイラにはクラシックを闘っていってほしいです」

堂々と放たれた言葉の重みに、颯太は息をのむ。

クラシックとは、競馬の本場であるイギリスのレース体系にならって創設された伝統のGI競争だ。

日本で年間7000頭生産される競走馬の中から一際《ひときわ》厚い神の寵愛《ちょうあい》を授《さず》かった、選ばれし3歳馬が生涯で一度のみという舞台で世代最強をかけてぶつかる大レース。

桜花賞《おうかしょう》、皐月賞《さつきしょう》、優駿牝馬《ゆうしゅんひんば》（オークス）、東京優駿《とうきょうゆうしゅん》（ダービー）、菊花賞《きっかしょう》の五大重賞競争こそがクラシックレースにあたる。

クラシックを勝つのはもちろん、出走するだけでも至難を極《きわ》める——由緒あるレースは、サラブレッドに相応の格を求めるからだ。

たとえば、阪神《はんしん》競馬場の満開の桜の下で麗《うるわ》しくも手に汗握る熱戦が繰り広げられる牝馬三冠の一冠目——桜花賞の出走にいたるための道のりを見てみよう。

まず、それぞれのクラシックレースには対応する「トライアルレース」なるものが設定されている――そのレースで所定の成績をおさめれば優先出走権が得られるのだ。

桜花賞の場合はチューリップ賞で3着以内、もしくはアネモネステークスで2着以内、あるいはフィリーズレビューで3着以内に入った馬に優先出走権が与えられる。

クラシックの前哨戦《ぜんしょうせん》と目されがちなトライアルレースだけど、そもそもチューリップ賞とフィリーズレビューはGⅡ《グレードツー》の重賞競走だ。

アネモネステークスだって重賞をのぞけば、一般競争の中じゃ最も格が高い「リステッド競争」として位置づけられている――どのレースもレベルが高く、能力がある馬でなければ善戦することすら難しい。

そして、これらの優先出走権を獲得しなくてもクラシックに出走できるケースがある――それは収得賞金が多い馬だ。

簡単にいってしまえば、レースで勝ちまくって賞金を積みあげた馬ということになる。

ただ、この出走条件も3歳になってから慌てて達成しようとしても遅い――大体が2歳限定の重賞競走を制覇して、賞金を荒稼ぎし終えた猛者たちで席が埋まっているからだ。

どのオーナーも最初は、自身が所有する2歳馬が秘める才能に惚《ほ》れこんでクラシックの甘い夢を見る。

だけど、道半ばでさらに強大な才能に打ちのめされた瞬間に、はたと目を覚ます。

現実に立ち返った彼らは、クラシックを諦《あきら》めて堅実に勝てそうな番組を探すようになる

――うちの馬はクラシックの器じゃなかった、と。

真に才能ある一握りのサラブレッドしか夢見ることを許されない。

そして、毎週のように競馬場では、それぞれの関係者が一度は最強と信じたサラブレッドたちの力関係が暴《あば》かれ、才能が才能を喰《く》らっていく。残酷なほどに空想という名の夢と、実現可能な夢とを選別される。

そんな熾烈《しれつ》な競争の最中《さなか》、才能のきらめきに土をつけられなかった優駿たちだけが、そのギャロップで今まで蹴散《けち》らしてきた無数の夢を力の証明として大舞台へ駆けあがるのだ。

それこそが、クラシック――すべてのホースマンが神聖視する、はるか高みに座す頂きの光景。だからこそ、競馬サークルに身をおく者は、おいそれと「クラシックにでたい」などと口にできない。

だけど、聖来ははっきりと口にした。それだけの自信と覚悟があるのだ。

「私も同意見です。セイライッシキの才能ならば、目指すべきところはクラシックだと思っていました」

聖来の言葉を受けて、清十郎も当然のようにいってのける。

金武厩舎はここのところ、重賞勝ちの馬をだせていない。

この間、日本ダービーを勝ったじゃないかと思うかもしれないけど、インコロナートは別厩舎から颯太へ騎乗依頼が舞いこんだものだ。

厩舎には、それぞれ個性がある。

牝馬を走らせるのが巧《うま》い厩舎、管理馬へハードな調教を課す厩舎、そうかと思ったらソフトにさっとこなすことを信条とする厩舎——現場を仕切る調教師の色が如実にでるのだ。

清十郎が老いてからの金武厩舎は重賞にこそ縁がないものの、ダートを主戦場とする馬たちを怪我《けが》なく長く走らせることで有名だった。古くから美浦トレセンに通う馬主たちは熟知している——金武のところに馬を預ければ損をすることはないと。

だからか、清十郎のもとへ集まるのは比較的安価なマイナー血統の馬が多かった。

そんな、いぶし銀的な活躍を続ける厩舎へ久しぶりにやってきたのだ——クラシックをも射程に入れるほどの才能を秘めたぴかぴかの超良血馬が。

かつて、美浦の鬼と呼ばれた清十郎の言葉に力がこもるのも必然だった。

「クラシックを闘っていくならば牝馬限定戦の桜花賞、オークス——そして、牝馬三冠の最後の一冠となる秋華賞《しゅうかしょう》の3レースが現実的な選択肢となるでしょう。そこに照準を合わせてローテーションを組んでいくことになります」

「はい、先生の考えに異存はありません」

来年の構想を馬主と共有した上で、清十郎は再び口を開いた。

「その3レースで最も距離の短い桜花賞でさえマイル戦——つまり、1600メートルを走らなければなりません。オークスや秋華賞となると、さらに距離が延長されます」

ここにいたって、颯太も清十郎がいわんとしていることを理解した。

「でも、セイラはまだ1200メートルの経験しかない……」

「なるほど、テキはこうおカンガえですねー？　ジセンは、もっとながいキョリ――マイルをはしらせてみたいと」

そう、セイラが真にクラシックを闘える器なのか見極《みきわ》めるために。

それを踏まえ、颯太たちは全競争が網羅されたレーシングカレンダーへ目をやった。

今は9月中旬。近いうちにセイラが出走できるマイル戦といえば――

ほぼ同じタイミングで、全員の目が一つのレースにいき着いた。

サフラン賞――今年は、9月最終週に行われるレース。

条件は中山の芝1600メートル、牝馬限定の2歳1勝クラスだ。

競走馬は勝利数でクラス分けされていて、勝ったことのない馬は新馬《しんば》・未勝利クラス、1勝をあげた馬は1勝クラス、2勝をあげた馬は2勝クラス、3勝をあげた馬は3勝クラス、そして、4勝をあげたら最上位クラス――オープン馬となる。

オープン馬にまで出世できたのなら、そのサラブレッドは現役《げんえき》競走馬全体で上位数パーセントに君臨するスーパーエリートであるといっていい。中央競馬で4勝をあげるとは、それほど大変なことなのだ。

セイラは2歳牝馬、そして、新馬戦を勝ったから1勝クラスに昇級済み――サフラン賞の出走条件を満たしている。まさに、セイラの素質を確かめるには打ってつけのレースだった。

「もし、サフラン賞でセイラがマイルもこなせるとわかったら、次はアルテミスステークスに出走させるのはどうでしょう⁉」

聖来の発言に、颯太たちの視線はレーシングカレンダーの１０月下旬に移った。

アルテミスステークス——東京競馬場で開催される2歳牝馬限定のマイル戦。

しかも、一般競争ではなくGⅢの重賞競走だ。GⅠ、GⅡの次に格が高いレース——当然、でてくる馬のレベルも跳ねあがる。

清十郎は白いひげを撫《な》でつけながら、得心したように頷いた。

「なるほど。適性があるとわかったら、早いうちに世代のトップレベルとぶつけてみようというわけですか」

「Ｗｏｗ！　すばらしーアイデアでーす！　ワタシもだいさんせーでーす！」

「ならば、サフラン賞、その1か月後にアルテミスステークス——そして、年末にもう一戦というローテーションを組みましょうか」

清十郎はホワイトボードにセイラの出走予定レースを書きこんでいく。

聖来とキアラが期待と興奮で頰《ほお》をつやつやさせる中、颯太は人知れず拳《こぶし》を握っていた——

まさか、こんな早くセイラと重賞に挑戦することになんて……‼

すると、美浦の鬼と呼ばれたころの若さがよみがえった清十郎の眼差しが颯太を射抜いた。

「颯太くん、次の課題です。セイライッシキにマイルの競馬を教えこんでください」

その言葉を重く受け止める――新馬戦を勝たせるより困難なミッションを。

1200メートルならば、セイラが誇る桁違《けたちが》いの能力でゴリ押しすればよかった。

だけど、距離が400メートル延長されたマイルとなると、いくらセイラでもフルパワーで走りきるのは不可能だ。最終コーナーを回ったころにはバテて、直線で競り負けてしまう。

次にセイラが実践しなければならないのは力任せの爆走ではなく、マイルの競馬なのだ。

「颯太くん？　マイルの競馬とは、そんなに難しいものなのでしょうか？」

「はい。1200メートルと、1600メートルの競馬は別物です」

颯太は馬上にいる感覚を思い起こしながら説明を試みる。

「マイルの場合は、馬と折り合いをつける必要があるんです。スタミナが尽きないように力を抜いて走る区間をつくって、最後ストレートで使うための脚をためなければいけません」

その言葉を受けて、聖来は重大なことに気付いたように表情を強張《こわば》らせた。

「でも、セイラは前に馬がいると、全力で抜き去ろうとしてしまいます……!!」

どんな時も力いっぱい走る――サラブレッドにとって自然なことだ。だけど、生物の本能に反した歪みを、競走馬にはスキルとして求められる。

颯太は手のひらに呼び起こす――まるで釣り糸に巨鯨が食いついたかのような、セイラが手綱を引く感覚を。

サフラン賞では御さなければならないのだ――あの怪獣を。

「おそらく勝負のポイントになるのは道中、セイラが息を入れてくれるかどうかです」

「息を入れる……ですか？」

「走っている最中に、馬が息を整えることがあるんです。それを、俺らは息を入れると呼んでいて、そうすることで馬は無酸素運動から有酸素運動へシフトすることができるんです」

「無酸素運動は強大なエネルギーを瞬間的に発揮できますが、すぐ底を尽いてしまいます。対して、有酸素運動は一定のエネルギーを長く持続できる」

清十郎の補足を受けて、聡明な聖来はすぐにぴんときたようだ。

「無酸素運動の残量を最後にとっておくため、道中は有酸素運動でまかなうんですね！」

「さすが、聖来さん。その通りです」

「でも、困りました……。それではセイラは勝てないということになってしまいます……」

「シンパイいりませーん！　ワタシたちが、セイライッシキをマイルでもカツヤクできるおうまにそだてあげればいいのでーす！」

――まさに、キアラちゃんのいう通りなのだけど行うは難しだ。

「キアラちゃん？　具体的にはどうするつもりなんだ？」

「アワセウマをするのはいかがでしょー!?」

そのワードを聞いた瞬間、颯太は目の前がぱっと開けていく感覚を味わった。

「そうか、その手があったか……!!」

「そ、颯太くん、そのアワセウマってなんですか⁉」

「調教で、複数の馬を併走させることです!」

だから漢字で書くと、併せ馬。

併せ馬のメリットとして、馬同士を競わせることで単走より好タイムがでやすいことなどがあるけど、キアラの狙いは明らかに別のところにあった。

「コンカイは、べつのおうまにマエをはしってもらって、セイライイッシキがウシロからツイソウするカタチでアワセウマをいたしましょー!」

「そうやって、セイラに抜くのを我慢して走らせる……!! 前の馬を壁にしながらスローで走る感覚を覚えてもらうために……!!」

「そして、セイライッシキがイキをいれたら、さいごにためたアシをつかって――」

「一気に抜き去る!」

颯太の返答に、キアラは花丸をあげるように天使の笑みを浮かべた―― すげぇ! まさに、マイル戦の要素が詰まった調教だ!

「完璧なシナリオじゃないですか、キアラちゃん!」

「おほめにあずかりコウエイでーす!」

光明《みい》を見出した聖来たちのテンションは、お神輿《みこし》を担《かつ》いだように急上昇する。

「どうですか、先生⁉　セイラに併せ馬を試してみるというのは⁉」

「はい、私もそれが最善手だと思います」

どこか嬉《うれ》しそうな清十郎のお墨付きをもらって、颯太はさらに勇気づけられる。

「よぉーし！　みんなでセイラをマイルで勝てる馬にしますよー！」

聖来の号令に、チーム・セイライッシキが「おー！」と拳をふりあげたのだった。

第7R　史上最強の兄妹喧嘩

朝日に照らされた南馬場へ、金武厩舎《かなたけきゅうしゃ》の馬たちが入っていく。

ウッドチップコースをキャンターで駆けるのは芦毛馬《あしげうま》のパス子だ。その背にまたがるのは、疾風にブロンドの髪をなびかせるイギリス美少女。

そして、パス子の後ろについたのは、見目麗《うるわ》しい尾花栗毛《おばなくりげ》のサラブレッドだった――調子を探るようにセイラを軽いキャンターにおろす鞍上《あんじょう》の顔は、明らかに緊張している。

「ソータ、じゅんびはよろしいですかー⁉」

「あぁ！　いつでもいける！」

キアラはチャーミングなウインクをした後、前に向き直って鞍《くら》から腰を浮かせた。

そして、気合をつけてパス子にギャロップを促す――キックバックで弾《はじ》け飛んだウッドチップの破片が、散弾のようにセイラの体に衝突した。

そんな状況に、血気盛んなお姫さまが黙っていられるはずがない。またがる鞍を通じて、沸点に達した血のうずきが伝わってくる。

だけど、これを闇雲《やみくも》に炸裂《さくれつ》させてはダメだ。力の上手な使い方を教えないと。

「──よし、いけっ！」

颯太《そうた》は慎重にパートナーへＧＯサインを送った──併せ馬、開始！

セイラは首でリズムをとってパス子を追走する。みるみるうちに差が縮まっていった。

──そうだ、セイラ……!!　そのまま、パス子の後ろにつけて走るんだ……!!

細心の注意を払って手綱を引き、パートナーへ自重を求める。

きっと調教スタンドでは宇宙ステーションのドッキングに立ち会うかのように、聖来《せいら》が併せ馬の成功を祈っているだろう。

しかし、颯太はすでに不吉な兆候を感じとっていた。

ハミをかみ、しかも、主導権を取り返そうとするように手綱を引いてくる。

ギャロップの轟音《ごうおん》に混じって聞こえてくるのはセイラの切迫した息遣い。

最小限の呼吸。力任せに瞬発力を爆発《ばくはつ》させようとしている──息が入っていない！

刹那《せつな》、颯太は化け物じみたスピードにのみこまれた。殴りつけてくるような風の唸《うな》りが、鼓膜に残響している。

なにが起こったのかわからない。ただ、前方に僚馬《りょうば》の姿はなかった。

股《また》抜《ぬ》きで後ろを確認する──そこにあったのは、驚愕《きょうがく》に染めあがったキアラの表情だった。

あ、あの一瞬で、い、い、い、い、い、抜き去ったのだ。パ、パス子を。

烈風に黄金のたてがみをなびかせるパートナーの潜在能力に、颯太は改めて震撼《しんかん》する。

だけど、いくらすごい脚を見せてもこれでは失敗だ。

「ソータ！　いったん、アワセウマをちゅーだんしなければー！」

「あ、あぁ！」

しかし、手綱を引くもセイラは止まらない――それどころか加速していく⁉

セイラの闘志が別の標的へ注がれていることに気付く。前方を確認すると、はるか遠くに馬の姿が点のように映った。

――まさか……⁉

その、まさかだった――自分の前にいかなるライバルの存在をも許さないセイラのプライドは、数ハロン以上離れたところにいる不届き者さえも射程圏内と判断したのだ。

そして、その傲慢極《きわ》まる矜持《きょうじ》は、天下一品の走力によって現実味を帯びていく。

前を走る馬の姿が大きくなっていく。このままでは、本当に追いついてしまう。

――よその調教の邪魔をするのは、さすがにまずい……‼

暴走列車と化したセイラが、とうとう他厩舎の調教に乱入してしまう。

相手の乗り役に謝罪しようと思った矢先、颯太の呼吸は断絶した。

すぐ横を走るサラブレッドに見覚えがあったから――いや、そんなちんけな既視感じゃない！　俺はあの馬に乗ったことがある！

光をのみこむように黒々とした青鹿毛《あおかげ》の雄大な馬体、激しくもやわらかいフットワーク、王者の風格を漂わせるたてがみ、そして、彼のトレードマークである王冠の刺繍《ししゅう》が入った濃紺の覆面《メンコ》。

間違いない。あの馬は——!!

「インコロナート……!?」

颯太を背に日本ダービーを制覇した王者だった。

頭ではそう理解したはずなのに、目にしている光景を現実として受け止められない——だって、インコロナートは俺《おれ》のせいで怪我《けが》を負ったはずじゃ……!?

しかし、インコロナートは颯太の疑念を蹴散《けち》らすかのごとく、鋼で設《しつら》えたような四肢を繰りだして激走する。

王者はターフへ帰還したのだ——強靭《きょうじん》な生命力で怪我すらねじ伏せて。

驚愕する鞍上を尻目《しりめ》に、恐れ知らずの尾花栗毛はインコロナートと馬体を併せる。

そのまま、セイラはいつものように王者を後ろに従えるつもりだったのだろう。

しかし、抜け——ない！

ぴたりと馬体が合わさったまま、超高次元の併走はなおも続いていく。

セイラがわずかに動揺しているのが、鞍上にも伝わってくる。

だけど、颯太にとってはダービー馬と肩を並べて走れていること自体が驚きだった。

——病みあがりとはいえ、３歳世代最強格のダービー馬と互角に渡り合えるなんて……!!

インコロナートはスピードに乗りながら無粋な闖入者《ちんにゅうしゃ》をぎろりとにらむ。

セイラも、その王者の視線を真っ向から受けて立った。

そして、次の瞬間、二頭は鞍上の指示を抜きにしてギアをあげたのだ――セイラとインコロナートが、自らの意思で力比べを望んだかのように！

熾烈《しれつ》なデッドヒート。闘志が乗り移ったような怒濤《どとう》のギャロップ。

躍動し、灼熱《しゃくねつ》を帯びていく馬体。前を見据えるどちらの瞳《ひとみ》も射殺すように鋭い。

世代の頂点に立った才能と、無限の可能性を秘めた才能――そして、共に最速を宿命づけられた超良血馬のプライドが、剣劇のごとく火花を散らして衝突する。

どちらも、小細工抜きの力で相手をねじ伏せようとする――しかし、均衡は破れない！

どちらも前にでることができない！

颯太はもはや止めることも忘れ、ますます苛烈《かれつ》になっていくセイラのギャロップのリズムに合わせながら超ド級の遭遇戦の行方《ゆくえ》を見守っていた。

セイラはインコロナートにおき去りにされるのか。それとも、2歳馬が天下のダービー馬を喰《く》ってしまうのか。

――そんなことあり得るのか⁉　でも、セイラのポテンシャルなら……‼

しかし、両者譲らず、併せ馬はコーナーに差しかかるという形で幕を閉じた。

セイラの馬体から、ふっと力が抜けていく。インコロナートも流しに入った。

衝突した闘気で火の粉が舞うような空気感の中、「お前は何者だ？」と問うように対峙《たいじ》する兄妹――二頭は己《おのれ》の血縁関係に気付いているだろうか？

そこで我に返った颯太は、興奮冷めやらないセイラをなだめながら頭をさげた。

「あ、あの調教の邪魔してすみません！」

「――あぁ、別にええよ。おかげで、インコロナートもぴりっとしたしなぁ」

飄々《ひょうひょう》とした関西弁が聞こえてきた次の瞬間、ゴーグルを外してあらわになった素顔に颯太は「はぁ⁉」とのけ反ってしまう――なぜなら、そこにいたのは競馬界のスーパースターだったのだから！

「か、神崎《かんざき》さん⁉　怪我は癒えたんですか⁉」

「おー、おかげさまでなぁ。そっちは風早《かざはや》やんか。確か下の名前は……颯太やっけ？」

「お、俺のこと知ってるんですか⁉」

「互いに騎手なんやから、別におかしな話やないやろ――ははっ、それよりええなぁ。自分、西の人間みたいなリアクションするやんか」

王者の風格を漂わせるインコロナートの鞍上でけらけらと笑う青年は、そこらへんにいそうな気のいい兄ちゃんのように映るけど競馬界で彼を知らない人はいない。

ジョッキーにしては高い身長と、すらりと長い手足。そして、アッシュに染めた癖毛《くせげ》風のミディアムヘアがトレードマークのイケメン。

彼の名は神崎無量《むりょう》――２４歳という若さで一般競争、重賞競走問わずに勝ちまくり、毎年のようにリーディング争いを繰り広げているトップ・オブ・トップジョッキーの一人だ。

颯太にとっては雲の上の存在。だけど、これほど恐縮しているのには違う事情があった。

「ダービーの件はすみませんでした。本当ならインコロナートには神崎さんが騎乗する予定だったのに……」

そう、無量こそインコロナートと長くコンビを組んできた主戦騎手だったのだ――もっというと、無量にとって颯太は留守中にインコロナートの背中へ飛び乗り、騎手にとって最も栄えあるタイトルをかすめとった因縁の相手であるともいえる。

最悪、罵倒《ばとう》されることも覚悟していた。日本ダービーとは、冗談ではなくホースマンにとっては命に代えても惜しくないタイトルなのだ。それなのに――

「あぁ、気にしなくてええよ。大一番を前に、怪我した僕に落ち度があるんやし」

無量は手をひらひらさせて、たったそれだけ口にしたのだ。

愕然《がくぜん》とする中、いき場をなくした罪悪感が颯太の口を滑らせた。

「しかも、俺、ヘタクソだからインコロナートに怪我をさせてしまって……」

「あーあー、そこまでや」

無量は退屈な話を聞くように手でさえぎる。

「散々、馬主さんや調教師のセンセに謝ったんとちがう？　なら、僕に負い目を感じなくてええよ。見ての通り、インコロナートはぴんぴんしとるし」

そういいながら、無量は相棒のほれぼれするほど発達した臀部《でんぶ》に手をおいた。インコロナートは応《こた》えるようにゆっくりと瞬きをする。

「なんなら颯太が現役《げんえき》を続行するって聞いた時、僕、嬉《うれ》しかったもん」

「神崎さん……!!」

優しい言葉をかけられて、感動してしまう。

栗東《りっとう》所属の神崎無量といえば、つかみどころのない曲者だと美浦《みほ》にまで轟《とどろ》いていたから身構えすぎてしまった——誰《だれ》だよ、そんな噂《うわさ》を流したやつ！ めちゃくちゃ、いい人じゃねえか！

「そもそも、インコロナートは颯太ごときが壊せる馬じゃないしなぁ」

「え？」

「それにターフに戻ってきてくれたら、泥棒猫をレースでぼっこぼこにできるやん♡」

「え？ え？ え？」

いかにも好青年然とした笑顔で放たれた二連撃だったから、なにか好意的な言葉をかけてもらったのかと錯覚してしまった——知らない間に、メンタルが削られてるんですけど……。

前言撤回——やはり、超一流に君臨する人間が、単なる「いい人」という枠におさまるわけがない。ってか、俺はとんでもないラスボスに目をつけられてしまったのでは……？

すると、数多くの名馬を見てきた無量の相馬眼《そうまがん》がセイラへ注がれた。

「ふーん、その子が噂のセイライイッシキかぁ。きれいな馬やね。しかも、インコロナートの全妹ときた——ヒロインになるために生まれてきたような女の子って、こういう子のことをいうんやろなぁ」

セイラの馬体をながめた無量は、やがて、至高の芸術を鑑賞したかのように息をついた。

「うん、持って生まれたモノが違うわ。血は争えんというわけか」

「本当ですか⁉」

超一流ジョッキーのお墨付きがもらえて、颯太は声を弾ませてしまう。

「特に面構えがいい。走る顔しとるわ」

「か、顔⁉」

「なに驚いとんの？　名馬にルックスが優れてるサラブレッドが多いのは常識やんか」

そうなのだ。どういう因果関係があるのかわからないけれど、GⅠレースを幾度も勝ってきたレジェンドホースにはとにかく美男美女が多い。

人間におきかえれば、イケメンが実力も年収もステータスも、なにもかも手にしているということになる——ほんっと、サラブレッドに生まれなくてよかったぁ。よく考えれば、人間でもそんな変わらんけどな！

「最近の美浦で見かけた新馬の中じゃ、一、二を争うべっぴんさんやね」

「い、一二……？」

本来なら、喜ぶべき言葉なのに颯太は引っかかりを覚えてしまう――朝の牧場に佇《たたず》んでいると、神話の生き物に映るほど美しい尾花栗毛に生まれたセイラより可憐《かれん》な新馬《しんば》なんていないと、本気で思いこんでいたのだ。

「――いつまで、そうして隠れとんの？　せっかくの機会なんだから、お披露目《ひろめ》といこうや」

無量が思いがけない方向に声をかける。

すると、インコロナートの雄大な馬体の影から――もう一頭のサラブレッドが、たてがみをなびかせながら現れたのだ。

颯太は凝視してしまう。セイラも雷に打たれたように耳を立てた。

一瞬でわかってしまったのだ――あいつ、只者じゃないと。

ワインのごとく高貴なダークボルドーに近い肌色を生まれ持ったサラブレッドだった――まるで、光そのものを棲《す》まわせているように毛並みが妖《あや》しく艶《つや》めく。

「パウンドペルソナ――この名前に聞き覚えはあるやろ？」

颯太は目を見張る――この子がセイラのライバルになり得ると噂になってる馬……!!

「パウンドペルソナには、インコロナートの稽古相手を務めてもらってててなぁ」

「に、2歳馬がダービー馬の調教パートナーを!?」

普通、強い馬と併せられ続けると、相手の馬は自信を失っていずれ潰《つぶ》れてしまう。

しかし、パウンドペルソナは2歳にして、ダービー馬の強さを受け止めているというのだ。

そんな話、聞いたこともない。通常ならあり得ないことだった。

颯太は息をのんで、パウンドペルソナを見つめる――彼女もまた神に愛されたサラブレッドとして生を受けたのだ。セイラと同じように。

さっそく、鼻息を荒くしたセイラが眼《ガン》をつける標的をインコロナートからパウンドペルソナへ変更する――お前、ヤクザかよ⁉

金武厩舎の馬ならそれだけで震えあがるところなのに、パウンドペルソナの切れ長の目は涼しいままだった。颯太の位置からでもはっきりと見てとれるほど長く豊かなまつげが、彼女がまとうミステリアスなオーラをより際立《きわだ》たせている。

セイラが活発でバンビのように愛らしい容貌の持ち主なら、パウンドペルソナはクールビューティーな少女のようだ。

すると、にらみ合いに焦《じ》れたセイラがパウンドペルソナへ突っかかっていった。

「せ、セイラ⁉　待て！」

聞く耳持たずに、パウンドペルソナへ迫る怪獣娘。

しかし、パウンドペルソナは動じない。それどころか、「なにか御用？」とばかりに品よく首を傾《かし》げたのだ。

生まれて初めて受けたであろうスマートな対応に、さすがのセイラもたじろぐ――お姫さまに憧《あこが》れて普段からなりきっている女の子が、正真正銘のプリンセスを前にして圧倒されているみたいで少し微笑《ほほえ》ましかった。

結局、気勢を削《そ》がれたセイラは鼻づらを合わせ、パウンドペルソナの馬体を幾度か嗅《か》いだだけだった――厩舎では瞬く間に番長までのぼり詰めたセイラが、同い年の少女を格下と見なせなかったのだ。

颯太は驚くべき事態に目を丸くしてしまう。

だけど、騎手としての感性は別の部分にも刺激を受けていた――パウンドペルソナの傑出した才能と同じくらい、その鞍上にいる乗り役の巧《うま》さからも目を離せないでいたのだ。

すると、見かねたように無量が口を開いた。

「お兄さんからのアドバイスや――同期は大切にしといた方がええよ。ほら、挨拶《あいさつ》せな」

「――ちっ」

正体不明の乗り役が、不承不承といった感じでゴーグルを外す。

心臓が一際《ひときわ》大きい鼓動を打つ――心のどこかでこうなることは予期していた。

「やっぱり、お前だったか、凌馬《りょうま》……!!」

面食らう颯太をあからさまに無視して、凌馬は心外そうな顔を無量へ向けた。

「こんなやつに挨拶する価値なんてないですよ。馬をまともに御せず、挙句の果てによその厩舎に迷惑をかけるやつと同期だなんて思われたくないですし」

「そういうたるな。コンビを組んで、まだ日が浅いんやろ」

「俺とパウンドペルソナは、もう息が合ってますけどね」

「おーおー、あおっていくぅ。自分ら、バチバチやんか」

そういいながらも、無量はこれが見たかったんだといわんばかりに口を三日月の形に裂く
――やはり、この人は油断ならない。

凌馬は苛立《いらだ》たしげに襟足《えりあし》をかきむしると、改めて颯太へ好戦的な視線を突き刺し――

「俺はパウンドペルソナとアルテミスステークスへ出走する―― 噂だと、お前らもでてくるらしいな」

「――ッッ⁉」

凌馬の闘気にあてられて颯太は戦慄《せんりつ》する―― こんな早くぶつかるってのか……⁉ パウンドペルソナと……‼

人の言語を理解できないはずなのに、さっきからなにかを感じとったようにセイラとパウンドペルソナも視線を衝突させたまま譲らない。

「ダービーを勝ったかなんだか知らねえが、俺は今でもお前より強い……‼ アルテミスステークス、かかってこいよ……‼ 俺とパウンドペルソナが、お前らを打ち砕いてやる……‼」

鬼を棲まわせたような表情に気圧《けお》されながら、颯太はやっとのことで理解する―― 凌馬が美浦に滞在している意味を。

栗東所属の凌馬が、わざわざ調教のために美浦へ乗りにきた―― それは、馴染《なじ》みある西に

いれば確保できたはずの乗鞍を捨ててまで、パウンドペルソナの一鞍を選んだということだ。

おそらく、自身初となる重賞制覇——アルテミスステークスを勝つために。

凌馬はいいたいことをいい終えると、パウンドペルソナに発進を促した。

「神崎さん、俺たちは先にあがりますんで」

「ええよ。そんで？　パウンドペルソナの出来はどやった？」

「上々ですよ。インコロナートに後れをとることなく走れたんですから」

「それは、セイライッシキも同じやけどなぁ」

わざわざ、火に油を注ぐような言葉を受けて凌馬の表情に苛立ちがにじむ。

そして、颯太へ忌々《いまいま》しげな視線をよこし——

「あんなの相手にならないですよ——あいつは強い馬の上にいるだけに過ぎない」

鋭い言葉が胸へ突き刺さる。その痛みのせいで、颯太はなにもいい返せなかった。

そんな不甲斐《ふがい》ない同期を見限ったように、凌馬は馬場から去っていく。

一部始終をながめていた無量は、ここぞとばかりに表情をいたずらっぽくさせて——

「嘘みたいやろ？　あんなツンケンしとるけどな、凌馬は自分との対決を誰よりも望んでいたんやで。ここだけの話、颯太の復帰の知らせを聞いて一番喜んでたのは——」

「でたらめばかり吹いてたら、いくらあんたいえどもグーで殴るからな！」

意外にも地獄耳のようで、オオカミの雄叫《おたけ》びみたいな声が遠くから飛んできた。

「おー、こわ。先輩にもあの態度やもん。颯太も厄介な同期をもって難儀やなぁ」

同情するようにひそひそと話を向けてくる無量――いや、元はといえば、あなたがいらない燃料を投下しまくったせいなんですけどね。

本当に人を食ったような性格をしている。話術も駆け引きも巧みだ。こういうスターの星のもとに生まれた人間は、遠くからながめているに限る。

たった今、颯太はそう警戒を強めてお暇《いとま》しようとしたのに――

「あっ、自分この後、時間ある？　ちょっと顔、貸してほしいんやけど」

――えー。


――がこん！

美浦トレセンの一角に佇む自販機が勢いよく飲み物を吐きだした。

無量は「よっ」とつぶやきながら屈《かが》んでボトルを手にとる。

こうして、改めて後ろ姿をながめると本当にスタイルがよくてモデルみたいだ。身長もあるから、きっと減量も大変だろう。

颯太が、そんなことをつらつら考えながら突っ立っていると――

「飲む？　僕のおごり」

偉大な先輩の気遣いに「ありがとうございます！」と受けとりそうになってしまうのを、理性がすんでのところで待ったをかけた。

なぜなら、無量がにっこりと差しだしていたのは炭酸飲料だったのだから――なんちゅーナチュラルトラップだよ。危うく、聖来さんとの掟《おきて》を破ってしまうところだった。

「すみません。俺、体をしぼってる最中なので」

「なんやつまらん――おーい、きみぃ！　しゅわしゅわいらへーん？」

そういうと、丁度通りがかった新人と思《おぼ》しき厩務員《きゅうむいん》に声をかけて、半ば強制的に炭酸飲料を押しつけてしまった――厩務員くん、めっちゃ恐縮してぺこぺこしてた。そりゃ、いきなり神崎無量に呼びつけられたらそうなりますわ。

無量は改めて自販機でミネラルウォーターを購入すると、さっさと自分で味わってしまう――術中にはまらないなら一銭もださないってわけか。想像以上に強《したた》かだな、この人。

「今さらやけど、ダービー優勝おめでとさん。いい騎乗やったよ」

「あ、ありがとうございます」

突然の祝福に戸惑いつつも、無量が手を差しだしてきたので反射的に応じる――なんだろう、この人といるといつの間にかペースを握られてしまう。

すると、無量の握力が急激に強まった。

「ッツ――!?」

突然のことに、颯太は顔を歪《ゆが》める。

まるで、万力でしめあげられているようだ。自分と同じくらいスリムな体の一体どこからこんな馬鹿力《ばかぢから》が――

痛みと共に思い知る――鍛え方が根本から違うのだ。

顔をあげると、そこには甘いマスクの裏に隠されていた絶対強者の素顔があらわになっていた――一瞬のうちに、颯太は自分が哀れな被食者だと理解する。

「――なぁ？　どこで、あの騎乗を身に着けた？」

「神崎さん、なにを……!!」

「いいから、質問に答えや」

颯太の動揺には一切《いっさい》興味がないといわんばかりに、無量は自分の話を押し進める。

「あれは、僕とインコロナートだからこそ辿《たど》り着けた境地のはずなんや。平々凡々な騎手が気安く踏み入っていい領域やあらへん。もう一度、問うで――自分はこっち側の人間か？」

無量の猛禽《もうきん》のような眼光に晒《さら》されながら、颯太は未曽有の混乱に陥《おちい》る。

質問の意味がわからない――日本ダービーはインコロナートにつかまっているうちに、いつの間にか終わっていたからほとんど記憶に残ってない。今でも時折、すべて夢だったんじゃないかと思うことすらあった。

いや、もっと根本的な部分に認識のずれがある――そもそも、俺はインコロナートを故障させてしまったダービーの騎乗を恥じているのだから。

「い、いい加減にしてください！」

やっとのことで、無量の手をふりほどく。

ひどく狼狽《ろうばい》した颯太の様子を、無量は信じられないような顔で見つめた。

「なんや。ホンマに無意識であれをやってのけたんか？」

「だから、なんのことなんだかさっぱりなんですって!! それに俺、ダービーでどう乗ったのかなんて覚えてなくて――!!」

「……そっかぁ」

今まで颯太に注がれていた険しい眼光が、哀れみの色を帯びた。

「えらい肩透かしやなぁ。久々に、僕と同じ景色を見る子がでてきたと思ったのに」

――一体なにいってるんだ、この人は……!!

とてもじゃないけど、同じステージに立って言葉を交わしている気がしなかった。

頭上に疑問符を浮かべる颯太に、無量はとっくに興味を失《な》くして遠くをながめている。まるで、次に自分を楽しませてくれる対象を探しているように。

だけど、ふと思いだしたかのように颯太の顔をのぞきこみ――

「そういや、きみ、自分のことにあっぷあっぷで馬を不幸にする顔しとるなぁ。セイライイッシキのこと、気ぃつけてあげや」

「なっ……!!」

そんな不吉な言葉を残し、無量はふり返りもせずに去っていく。

──なんだったんだよ……。

精一杯毒づいたものの、胸にこびりついた苦みは消えてくれなかった。

☆　☆　☆

「──神崎さん」

突然かけられた声に無量は立ち止まる。

とはいえ、誰だろうと推察する必要はなかった──これほどリスペクトをこめず自分の名前を呼ぶやつなんて、あのかわいげのない後輩以外にあり得ない。

「凌馬か。お疲れさん」

「お疲れさまです」

ふり返ると、飼い慣らせない野生の獣のように凌馬が不愛想に佇んでいた。

そして、前おきもなく不躾《ぶしつけ》な質問を大先輩へ投げつけたのだ。

「どうして、颯太のところへ？」

「あのなぁ、自分もうちょっと目上の人間にかわいがられるようにふるまった方がええよ？

はるか年上の馬主さんや調教師のセンセたちに気に入られてこそ、ジョッキーの手元に馬がおりてくるんやから」

「必要ないです。実力で俺の価値をわからせてやりますから。それより、さっさと質問に答えてくれますか？　俺、この後トレーニングがありますんで」

無量はやれやれといったようにデザインパーマがかかった髪へ手をやりながら——

「自分の許可がないと、気になる相手に会っちゃいけないってことかぁ？　随分と束縛強めやんか。いつから、僕の女になったわけ？」

「そういう、くだらない冗談はいいですから」

「それとも、颯太が自分の女だったたってオチかぁ？」

「——ふざけないでください」

無量の鋭い観察眼が見抜く——今、確かに凌馬の感情が揺れた気配がした。

レースの勝負どころでも、日常生活のちょっとしたシーンでも相手の心の弱いところを突くという行為はそれだけで甘美だ——それに免じて、無量は失礼な質問にも答えてやろうという気になる。

「確認したいことがあってなぁ。ほら、僕もアルテミスステークスにでる予定やろ？　敵情視察というやつや」

「……それで、どうでしたか？　あいつは？」

「拍子抜けやった。馬の方は怖いけど、ヤネがあの有様《ありさま》なら脅威にはならんやろな」

ちなみに、ヤネとは騎手のことを指す競馬サークルならではの俗称だ。

「――だったら、俺はどうです？」

「自分？」

無量が剣呑《けんのん》な一瞥《いちべつ》を凌馬へ見舞う。風が急にざわざわと忙《せわ》しなくなった。

「アルテミスステークス、俺は本気で神崎さんに勝つ気でいきますよ？」

――ったく……!!　自分が情けなくなるぜ……!!

日本競馬界の至宝とまで称される天才ジョッキーに、正面きって喧嘩《けんか》を売るのだ――凌馬は、それなりの覚悟を固めてきたつもりだった。

それなのに、凌馬の拳《こぶし》は無様なほど震えていた。

まさか、これほどまでとは思わなかった――超一流の化け物から放たれるどす黒い威圧感は、筆舌し難い迫力があった。心を強く保たないと頭をさげてしまいそうなくらいに。

すると、凌馬へ値踏みするような眼光を突きつけていた無量が、唐突に人畜無害な笑みを浮かべた。

「そうやね。凌馬とパウンドペルソナのコンビは難敵や。だけど、お兄さんはそう簡単には負けへんよ？」

その軽薄なリアクションは、考え得る限りで最悪のものだった。

――俺のことは眼中にないってわけかよ……!!

もう震えないように、そして、受けた屈辱を潰すように凌馬は拳を握り直す。

「そもそも、凌馬は競馬学校のころから乗れるって有名だったから、ある程度は情報が入っとるもん――確か、追いこみ馬に乗せた時の末脚の切れ味が天下一品だったもんで、妖刀って二つ名で呼ばれてたんやろ?」

追いこみ馬とはレース前半は後方で脚をため、最終ストレートで極限のラストスパートをかけることで差しきって勝つという脚質に生まれた競走馬のタイプだ。

そして、追いこみこそが凌馬が最も得意とする戦術だった。

競馬学校の模擬戦でも、最後方から居合のごとく抜き放たれた一瞬の末脚で同期たちの背中を斬《き》って、斬って、斬りまくってきた――その凶刃がぎらついてなお、凌馬の前に立っていられる者などいなかった。

ゆえに、凌馬は一年を通して模擬戦で不敗を守り通すことになる――いつしか、同期はそんな彼の姿を畏敬の念をこめて「妖刀」と呼ぶようになった。

だけど、当の本人は、その勲章といってもいい異名をお気に召していないようだ。

「その頭の悪い二つ名で俺のことを呼ばないでください」

「かっこええなぁ。うらやましいわぁ。僕にもなんかつけてくれへん? なぁなぁなぁ、妖刀くん?」

「なで斬りにしますよ」

意外にも、設定に忠実な凌馬であった。

「まぁでも、凌馬の気持ちもわからんでもない」

「なんのことですか?」

無量は底意地の悪い笑みを顔いっぱいに浮かべ——

「最多勝利新人騎手に輝いたホープが、同期に重賞制覇で先を越されたんやろ? しかも、それが、よりにもよって全ホースマンの悲願である日本ダービーときた—— 僕だったらと想像しただけで、嫉妬《しっと》の炎で狂ってしまいそうやもん」

そう口にしながら飄々と反応をうかがってくる無量に、凌馬は舌打ちで対抗する。

「別に、それが全部じゃないですよ。ただ、あいつはどんなに自分が恵まれてるかわかってない——それが、腹立たしいんです」

「ふぅん。恵まれてる、ねぇ」

凌馬には競馬界を見つめてきた中で、培ってきたある持論がある。

若手騎手がライバルを押しのけスターダムの道を切り開くためには、騎乗技術が高いだけじゃてんで足りない——なによりも必要とされるのは名馬の背に導かれる運命力だ。

ありきたりな表現をするならば、運という一言で片づく。

運——なんて残酷な言葉なんだろう。だけど、目には見えないし、鍛えようもない理不尽な要素が騎手人生を左右する。

偉大な騎手たちにも、今の地位にいたるまでの間に決定的なターニングポイントがあった。

そう、飛躍の瞬間に彼らの隣にいたのは、「この騎手には、この馬」と代名詞のように競馬ファンの記憶へ刻まれる名馬だ。騎手は得がたい相棒と幸運な出会いを果たし、大舞台のレースを勝つことで大きくなっていく。

そんなふうに考えた時、いつも凌馬の脳裏《のうり》に過《よぎ》るのは颯太の顔だった。

日本ダービーの直前でGI出走条件となる通算31勝目を達成し、無量の代わりにインコロナートを駆ってダービージョッキーとなった。

しかも、その後スランプに陥り、一時は引退さえ噂されていたのに、今は来年のクラシックを賑《にぎ》わせる存在と目される超良血馬――セイライッシキにまたがっている。

これを恵まれているといわずしてなんというのだろう。

馬もまともに御せないヘタクソに、同期初となる重賞制覇を譲ってしまったのはまだいい。

ダービージョッキーとなって、立場が逆転したのも渋々ながら認めてやろう。

だけど、これだけは許せない――あいつは天から授《さず》かりし者として、そして、一握りの勝者として義務を果たすことを放棄している。

最年少ダービージョッキーという偉業を成し遂げたなら、新世代の急先鋒《きゅうせんぽう》としてトップジョッキーたちとの対決へ食いこんでいくべきなのだ――それなのに、あいつは不甲斐ない姿を晒《さら》してばかりいる。ブービージョッキーという汚名を返上できないままでいる。

あんな背中を追いかけろというのか。

冗談じゃない――お前がそうやってだらしなく騎手を続けるつもりなら、俺が直々に介錯《かいしゃく》してやる。由緒あるGⅢレースであるアルテミスステークスを目にしようと詰めかけた観客の前でダービージョッキーを斬って、お前が果たすべきだった役割を俺が引き継ぐ。

――今年のアルテミスステークスは、それだけの意味しか持たないレースだ……!!

いつの間にか熱くなっていることに気付いて、凌馬は一つ息をついた。

「まぁ、俺がアルテミスステークスで勝って、あいつの無能さを暴《あば》けばいいだけの話です。そうすれば、すべてが元通りに――」

「あっ、多分、颯太はこられへんよ」

投げナイフみたいに左胸へ突き刺さった一言に、凌馬は言葉を失ってしまう。

だけど、無量はすでに定まった運命を口にするように――

「お兄さんの見立てだと、あのコンビはじきに潰れる――なんなら賭《か》けてもええ」

無量は目を細めてくすくすと笑う――その仕草に、凌馬はいい知れない脅威を覚えた。

「そっちの方が凌馬も都合がええやろ？　初の重賞制覇に向けてライバルが減るんやし」

凌馬は唇を引き結んで考える。

確かに、無量のいう通りだ――今日、初めて走りを目の当《ま》たり《あ》にしたセイライイッシキは、パウンドペルソナに匹敵《ひってき》するほどの能力を授かった馬に見えた。

あの怪物がアルテミスステークスで真の実力を解き放ったらと考えると、背筋に冷たいものが走る。確実な勝利を得るには、有力馬にはでてこないでもらうに限る。

だけど、なぜだろう——それでは、なにかが致命的に足りない気がするのだ。

「——きますよ、颯太は。俺に斬られるために」

「……へぇ」

「なんです、その目は？」

「自分、意外と人間くさいところもあるんやなあって——くるとええね、ライバルくん」

「あんなのライバルじゃないですよ——俺、トレーニングがあるんで失礼します」

一礼すらせずに、凌馬はさっさと踵《きびす》を返した。

目指す舞台で最高のパフォーマンスを発揮するために。

そして、そこにやってくるだろうあいつを迎え撃つために。

第８Ｒ　もう、わたしに触れないで

――まさか、こんな状態で本番を迎えることになるなんて……!!

開催最終週の中山《なかやま》競馬場では、今まさにサフラン賞出走の時を迎えていた。

散々暴《あば》れた末に、セイラは１コーナーのポケット地点に設置されたスターティングゲートに馬体をおさめる。

窮屈な空間で気が立ったセイラと二人きり――最も精神がすり減る時間だ。

ちゃかちゃかと落ち着かないパートナーを御しながら、颯太《そうた》は歯《は》がみする――結局、併せ馬は一度も成功しなかった。それどころか走っている最中にあれこれ注文をつけられたストレスで、ここのところのセイラは輪をかけて神経質になっている。

セイラは苛立《いらだ》たしげに前かきをするだけにとどまらず、ついにゲートへ体をぶつけ始めた。

「こ、こら、セイラ！　やめろ！」

セイラが暴れたせいで、理想的な駐立の姿勢が崩れてしまう――これじゃ、大幅な立ち遅れを覚悟しなければならない。

颯太の額に脂汗がにじむ――まるで、核弾頭にでもまたがっているような気分だった。

――頼む……!!　早く、スタートさせてくれ……!!

やっとのことで、「ガシャン！」という音を伴ってゲートが開く。

サフラン賞へ出走が叶《かな》った9頭のサラブレッドが一斉に駆けだしていく――　ただ1頭、タイミング悪くよそ見をしていたセイラをのぞいて。

「サフラン賞、発走です。ばらついたスタート。大きく立ち遅れたのは前走、圧巻の勝ちっぷりを披露したセイライッシキです」

悲鳴と野次が入り混じるスタンドに実況の声が響く。

「ほら、セイラ、いくぞ！」

促すと、ようやくセイラはゲートから飛びだした。

またも出遅れ――　だけど、課題を持ってマイル戦に臨んだ颯太にとっては悪くない展開だった。

順調なスタートを切った前の一団を目にして、セイラの闘争心に火が入る。

直後、颯太は「ドンッ！」という尋常ならざる音を聞いた――　セイラが二の脚を発揮して、すさまじい加速を果たしたのだ。

ペースを読みつつ、颯太は五感を研ぎ澄ます。

荒々しい突風と化したセイラは、あっという間に遅れを取り戻しつつあった。

2馬身ほど前では、4頭が固まりながらマイペースで走っている――　序盤は力を温存して、差しに賭《か》ける戦略をとったのだ。

颯太は手綱にテンションをかけた。リズムをとるように動いていたセイラの首の可動域がせばまる――スピードをゆるめるようにシグナルを送っているのだ。

――前の馬を壁にして走るんだ、セイラ……!!

そして、中盤でじわじわと好位に進出、最後のストレートでためた脚を使って差しきる――颯太の頭の中では、理想的なマイルの競馬が組み立てられていた。

２コーナーに差しかかる中、パートナーを先団の後ろにつかせようとする。

強引な手綱に、外から一団を抜き去ろうと企《たくら》んでいたセイラは意にそぐわない形で最後尾へついた。

――いいぞ、セイラ……!!　そのまま……!!　そのまま……!!

拙いながらも、先団の後ろにつくことができた。

現在、半馬身前に３頭が並走し、セイラのさらに内側をもう一頭のサラブレッドが走っている状態だ。

まさに、馬混《うまご》み――レース中は、ポジション争いのため馬と馬とが肉薄する。勝負どころになるとぶつかることだって珍しくない。気弱な馬なら萎縮して闘争心を失う場合すらある。

馬混みとは、それほどサラブレッドに深刻な負荷を与えるのだ。

２コーナーを回りきり、おにぎりの形を描くコースの頂点に達したところで颯太はパートナーの異変に気付いた。

――な、なんだ……⁉

セイラの発汗が異常なのだ。耳が落ち着きなく向きを変え、なにかを怖がっているように見える。

なにより、セイラの切迫した呼吸音。

颯太は青ざめる――脚をゆるめたはずなのに一息つけてない⁉

突如、セイラは馬混みを嫌うように外側へ動く―― いうまでもなく、その動きは颯太が指示したものではなかった。

――セイラ、まだいくな……‼ 今、飛びだしても最後までもたないぞ……‼

焦《じ》れたパートナーを引き止めようと、颯太はフォームの重心を後ろへずらす。

しかし、セイラも譲らない。持ちあげた首を左右にふり、口元は唾液の白い泡で汚れている――一人と一頭は共に走りながら、激しく喧嘩《けんか》しているようだった。

颯太の腕が悲鳴をあげる。セイラが力任せに手綱を引っ張り返してくるのだ。

そのせいでフォームが崩れ、余計な負荷をかけられたセイラはさらに怒りを募らせる。

危うい主導権争いの中、3コーナーへ突入していく。

600メートル地点を通過――まだ、マイル戦は半分にも差しかかっていない。

レースを闘っている気がしなかった。

後半に備えてポジションをケアしたり、周囲には打ち倒すべきライバルがいるのに颯太にとって最大の敵はあろうことかセイラだった。

「――うあっ⁉」

ハミを砕かんばかりにかんだ感触が伝わってくる――もう、耐えられなかった。

３コーナーの最中、セイラは枷《かせ》が外れたように加速を果たす。桁違《けたちが》いの能力にものをいわせて、前の４頭を外からまとめてかわしていく。

視界が開けた。先頭までの馬は、各ポジションを点々と走っている。

鞍《くら》を通じて獲物を見定めた肉食獣めいた気配を感じて、颯太は声にならない声で叫んだ。

――いくな、セイラッッ‼

「セイライッシキ、３コーナーから進出を開始しました！　計画的なロングスパートか⁉　それとも、馬がかかってしまっているのか⁉」

セイラは烈火のごとく四肢を繰りだし、ターフに吹《ふ》き荒《すさ》ぶ一陣の旋風と化した。

それなのに、新馬戦で感じた高揚は微塵《みじん》も感じない――代わりに、颯太の胸は絶望に塗《ぬ》り潰《つぶ》された。

一頭、抜き去る。また一頭、抜く。４コーナー手前で、さらに一頭切って落とす。

そして、とうとう先頭の馬を捉《とら》え、並ぶ間もなく抜き去った。

レースの当事者である意識が薄れ、悪夢を見せつけられているようだった。

1000メートルを通過。体内時計では、およそ55秒——破滅的なハイペース。

颯太は無念のあまり目をつむる——これじゃ最後までもたない。

結局、またセイラをおさえられなかった——こんなのマイルの競馬とか折り合いとか、そういう次元の話じゃない。

もっと最低な行為——セイラを自滅の道から救いだしてあげることができなかった。

4コーナーを激走するセイラ。歓声轟《とどろ》くスタンドが颯太の視界に入ってきた。

その時、背筋を舐《な》めるような悪寒を感じて股抜《またぬ》きで後方を確認する。

4コーナーの出口に差しかかったところで、縦長だった馬群が急速に凝縮し始めているのだ——俺《おれ》たちが標的にされてる⁉

「いよいよ、最終ストレートに入りました！　どの馬も最後の勝負に打ってでます！」

スタンドの歓声に半身を焦《こ》がされながら、颯太はセイラを追いだしにかかる。

だけど、わかっていた——すでに、パートナーに余力が残ってないことは。

手綱をしごくも手応えがない。脚は——伸びない！

セイラはなにかの間違いだというように、最終ストレートをもがくように駆ける。

しかし、もたつく間に、脚をためていた差し馬たちが襲いかかってきた。

その瞬間は呆気《あっけ》なく訪れた——子供あつかいした他馬から、今度は軽々と抜き返されていく。偽りの先頭から脱落し、なす術《すべ》もなく馬群にのまれていく。

前をゆく馬たちの姿が小さくなり、一頭だけおき去りにされる絶望的な光景。

胴の下に風をかきこむような美しいセイラのフォームは、完全に精彩を欠いていた。

それなのに、颯太は苦しむパートナーになにもしてあげられない。なにより、セイラが自分になに一つ期待していないことが伝わってくる。

自分の不甲斐《ふがい》なさにゴーグル越しの視界がにじんだ——セイラのこんな姿、見せたくなかったのに……!!

待ち構える最後の急坂を、セイラは根性だけで乗り越える。前走で観客を沸かせた豪脚は見る影もなかった。

「ッッ——!?」

ゴール前、颯太は異常を察知する——突然、セイラが左側にヨレだしたのだ。

レースの最中、馬は真《ま》っ直《す》ぐ走っているように映るかもしれない。

だけど、実際は違う。馬は生き物であって機械じゃない。直線的な動きに終始するわけがないのだ。特にレースの最終盤——疲弊しきった時は。

支えを失ったように、セイラの馬体が左へガクッと傾く。すべてをだし尽くして、もはや四肢の踏んばりが効いていない。

鞍上《あんじょう》にまで嫌な感覚が伝わってきて、颯太は心臓を冷たい手で鷲《わし》づかみされたような心地に襲われる——今、セイラの脚に違和感が生じなかったか……!?

そして、その焦りが判断の遅れにつながった。

馬が左にヨレた場合、左からステッキを入れて方向を矯正しなければならない――我に返った颯太は慌ててステッキを利き手《きき　て》である右から左に持ち替えようとする。

だけど、同時に忌々《いまいま》しい記憶がよみがえった――ステッキを凶器のごとくふり回してインコロナートを痛めつけてしまった日本ダービーのあの日を。

「――あっ⁉」

颯太の顔が青ざめる――持ち替えの際にステッキが手につかなかったのだ。

無情にもターフへと落下していくステッキ。ふらふらになったセイラの斜行は、もう歯止めがきかなかった。

せめて、セイラが無事なままレースを終わらせる――颯太はもうそれだけしか考えられなかった。

ターフを大きく横切るようにして、セイラはゴール板を通過する。

うめくように息を乱すパートナーの鞍上で、颯太は取り返しのつかないことをしてしまった犯罪者のように手の震えを止められなかった。

セイラの馬体に満ちあふれていたエネルギーが、完全に失われていたのだ。

9頭立てのレースで9着――目を覆《おお》いたくなるような惨敗だった。

サフラン賞後、颯太は騎手の待機所で焦燥に駆られる体を持てあましていた。

本当なら下馬した後も、競馬場内にある診療所へ向かうセイラに付き添いたかった。

だけど、この日、別のレースにも騎乗依頼があって仕事場を離れることは許されなかった。

1番人気の馬にも、最低人気の馬にも平等に接する。そして、直近のレースで乗る馬のことを優先的に考える――競馬学校の教官から真っ先に教えてもらった、ジョッキーとしての心得はもちろん覚えている。

それでもなお、別の馬に騎乗しながらセイラの無事を祈らずにはいられなかった――今もゴール直前でヨレた時に伝わってきた脚元の不穏な感触が、颯太の神経へ血のりのように貼《は》りついていたから。

やっとの想《おも》いですべてのレースを走り終えると、颯太は早々に後片づけをして競馬場をでた。

スマホには、キアラからすでにセイラは馬運車で美浦《みほ》トレセンへ戻ったという連絡が入っている。

颯太は車へ乗りこみ、プレイリストを再生することも忘れてアクセルを踏んだ。

そして、あたりが本格的に暗くなったころ――美浦トレセンへ到着するなり運転席から駆けだした。悠長に歩くなんて考えられなかった。

息を切らして、金武厩舎へ駆けこむ。室内の空気は、不気味なほどの静寂に包まれていた。

セイラの馬房前に人影を認めて、颯太はおぼつかない足取りでそこへ近づいていく。

足音に気付いた聖来《せいら》がふり返る。キアラと清十郎《せいじゅうろう》は深刻な表情をうつむけていた。

「颯太くん……」

「せ、セイラは……？」

「はい、馬体をチェックしてもらいましたが怪我《けが》はありませんでした。でも──」

濁した言葉の先を知りたくて颯太は馬房をのぞきこむ。

一瞬、部屋の隅へ身を寄せるサラブレッドがセイラだと認識できなかった。

あれほど華々しいオーラを放っていた馬体は、弱々しくしぼんでしまったかのようだ。ここからだせといわんばかりに暴れていた怪獣娘の姿は見る影もない。

「お前、本当にセイラなのか……？」

目の前の現実を信じられなくて、颯太はふらふらと馬房へ入っていく。

「そ、ソータ、いってはだめです！」

次の瞬間、セイラは過剰な反応を見せた──後肢を跳ねあげ、思いっきり壁を蹴《け》りつけたのだ。

颯太は尻《しり》もちをつく。だけど、胸中を占拠していたのは驚きとは異なる感情だった。

今のセイラは序列決めのように、己《おのれ》の強さを誇示しようとしているんじゃない。

ただただ忌避しているのだ──自分を束縛し、意にそぐわないことばかりを強いるヒトという生き物を。

四肢を突っ張りにらみつけてくる、憤怒や猜疑《さいぎ》をまぜこぜにしたセイラの眼差し。

昨日まで、あの瞳《ひとみ》には走ることを愛する純粋な意志と、無限の才能がほとばしっていたのに――

――俺が変えてしまったんだ。俺がセイラとわかり合えなかったせいで。

「たしかに、ケガはありませんでした……。でも、ヒトにフシンカンをもってしまって、だれもよせつけません……」

最後までいわれなくてもわかっていた。

そんな状態で人を乗せるなんてもってのほか――レースに出走できるわけがない。

「聖来さんと相談して決めました。セイライッシキを外厩へ短期放牧にだします」

清十郎のトーンを落とした言葉を受け、颯太は確かめるように聖来へ目をやった。

「……はい、セイラを立て直すため必要と判断しました」

外厩《がいきゅう》とは、トレセンや競馬場の近郊でサラブレッドを預かる施設のことだ。しかも、ただ預かるだけではなく、放牧にだして馬をリフレッシュさせたり、調教で鍛えてくれたりなど様々なサービスが提供されている。

ＪＲＡは調教師に対してどのくらい馬房を使っていいかという「貸付馬房数」を定めている。これに対して、厩舎が管理可能な馬の頭数は貸付馬房数の２・５倍だ――たとえば、貸付馬房数が２０馬房ならば、５０頭の馬が管理可能ということになる。

普通に考えれば、馬房が足りなくて厩舎から馬があふれてしまう。ならば、彼らがどこにいるかというと、その場所こそが外厩だ。

レースに出走した馬は、消耗した心身を回復させるため外厩へ放牧にだされる。そして、空いた馬房へ前々から預けていた状態のいい馬を呼び戻すのだ。

そうやって管理馬を回転させることで、厩舎は勝負をかけられる一頭を常に手元におくことができる。

そんな事情は、競馬サークルに身をおいてきた颯太は百も承知だった。サフラン賞で勝っても負けても、セイラは外厩へ放牧にだされる流れになっていたはずだ。

でも、どうしても拭《ぬぐ》えない違和感があった——自分が壊してしまったセイラを、このまま放りだしていいのか？

颯太は迷いを抱えたまま馬房をでて、清十郎と向かい合った。

「……先生」

「どうしたのですか、颯太くん？」

問われているのに、颯太は押し黙ってしまう。のどのあたりが、ひどくもどかしい。

時間が経《た》つにつれて、弱い気持ちが心を侵食していく。

——こんな事態、何回も経験してきたじゃないか。今は深刻な顔をしているだけでいい。そして、何事もなかったかのように明日は別の馬に乗るんだ。それが、この世界で見てきた賢い騎手の在り方だろ？

――思いあがるなよ。騎手は馬を幸せにすることなんてできない。所詮《しょせん》、レ、ー、ス、の、た、っ、た、数、分、間、を、共、に、す、る、だ、け、の、仲、な、の、だ、か、ら、。

奥底から聞こえてくる、自分の声に颯太はぞっとする。

一体、どれほど立ち尽くしていただろう――颯太は声にすべき言葉を見失っていた。

やがて、清十郎は顔のしわを一層深くして――

「……異存なしということですね。では、手続きを進めておきます」

最後に聖来が「お願いします」と頭をさげたのを見届けて、清十郎は事務棟へ引きあげていった。

マンションに戻っても、ぎこちない空気が流れていた。

いつもなら賑《にぎ》やかな三人の食卓が、今日はやけに静かだ。

「セーラ、おたすけをー。おさかなのホネがとれないでーす。このままでは、あつあつのほくほくがたべられませーん」

「大丈夫ですよ。わたしがきれいにしてあげますからね」

箸《はし》の握り方がたどたどしいキアラに代わって、聖来が見事な箸さばきであっという間に焼き魚の骨をとりのぞいてしまった。

「ｗｏｗ！　マホウみたいでーす！　セーラ、ありがとごじゃまーす！」

「聖来さん、キアラちゃんのお母さんみたいですね」

「ふふっ、そうですか？　お望みでしたら、颯太くんのママにもなってあげますよ？」

普段なら大きくリアクションするところなのに、颯太は乾いた笑い声しかあげられない。

また沈黙――せっかく会話が生まれても、すぐ途切れてしまう。

聖来は悪い空気を断ち切ろうとするように箸をおいた。

「――結果が芳しくなくても、セイラが無事に帰ってきてくれてよかったです。怪我さえしなければ、またレースにでることができますから」

触れないようにしてきた話題を持ちだされ、颯太とキアラの表情に緊張が走る。

「……俺も途中からは、セイラに怪我させないことだけを考えて乗りました」

「ありがとうございます。セイラのことを一番に考えてくれて」

「いえ、そんな、あの時の俺は――」

最後の最後まで、自分のことしか考えてませんでした――そんな最低な言葉がのどまででかかった時だった。

「やっぱり、ワタシはナットクできません……。セイライッシキは、こんなところでつまづくようなおうまではありません……」

颯太は胸のうずきを覚える――どんな時も笑顔を忘れないキアラが、心の底から悔しそうに唇をかんでいるのだ。一緒に働いてきて初めて見る顔だった。

「ご、ごめんなさい！　ワタシ、ヘンなこといってしまって——」

「いや、キアラちゃんのいう通りだよ……。セイラが勝てなかったのは俺のせいだ……」

「そ、そんな⁉　颯太くん一人で責任を感じないでください！」

ドツボにはまったように沈んでいく二人を見て、キアラは一大事とばかりに視線をあっちこっちに散らしながら「Ｈｍｍ……‼」と解決策を探した。

「そーです！　つぎのおやすみに、みんなでおでかけしませんかー⁉」

突然の提案に、聖来と颯太は揃《そろ》って目をぱちくりさせる。

「特に予定はないから、いいですけど……」

「どこにいく気なんだ、キアラちゃん？」

「うぃうぃ！　じょーばクラブなんてどーでしょー！」

第9R　サラブレッドの幸せってなんだろう？

次の休日、颯太《そうた》は車のハンドルを握っていた。

久しぶりの遠出だ。カーナビを頼りに、やってきたのは千葉県の乗馬クラブ。

駐車場に車を停める時点で、キアラは待ちきれないとばかりに座席で体をぽむぽむと弾ませていた——お子様ランチを待つ5歳児か。

車からおりると潮の香りがして、海が近いことがわかる。

「クラブハウスはこちらでーす！　おふたりともはやく、はやくー！」

「キアラちゃん⁉　そんな急がなくても馬は逃げないって！」

「ふふっ、颯太くん、いきましょう」

手入れがいき届いた庭園を進むと、やがてクラブハウスが見えてきた。

中に入るとイギリスの片田舎《かたいなか》をイメージした内装になっていて、乗馬の期待感を盛りあげてくれる。

かつて、乗馬クラブに通っていた颯太だったけど、見るものすべてが珍しくてきょろきょろしてしまった——俺《おれ》がいたところは単に乗馬する場所って感じだったけど、今はこんな雰囲気づくりに凝ってるんだな。

「ソータ、きてくださーい！」

「すごいですよ、颯太くん！」

見れば、聖来《せいら》とキアラが突風を起こせそうなレベルで手招きしていた――な、何事⁉

受付へいくと、興奮で頰《ほお》をつやつやさせた二人がメニュー表らしきものを指差す。

そこには、アイドルのごとく馬の顔をアップでおさめた写真が掲載されていて――えっ、なにこれは？

「どの子に乗るか選んでいいんですって！　ハーレム王にでもなったような気分です！　たまりませんなー、じゅるり！」

「聖来さん、キャラぶれてません⁉」

「セーラ、はじめてなら、このおうまがのりやすくておすすめですよー！」

「えっ、本当ですか⁉　でもでも、この子もかわいいですぅ！　あーん、一頭になんて選べません！」

「オ、オシウマをきめるのは、じょーばクラブのだいごみですよねー！」

「えぇ！　推し馬が待っていると思えば明日も生きていけます！」

――なにいってんだ、この人たち……。

「乗る馬を指定する際は、指名料を＋５０００円いただいております」

受付のお姉さんが冷静に一言――そんな、キャバクラみたいなシステムなの……。

「決めました、わたしは白毛の子にします！　ぐへへっ、たくさんお触りしますよぉ！」

「では、ワタシはあたらしくはいってきたこのコにいたしましょー！　なにもしらないシンジンを、ワタシいろにそめあげまーす！」

――二人が完全にゲス顔になってる件について。

「ソータはどうしますか？　こだわりがなければ、ワタシがおすすめしますがー？」

「じゃあ、キアラちゃんに任せちゃおうかな」

「うぃうぃ！　おまかせあれー！」

「お客さま、馬へのプレゼントのご購入はいかがでしょうか？　おやつをあげれば、お客さまの好感度爆アゲ間違いなしです」

「こーかんどバクアゲですかー⁉」

「秒で食いついた⁉」

「濃密スキンシップ⁉」

「そんなこといってないよ、聖来さん⁉　どう空耳したの⁉」

「当クラブではハート型にカットしたにんじんや、角砂糖などをご用意しております」

「はいはいはーい！　では、かくざとーをくださーい！」

「わたしは、この棚にあるもの全部いただきましょう！」

「せ、聖来さん⁉　いくらなんでも、それは買いすぎでは⁉」

「馬に好かれるためだったら、お金に糸目をつけません！」

「なんて、大人げない大人買い⁉」

推し馬への貢ぎ物をたらふく購入する聖来とキアラ――颯太の目には、お気に入りの嬢のためにドンペリを開けまくるカモ客にしか見えなくなってくる。

「では、馬をご用意いたします。ブーツ、安全ベスト、ヘルメットの着用が済みましたら馬場前でお待ちください」

澄まし顔のまま、まんまと荒稼ぎしてみせた受付のお姉さんなのだった。


生徒がレッスンしている馬場前で待っていると、やがて蹄鉄《ていてつ》の音が聞こえてきた。

「きゃー、きましたぁ！」

はしゃぐ聖来が熱視線を送る方角から、インストラクターに引かれた馬たちが縦列を組んでやってくるのだ。

「おぉ、すっげぇ……」

目の前に止まった馬をながめて、颯太は感嘆の声をもらした。

かなり馬格のある牡馬《ぼば》だ。前肢から胸にかけての筋肉が盛りあがっている。

「お前、中央競馬でも闘えそうないい体してんなぁ……」

セクハラ紛《まが》いな発言をかましながら、颯太は挨拶《あいさつ》がてら首筋を愛撫《あいぶ》する。

すると、馬の目がこちらを向いた。しかも、じっと見つめてくる――な、なんだ？

「……お前、どこかで会ったことあるか？」

「ソータ、じゅんびはよろしいですかー？」

一足早く馬上の人になったキアラが尋ねてくる。聖来も大学で乗馬サークルに所属していたという言葉通り、優雅に白毛の馬に騎乗していた。

颯太も慌てて馬にまたがろうとする。

すると、インストラクターのお姉さんが声をかけてきた。

「お客さま、当クラブは初めてですよね？　初心者の方は鞍《くら》に座るまでが一苦労なので、この踏み台を使ってください」

「ありがとうございます。ですが必要ないかと」

「えっ、でも大変ですよ？　特に、この子は純血のサラブレッドなので体高もありますし。失礼ですが、乗馬歴はどれくらいですか？」

「小学生のころからだから、10年ちょいくらいですかね――」

颯太は鐙《あぶみ》に足をかけるなり颯爽《さっそう》と鞍にまたがる。インストラクターのお姉さんが「――えっ？」といい終える前の早業《はやわざ》だった。

鐙の位置が長くて違和感があるけど、レースをするわけじゃないので問題なし。

颯太はさっそく扶助《ふじょ》を送って馬を常足《なみあし》で発進させた。

パートナーの性格をつかみつつ軽速歩へ移行する――馬が地面を蹴《け》った瞬間に腰を浮かし、そうかと思ったら尻《しり》を吸いつかせるように鞍へ戻す。息が合ってくると、馬と人が一つのリズムで遊んでいるように見える。

その間も、手綱の操作を忘れない――ともすれば、ただ持っているだけに見えるけど、前に進む馬が口を痛めないように絶えず微調整していた。

その甲斐《かい》あって、馬は安心して己《おのれ》の運動能力を解放してくれる。

「す、すごい……!! こんな短時間で乗りこなすなんて……!!」

その声で颯太は我に返る――いつもの癖《くせ》で、無意識のうちに馬を動かしてた!

慌てて周囲を見巡らすと、インストラクターのお姉さんが尊敬の眼差しを送ってきていた。

しかも、それだけじゃない。颯太はクラブ中の注目を集めていたのだ。

「あの人、上手すぎない? うちのクラブじゃ見ない顔だけど……」

「馬術大会の練習にきた人かな? それとも本物のジョッキー?」

――うわっ、恥ずっ!!

反射的にヘルメットを目深《まぶか》にかぶりながら、聖来とキアラのもとへ馬を進ませた。

「す、すみません、お待たせしました!」

「ふふっ、颯太くん、さすがですね。一人だけ動きが違いましたよ」

「あっ、しゅっぱつみたいですよー！　まいりましょー！」

キアラが指差した方向には、チーフインストラクターの女性が馬上で手をあげていた。

三人はそちらに向かってパートナーを常足で進ませる。

レッスン用馬場から遠ざかっていく――てっきり、あそこで馬を動かすと思っていたのに。

「あ、あの、どこにいくんですか？」

「素敵なところですよ。きっと気に入っていただけるはずです」

チーフインストラクターはそう答えただけで、具体的なことは教えてくれない。

空はよく晴れて青々としていた。馬は素直な子ばかりで、のんびり歩いているだけで楽しい。

聖来とキアラの馬上トークもよく弾む。

そうこうするうちに、やがてクラブの敷地からもでてしまう。

目の前に続くのは柵《さく》で区切られた一本道――こんもりとした木立が視界を遮り、下の砂はやけに白くてさらさらしている。

前触れもなく木立が途切れると、「わぁ！」と歓声があがった――颯太の視界いっぱいに広がったのは、青い水を満々とたたえる海。

「この乗馬クラブの目玉は、浜辺を外乗できるところなんです！」

聖来がとびきりの笑顔を浮かべながら、颯太へ種明かしをした。

キアラは「きもちーでーす！」と空に向かって伸びをする。潮風にたてがみをなびかせる馬たちも心地よさそうだ。

「では、もっと渚《なぎさ》へ近づいてみましょう」

チーフインストラクターに先導されて、波打ち際へパートナーを促す。湿った砂をゆく馬の足音がさくっ、さくっという小気味いい音色《ねいろ》に変わる。

押し寄せる波に蹄《ひづめ》を濡《ぬ》らしても、馬は動揺しない。彼らにとって、これが日常なのだ。

海の青と空の青——その狭間《はざま》でサラブレッドという自分より一回り大きな生物の歩みに身を委《ゆだ》ねていると、言葉にならない安心感に包みこまれる。

乗馬の魅力が詰まった光景を前にして、颯太は目を細める——こんなに心を軽くして馬に乗るのはいつぶりだろう?

馬の幸福とは、こういうところにあるのかもしれない——ステッキで打たれて走らなきゃいけない競馬場ではなく、こんなふうに競争から解放されたのどかな空気が流れる場所に。

セイラもここにくれば、嫌な想《おも》いをせずに済んだのかな——颯太がそんなことを考えていると、キアラが声をかけてきた。

「じつは、ソータがのっているおうま、カナタケきゅーしゃにいたことがあるんですよ」

「えっ、マジか!?」

キアラから競走馬時代の名前を教えてもらうと、すぐに記憶がよみがえった。

調教で真っ直《ます》ぐ走らせるだけでも一苦労の問題児で、一勝もできないまま厩舎《きゅうしゃ》から姿を消してしまった馬だ。まさか、乗馬クラブに移っていたなんて――

「みなさん、お上手ですので今日は特別に海へ入ってみましょうか」

チーフインストラクターの言葉に、颯太は絶句してしまう。

――き、気性難の馬に、そんな難しいことできるわけが……!!

聖来とキアラが歓声をあげながらパートナーと海水浴に興じる中、颯太は途方に暮れてしまった。

「颯太くんも早くきてください！　楽しいですよ！」

聖来に手招きされて、半ばやけっぱちの心境で手綱をさばく。

すると、馬は拍子抜けするくらいすんなりと海へ入っていくのだ。

四肢が海水に浸かったのに怖がる素振りがない。波が打ち寄せてきても、びくともしなかった。それどころか、乗り手へ「心配するな」と励ますような眼差しを送ってくる。

目の前の現実が信じられなかった――騎手のいうことなど聞こうとしなかった癖馬が、立派な乗用馬に生まれ変わっていたのだから。

気付けば、颯太はチーフインストラクターに問いかけていた。

「あ、あの！　どうしてこいつ、こんな聞き分けがよくなったんですか？　昔は手がつけられないくらい気性が荒かったのに――」

「競走馬時代のその子のこと、ご存知なんですね？」

「は、はい。少し縁があって……」

「確かに、ここへ移ってきたばかりのころは荒れていました。でも、それは後天的なものです。その子は憤っていました——誰《だれ》も話を聞いてくれないと」

「話を……?」

自分が話題になっていることがわかるのか、颯太を乗せた馬は耳をぴくぴくと動かしていた。

「はい。だから、その声に耳を傾けて少しずつ会話を重ねてきました——私がしたことは本当にそれだけです」

そういって、チーフインストラクターは穏やかに微笑んだ。

その表情を目にして颯太は思う——違う。きっと、苦労の連続だったはずだ。

金武《かなたけ》厩舎にいたころから、この馬は人を信じていなかった。ただ、自分に害をなす生物だと認識していた。

馬は受けた痛みを決して忘れない生き物だ——一度、こぶ結びになった心を解きほぐすのは並大抵のことじゃない。

でも、本気でぶつかってくれる人と出会ったからこそ、この馬は憤怒の先で人と寄り添って生きることを選んだ——俺は、その人になれなかった。

それは、キアラのように馬の言葉を感じとれないし、彼らと話す才能がないからだ——そんなのは、言い訳に過ぎないということはもうわかっている。

──だって、俺はレースだけの付き合いと決めつけて、馬と深く関《かか》わろうとしてこなかったから。

そんな言葉が口を突いて、自分でも驚いてしまった。

「──ごめんな」

そして、かつてわかり合えなかったパートナーの目が、見違えるほどやわらかくなっていることにも。

隣に誰が寄り添うかで、馬はこんなにも変わるのだ。

サラブレッドの背中に揺すられながら、颯太はやっと気付く。

──俺はセイラにも同じ過ちを犯してかけているんじゃないか？

そして、自分が本気で望めば、それはとても難しいことかもしれないけれど──セイラが変わるきっかけを与えられる、その誰かになれるんじゃないか？

心臓が確かな熱をもって鼓動を打つ。顔をあげると、陽光を乱反射させる海原が映った。

颯太の背中を押すように潮風が吹く。

風を切りたい──そんな気持ちがあふれた時には馬が走っていた。

まるで、乗り手の想いを汲んだかのように──こんなの、乗馬の教科書には載ってなかった。

しばしの間、颯太はかつてのパートナーと共に風となった。

休憩時間がやってきて、颯太たちは砂浜におりた。

手綱をつながれた推し馬へ、聖来はほくほく顔で近づいていく。

「みんなぁ、おやつの時間でちゅよぉ～」

サラブレッドを前に口調をふにゃふにゃにしながら、聖来は手のひらを差しだす。

そこに乗っているのは白くて四角い物体――角砂糖だ。

馬のテンションが一気にあがった。懸命に前かきをして「早く、早く」と急《せ》かしている。

手を口元に寄せられると、馬は唇をはむはむと動かして角砂糖を平らげた。

馬はにんじんに目がないと思うかもしれないけど、それ以上に甘いものが大好きだ――ガリガリ君なんて与えた日には、小学1年生よりも早く貪《むさぼ》り食らう。

おやつをあげ終えた三人は海沿いのベンチに座り、馬たちが安らぐ様子をながめていた。

「ワタシ、このじょーばクラブによくかよっているんです」

「……引退した競走馬の受け皿になってるからか？」

そんな気がして颯太が問うと、キアラは横髪に手をやりながら切なげに頷《うなず》いた。

「さよならもいえず、いなくなってしまうおうまもいますから……」

「えっ、乗馬クラブにきたら、そこで余生を過ごすんじゃないんですか？」

「ちがいます。キョウソウバから、ジョウヨウバになれるおうまはヒトニギリです。いままで、はやくはしることばかりおしえられてきたのですからトーゼンです。それに、ジュンスイなサラブレッドは、キショウがあらくてジョウバにむきません。だから、クラブも、あまりにテがかかるサラブレッドはドウニュウをあきらめるんです」

シビアな現実を明かされて、聖来は言葉を失ってしまう。

キアラは浜辺で憩う馬たちへ視線をやりながら――

「こんなノドカにみえますけど、おうまたちのセイゾンキョウソウはつづいているんです。ケイバジョウにいたころからずっと――すべてのおうまに、しあわせなヨセイがヨウイされているわけではありません」

とてもシンプルで、だからこそ残酷な話だった。

騎手の指示を無視して走る馬は、レースに勝てない。

勝てない馬は引退を余儀なくされる。

中央競馬を去った馬は、地方競馬や乗馬クラブに引きとられる。

だけど、人を信用していない馬は、そこでも居場所をつくれない。

「――ヒトとキョウゾンできないおうまは、ケムリのようにきえていくしかないんです」

キアラは今にも泣きだしそうな表情で告げる。

だけど、気丈に表情を凛々《りり》しくさせて颯太を見つめた。

「ワタシはソータをソンケーしてます。おうまをキモチよくはしらせるスタイルもダイスキです。でも、セイライッシキとチカラをあわせてはしることを、あきらめてほしくないです。

じゃないと、セイライッシキはだれからもヒツヨウとされないおうまになってしまいます」

「誰からも必要とされない馬……」

胸をえぐられるような想いだった。

キアラは伝えようとしているのだ――騎手の接し方が目先の勝ち負けだけじゃなく、馬の一生を左右してしまうかもしれない、と。

キアラの意志がこもった目は聖来にも向く。

「セーラのおうまをアイするきもちはすばらしーです。でも、かわいがるばかりではおうまはなにがよくて、なにがわるいことなのかリカイできません」

「キアラちゃん……」

「ほんとうは、わるいおうまなんていないんです……!! おうまがヒトのいうことをきかないのは、むきあうニンゲンのココロがくもってるからです……!! おうまは、ワタシたちをうつしだすカガミだということをわすれないでください……!!」

その言葉に、颯太はセイラと接してきた日々を顧みる。

――思い通りに走ってくれないセイラに対して、俺はどんな顔をしてきただろう? もしかして、俺はセイラに一度も笑いかけたことがないんじゃないか?

ぞっとした――そんな歪《ゆが》んだ関係しか結んでないのに、命令通りに動くことを要求するなんてエゴの極《きわ》みだ。

「ワタシ、ふたりにきらわれたくなくて、レースのアトにいまのキモチをつたえられませんでした。でも、ちゃんとコトバにしなきゃとおもって……」

キアラは涙を拭《ぬぐ》いながら幼子のようにしゃくりあげる。

その仕草を見て、颯太も打ち明けなければと思った――あの悪夢のようなレース中に垣間見《かいまみ》た醜い自分の本性を。

「……俺も二人に話しておきたいことがあるんです」

大切な人に弱い自分を晒《さら》すのが、こんなにも恐ろしいことだったなんて。

見損なわれてしまうかもしれない――怖くて、颯太は二人と目も合わせず言葉を吐く。

「サフラン賞の時、レースの途中でセイラとわかり合うことを諦《あきら》めたんです……!!　俺は、セイラを見殺しにしてしまった……!!」

ズボンを握る手に力がこもって、しわが強く刻まれた。

「しかも、ステッキを落とした時に思ったんです――あぁ、よかった、これでセイラを打たずに済んだって。俺はいまだにダービーの呪縛《じゅばく》に囚《とら》われたままで……!!」

なんて最低なことを口走っているんだろうと思う。

だけど、聖来とキアラは責めたりしなかった。ただ、黙って最後まで聞き届けてくれた。

少し間があって、次に口を開いたのは聖来だった。

「ごめんなさい。わたしも秘密にしていたことがあるんです。聞いてもらえるでしょうか？

まだ、セイラが牧場にいたころの話を――」

「それって、セイラと出会った時の話ってことですか……?」

颯太の言葉に頷き、聖来は愛馬との馴《な》れ初《そ》めを語っていく。

「一年前、わたしは競走馬を購入しようと牧場へ通っていました。そうしたら、放牧地で群れから離れてひとりぼっちでいる仔馬《こうま》が目についたんです。それ以来、気になってしまって――その子こそがセイラでした」

アルバムのページをめくるように、思い出を声にしていく。

「セイラは上手く友達がつくれず、いつも細木に体をすり寄せていました。牧場の方に尋ねると、お母さんの代わりと見なしていたようで――」

「へぇ、意外ですね……」

「ああ見えて、とても寂《さび》しがり屋なんです。あんまり体をすりすりして甘えるから、最後には木が倒れてしまって――ふふっ、おかしいですよね」

聖来に笑いかけられ、颯太もキアラも頬をほころばせる。

一瞬、和《なご》やかな空気が流れたけど、言葉を継いだ聖来の表情は急激にくもった。

「いつしか、セイラのオーナーになりたいと思うようになりました。だけど、ある日、マナーの悪い馬主さんがきて、フラッシュを使って仔馬たちを撮影したんです」

サラブレッドをあつかう牧場は、フラッシュを禁止している。特に、人間界との接点が薄い仔馬は強い光に驚いてパニックに陥《おちい》りやすい。

その中でも、とりわけ繊細だったセイラの反応は強烈なものだった。

「撮影された瞬間、セイラは我を失って暴走してしまいました。そして、柵に衝突して失神する事故を起こしたんです」

「ｏｈ……、そんなことがあったなんて……」

「そ、それで、セイラに怪我《けが》はなかったんですか？」

「ガラスの脚」といわれている通り、たとえ小さなひびであろうともサラブレッドの脚の怪我は致命傷になり得る。

競馬の有名な格言に「無事之名馬《ぶじこれめいば》」というものがある――レースで勝てるかどうかよりも、怪我なく走り続けてくれる馬こそが名馬に値するという意味だ。

こんな言葉が生まれるくらいに、サラブレッドは高速の世界で闘うアスリートでありながら、同時に繊細な芸術品のように脆《もろ》く壊れやすい存在なのだ。

「幸いにも、軽い手術だけで済みました。でも、走力への影響を疑われて、セイラは買い手から敬遠されたんです。それで、わたしが手に入れることができました」

颯太の中にあった疑問が氷解した――だから、超良血のセイラを、新興馬主である聖来さんが購入することができたのか。

「だから、セイラに対して過保護になってしまって。着順よりも大切なのはセイラが無事に帰ってくること――そんなふうに考えていました。サフラン賞で負けた後、悔しかったけど本音ではなにも変えなくていいと思っていたんです。でも――」

そこで言葉を区切り、聖来は一本の芯《しん》が通ったような眼差しをキアラへ向けた。

「それじゃ、だめなんですよね？」

「はい。いまのままでは、セイライッシキのサイノウはカイカしません」

キアラの迷いのない言葉は颯太の深いところへ波紋をつくった。

――そうだ、俺もブービージョッキーのままじゃいられない。

――ずっと、これでいいのかなって思っていた。本当なら、もっと早くこうするべきだったんだ。

「……俺たちで、セイラを立て直しませんか？」

突然の提案に聖来とキアラは言葉を失う。だけど、それも束《つか》の間のことで――

「ｗｏｗ！　ソータ、よくぞいいました！　ワタシは、とてもさんせいでーす！」

「わたしもです！　そうしてくれたらどんなにいいだろうって！」

感激で声を詰まらせた聖来だったけど、なにか重大なことに気付いたように目を見開いた。

「で、でも、セイラは外厩《がいきゅう》に預けられているんですよね？　わたしたちがいって、セイラを触らせてもらえるのでしょうか？」

根本的な問題を指摘されて、颯太は「あっ」と声をもらす。

確かに外厩まで厩舎関係者が押しかけて、馬の世話をするなんて聞いたことがない——む、無理なのかな?

「ひ、ひとまず、先生に聞いてみます!」

颯太は急いで清十郎《せいじゅうろう》に電話をかけてみる。

「おや、どうしましたか、颯太くん?」

「先生、いきなりすみません! 相談したいことがあるんです!」

颯太は清十郎に事情を説明していった。

「——なるほど、そういうことなら心配いりません。セイライッシキを預けた福島の外厩は古くから付き合いのある牧場ですから、ある程度は自由にやらせてくれるはずです」

「ほ、本当ですか!?」

「はい。ところで、そちらにキアラくんはいますか?」

「え? いますけど……」

「ならば、伝えてください。君もついていって颯太くんを助けてやってほしいと」

「で、でも、それは——」

エース厩務員《きゅうむいん》のキアラがいなくなれば、厩舎が回らなくなってしまうかもしれない。

しかし、清十郎はそんなことは百も承知で言葉を継いだ。

「歳《とし》をとると、若者の背を押すことくらいしか楽しみがなくなるのですよ——厩舎は、私たちが守ります。だから、君は君がなすべきことをなしてきなさい」

　電話なのに、気付けば颯太は深々と頭を垂れていた。

「先生、ありがとうございます」

「君がセイライッシキと一緒に帰ってくるのを待っていますよ」

　本当にそんなことができるのか。きっと——いや、絶対に難しいだろう。

　でも、恩師がかけてくれた期待に恥ずかしくない返事をして電話を切った。

　そして、聖来とキアラへ向き直ると、こみあげる熱を声にするように——

「いきましょう、三人でセイラのもとへ！」

第10R たとえ、お前に嫌われたとしても

有名な温泉街が連なる平野から峠を一つ越える。

秋支度を始めた景観が続く田舎道《いなかみち》を進むと、カーナビが目的地への到着を知らせた。

看板が見えてきて、颯太《そうた》は車のハンドルを切る。

常晴《つねばれ》ファーム――それが、セイラが滞在している外厩《がいきゅう》の名前だった。

清十郎《せいじゅうろう》が事前に連絡してくれていたので、スムーズにファームへ入ることができた。

スタッフに案内されて事務所がある丘に立つと、眼下に常晴ファームの全貌《ぜんぼう》が姿を現す。

「そ、颯太くんは外厩にきたことってあります？」

「いや、実はこれが初めてです……」

「ワタシもおなじでーす。まさか、これほどリッパだったとはー」

三人は、目の前に広がる光景に圧倒されてしまった。

真っ先に目につくのは、一周１２００メートルはあろう広々としたダートコース。丘の傾斜を利用した坂路では丁度、馬が稽古を積んでいるところだった。

しかも、雨天でも調教可能な屋根付きの周回コースに、メリーゴーランドのような形状をし

たサラブレッド用ウォーキングマシンまである。

トレセンに匹敵《ひってき》する施設の規模と充実ぶり——そりゃ、外厩帰りの馬がよく走るわけだ。

颯太たちが案内してもらったのは、とある調教施設だった。

「あ、セイラ⁉」

愛馬を見つけるなり、聖来《せいら》は声をあげる。

スタッフに手綱を持ってもらいながら、セイラが四肢をばたつかせてプールを泳いでいたのだ。鼻穴が大きくふくらみ、歯茎がむきだしになっている。

——プール調教か。

颯太は表情をくもらせながら、胸中でひとりごちる。

プール調教は珍しいものじゃない。だけど、このメニューを行うのは脚元に不安があったり、馬のコンディションを整えたい時に限られる。

セイラのように健康なサラブレッドは、馬場で強度の高い稽古を積むのが普通だ。それなのに、プール調教をしているということは——

調教を終えたセイラが去っていくと、監督役らしき男が近づいてくる。

「金武《かなたけ》先生のところの方々ですよね？　私がここの厩舎長《きゅうしゃ》です」

会釈《えしゃく》をするなり、颯太は一刻も早く確かめたくて口を開いた。

「さっそくですみません——セイラはまだ人を乗せようとしないんですね？」

「我々も色々と手を尽くしているのですが思うようにいかなくて――今は体重を維持するため、プール調教を重ねるしかないのが現状です」

悪い予感が当たってしまって、颯太たちの顔が強張《こわば》る。

それを察してか、厩舎長は言葉を継いだ。

「立ち話もなんですから、セイライッシキの馬房へ案内しましょう」


常晴ファームの厩舎エリアは活気に満ちていた。

厩舎前の道はサラブレッドたちがいき交い、蹄《ひづめ》が奏《かな》でる小気味いい音であふれている。

「ここが、セイライッシキの馬房です」

厩舎長に案内され、三人は恐る恐る馬房の前へ歩を進める。

「セイラ、いますか……？」

聖来が呼びかけると、奥で生き物がぬっと動いた気配がした。

久しぶりの再会だというのに、セイラは後ろ向きに佇《たたず》んだまま聖来を一瞥《いちべつ》しただけだった。

それきり、背を向けてハエでも追い払うように尻尾《しっぽ》を揺する。

思わしくない反応に、厩舎長も表情をくもらせた。

「我々も色んな馬を触ってきましたけど、ここまで繊細な馬は初めてです」

「あ、あの、ここにきてからのセイラの様子はどうでしたか？」

「鞍《くら》を乗せようものなら大暴《あば》れ、近寄ったらカッカして、我々の姿が見えるうちは飼葉《かいば》にも口をつけません。人間不信の塊みたいな子です」

厩舎長は参ったというように肩を落とすと、聖来に向けて口を開いた。

「もしかして、この馬は昼夜放牧を十分にこなせなかったのではないですか?」

「そ、その通りです。セイラは放牧中に事故を起こしてしまったのもあって――」

――確か、昼夜放牧って。

聞いたことがある――颯太は頭の中から知識を引っ張りだす。

生まれた仔馬は1歳になると育成牧場に入り、競走馬になるための訓練が施される。そこで、育成の一環として行われるのが昼夜放牧だ。

昼夜放牧とは馬を夜も馬房に戻さず、放牧地で一日過ごさせることを意味する。そうすることで、トータルの運動量が跳ねあがり丈夫な身体づくりに寄与するのだ。

しかも、それだけじゃない――夜という強いストレスがかかる環境に長く身をおくため、メンタルも鍛えることができる。

その結果、人混みや騒音――サラブレッドにとって刺激物だらけの競馬場にやってきても動じない競走馬に仕上がるのだ。

「これほどの素質馬です。生産者の方々はふいにするのが怖くて、この子を宝物みたいに馬房へしまっておいたのでしょう」

厩舎長は、少し憐れむように馬房のセイラを見つめる。

そんな停滞ムードを吹き飛ばしたのは、キアラの一声だった。

「だったら、いまからセイライッシキをちゅーやほーぼくにだすのはいかがでしょー⁉」

「2歳馬をですか⁉　そんなの前例がありませんよ⁉」

「ゼンレーはカンケーありません！　おうまにとって、いちばんハッピーなことをしてあげるのがワタシたちのシゴトなのですから！　セーラは⁉　セーラはどうおもてますかー⁉」

問われた聖来は、真剣に愛馬の将来を考える。

セイラを昼夜放牧にだす――考えただけでぞっとしてしまう。だって、今でも柵《さく》に衝突してぐったり横たわる愛馬の姿が脳裏《のうり》によみがえるのだから。

だけど、聖来は恐怖の気持ちをぐっとこらえた。

大切に箱へしまっておくだけじゃだめだ――サラブレッドは宝石ではなく、未来を生きる命なのだから。

「わたしからもお願いします！　セイラを昼夜放牧にだせないでしょうか⁉」

「うちには放牧地もありますから、できないことはないですが……」

「でしたら、やらせてください！　この通りです！」

厩舎長に向かって、聖来は深々と頭をさげた。

その懸命な姿を目の当《ま》たりにして、颯太も衝《つ》き動かされる。

馬主と厩務員《きゅうむいん》が、自分になにができるか必死に模索している——ならば、騎手は？　セイラの背中を託された自分にできることはなんだ？

颯太は、馬房のセイラを見つめながら己《おのれ》に問いかける。

——セイラだけに試練を課すのか？　あの日、負けたのは俺《おれ》も同じなのに。

気付けば、颯太は衝動が命じるままに言葉を口にしていた。

「俺もセイラと一緒に昼夜放牧にでます！」

「に、人間が馬と一緒に放牧にでるつもりですか⁉」

厩舎長だけじゃない。これには、聖来とキアラも目を丸くした。

自分がどんなに馬鹿《ばか》げたことを口走っているかは自覚している。それにこんなのは所詮《しょせん》、人間のエゴに過ぎないのかもしれない——でも、じっとしていられなかった。

「めちゃくちゃなのは理解しています！　でも、あいつの傍《そば》にいてやりたいんです！」

聖来の隣で颯太までもが頭をさげる——おまけに、キアラが「このとーりでーす！」とジャパニーズ土下座を決めたものだから、厩舎長は折れざるを得なくなった。

「……わかりました。馬主さんがOKして、金武先生の許可もあるんですから断る理由がありません。前代未聞もいいところですが、やってみましょう」

「——ありがとうございます‼」

颯太と聖来が完全にシンクロした動きで顔を見合わせ、もう一度お辞儀をする。

こうして、世にも奇妙なペア昼夜放牧が決行されることになったのだった。

一面の草原が、爽《さわ》やかな風に揺れている。

常晴ファームが貸してくれたのは、６ヘクタールの放牧地――東京ドームよりも広大な緑の絨毯《じゅうたん》には二つの影があった。

「おーい、セイラ。だから、そこは開かないんだってー」

放牧にでてからずっとこの調子だ――セイラは柵で仕切られた出入り口付近でうろうろしていた。

サラブレッドは草原に解き放たれると喜びのあまり駆けだすものかと思っていたけど、セイラは地面を嗅《か》いで回っている。

よく観察すると、行動範囲がちょっとずつだけど広くなっている。彼女なりに安全を確かめているようだ――怪獣娘のくせに意外と慎重派なんだな。ギャップ萌《も》えまで完備してるとは、恐れ入りました。

すると、セイラが満を持してそろそろと歩きだす――そうかと思ったら、「よいしょ」といった感じに四肢を畳んで体をごろんと転がしたのだ。

――おっ、始まった。

あれは砂浴びという行為で、地面に体をこすりつけることで馬体に付着した虫や汗を落とす——馬にとっての入浴みたいなものだ。

きれいに水洗いをした後にあれをされると、一瞬のうちに泥まみれになるから絶叫ものだけど、今は仏の心でながめることができた——もとより颯太の中では、サラブレッドが見せるかわいい仕草ランキング堂々の１０年連続ナンバーワンだ。あー、癒《いや》される。

セイラは夢中になって砂浴びを続ける——ごろん！　ごろん！　ごろん！

——おぉ、きれいな三回転！

さすがに打ち止めかと思いきや、おかわりでごろん！

颯太は噴きだしてしまった——お姫さまは、よほどきれい好きらしい。

——毎日のように顔を合わせてたのに、こんな一面すら知らなかったなんて。

自分がいかにセイラと向き合ってこなかったか思い知らされる。

感傷的な物思いから帰ってくると、セイラがじっとこちらを見つめていた。

「ご、ごめん！」

反射的に謝ってしまう——セイラにとっては、お風呂《ふろ》をのぞかれたようなものだもんな。

そりゃ、変態を咎《とが》めるような目つきになりますわ。

セイラは気分を害したように立ちあがると、さっさと歩きだす。颯太は食料を詰めこんだリュックを背負うと、慌ててその後を追った。

「——うっ⁉」

よからぬ気配を感じたようにふり返るセイラ——颯太は、だるまさんが転んだをしているみたいに動けなくなる。

こう着状態が続く中、颯太はサラブレッドの美少女に向けてあやしくないよアピールをするため、にまぁ～と口角を吊《つ》りあげた——完全に、春先にでてくる変質者ムーブである。

セイラの決断は迅速だった——ストーカーから逃れるべくキャンターで駆けだしたのだ！

「あ、あぁ⁉　待てよ、セイラ！」

袖《そで》にされた主戦ジョッキーは必死に追いかける。

昼夜放牧中、颯太は意地でもセイラの傍にいようと心に決めていた。

聖来の言葉がよみがえる——放牧地でセイラはいつもひとりぼっちだった、と。

——セイラに寂《さび》しい思いをさせてたまるか……‼

だるまさんが転んだが終わったと思ったら、今度は無謀な鬼ごっこが始まった。

高原の風になびく金色の尻尾《しっぽ》を追って、颯太は汗だくになりながら駆けずり回る——当たり前だけどセイラ速すぎ！　ぜんっぜん追いつかねぇ！

どんなに足をふりあげたって、セイラの姿は小さくなっていく一方だ。それでも——

「ふがぁぁぁぁ‼」

颯太は歯を食いしばって走り続けた。

それから数時間が過ぎ、空が茜色《あかねいろ》に染まったころ——

「はぁ……!!　はぁ……!!　もう一歩も動けねぇ……!!」

風の通り道になっている緑の絨毯へ、颯太は大の字になって転がっていた。芝の切れ端や泥が顔中に引っついていて、ひどく不細工なことになっている。

「やっぱ、お前すげえな。一回も追いつけなかったよ」

首を巡らすと、セイラが不承不承といった感じで体を横たわらせていた――颯太のしつこさに折れて、とうとう休憩をとったのだ。

すると、セイラは寝そべりながら首を高く持ちあげてあたりを見渡す。

「セイラ、お前……!?」

颯太は知っていた――野生馬の群れが休憩をとる時、交代で監視役を担うことを。

セイラは外敵がいないか注意を払ってくれているのだ。

もちろん、一番は自分の身を守るためだろうけど――多分、おそらく、きっと、メイビー、ほんの小指の先くらいは下僕（颯太）のために。

それは、自分を群れの一員と認めてくれた証拠――になるかはわからないけれど、颯太は強引にそう思うことにした。

「ありがとな！　セイラのおかげで超安心！　セコムいらずだぞー！」

すり寄ろうとしてくる勘違い人間を、セイラは目を三角にして「ぶるるっ！」と追い返す。

冷たくされても、颯太はにやつくのを止められなかった。

「――ん？　どうした、セイラ？」

急に、なにかの気配を察したように夕空を見つめるセイラ。

その視線を追うと鈍色《にびいろ》の雲が空の一角を占拠していて、そこだけが一足早く夜を迎えたかのように暗かった。

湿り気を帯びた不吉な風が、草原を舐《な》めるように吹き抜けていく。

第11R　サラブレッドと恋する乙女は直走る

颯太《そうた》とセイラが昼夜放牧にでたのを見届けた後、聖来《せいら》とキアラは宿泊する温泉街へ戻った。さすが馬主だけあって、聖来がとった宿ははなれのある高級旅館だ。

「wow! セーラ、ひろいおふろですよー! すばらしーでーす!」

「プライベートの露天風呂です。本当は、颯太くんにも日頃《ひごろ》の疲れを癒《いや》してほしかったのですが――」

脱衣所から飛びだしてきたキアラに対して、聖来は淑《しと》やかに風呂《ふろ》場へ現れた。タオルで隠されているのに、体の凹凸《おうとつ》がはっきりとわかる奇跡的なスタイル。お湯に浸からないように髪はまとめられていて、普段は隠れている真っ白なうなじがあらわになっていた。

「oh、セーラ、エチエチでーす! シンボウタマランですなー!」

「……わたし、時々、キアラちゃんがどこで日本語を学んだのか気になります」

「セーラ! ウキワをふくらませてよろしいですかー!?」

「だめです」

「ええ!? では、ミズテッポーであそんでよろしいですかー!?」

「日本の温泉はプールじゃないんですよ⁉」

「ぶー！」

「あっ、代わりに旅館の方にいただいたゆずを浮かべましょう。いい香りがするんですよ」

「ｗｏｗ！　そちらのほうがたのしそーでーす！　おふろからあがったら、オユをのんでみてもよろしいですかー⁉」

「だめです」

「ぶー！」

普段は天才ホースウーマンなのに、一歩厩舎《きゅうしゃ》から離れたらあどけない少女だ——聖来はそのギャップが微笑ましくて、頬《ほお》をふくらませるキアラの頭を撫《な》でてしまった。

湯船に肩まで浸かると、聖来とキアラは夢見心地でため息をこぼす——湯気と一緒に立ちのぼる爽《さわ》やかなゆずの香りが鼻に抜けて心地いい。

涼やかな秋風が頬を撫でる中、ガールズトークもうんと弾んだ。

「そういえば、セーラとソータってどこでしりあったのですかー？　ちいさいころからコウリュウがあったとおききしましたがー？」

「え？　話せば長くなりますよ？」

「ぜひ、しりたいでーす！」

キアラにせがまれて、聖来は一番大切なところにしまっている記憶をそっと紐解《ひもと》いた。

「わたしが生まれたのは、とても教育熱心なお家《うち》だったんです。だから、物心つく前からパパとママの勧めで、受験戦争に身を投じてきました」

「おー？　セーラ、ジュケンセンソーとはなんでしょー？」

「鉄砲の代わりに、公式や辞書で闘うことですよ」

「ｗｏｗ！　それはエキサイティングですねー！」

簡単に信じこんでしまうキアラ――ニューマーケットの広大な放牧地、そして、厩舎の馬たちに囲まれてのびのびと育った大天使には、きっと想像もつかない世界だろう。

「でも、中学受験の前に体調を崩してしまって。その時ばかりは勉強どころか、学校に通うことすらままなりませんでした。無理に登校しても、すぐ吐いてしまって――ずっとプレッシャーに晒《さら》されて、体と心が壊れてしまったんでしょうね」

「ｏｈ……、セーラ、かわいそーでーす……」

「ふさぎこんでしまったわたしに、パパとママはホ、、、、、、ースセラピーを受けさせることに決めました――それが、わたしがサラブレッドと出会うきっかけになったんです」

ホースセラピーとは、馬と触れ合うことで心身の回復を図る動物介在療法の一つだ。

こうして、小学生だった聖来は乗馬クラブに通うことになった。

「初めて目にしたサラブレッドは、見あげるほど大きくて驚きました。でも、とても優しくて、すぐにわたしを受け入れてくれたんです。嫌なことがあった日にクラブへいくと、それを嗅《か》ぎ

とったみたいに駆けつけてきて、ずっと傍《そば》に寄り添ってくれました――馬とは不思議な生き物です。本当に人間の気持ちを理解できているんじゃないかと思う瞬間があるんですから」

「はい！　おうまはニンゲンのキモチをちゃんとわかってますよ！」

「ですよね」

キアラに太鼓判を押してもらったことが嬉《うれ》しくて、聖来は頬をほころばせる。

「そうやって、わたしは馬に救ってもらいました――それ以来、サラブレッドはわたしにとって永遠のヒーローなんです」

「あっ、ワタシ、わかりました！　だから、バヌシになろうとおもたんですねー！」

「ふふっ、半分、正解ですかね」

「なんと！」

口を△みたいな形にして驚くキアラに、聖来はくすくすと笑う。

いつの間にか、頬が火照《ほて》っていた――温泉に浸かっているからじゃない。この色あせない記憶をよみがえらせると、いつも体の芯《しん》が甘くしびれる。

そう、運命の出会いは一つだけじゃなかったのだ。

「わたしが通っていたクラブに、乗馬が上手《うま》いと有名な子がいたんです。自分の体より何倍も大きなサラブレッドを子供の誰《だれ》よりも――いえ、それどころか大人も顔負けの巧《たく》みさで乗りこなしていました。何回も馬術大会で優勝していて、神童とまで呼ばれていたんですよ」

「こんどこそ、わかりました！　そのコがソータですね！」

「はい、正解です」

ホースセラピーを受けながら、いつも上級者がレッスンを行う馬場をちらちらとうかがっていた――そこでは、自分より年下の男の子が馬術の訓練に明け暮れていたのだ。

サラブレッドと一体となって障害を飛び越える姿は、見とれるほど格好よかった。

落馬の瞬間を目撃した時はいつも冷や冷やしたけど、彼は全身にすり傷をつくりながら泣き言一ついわずパートナーの背中に戻っていった――まるで、サラブレッドと一つに溶け合おうとするように。

いつしかクラブにいる間中、聖来はその子の姿を目で追うようになっていた。5秒以上見つめると、なぜかどきどきしてしまうから休憩をはさまなければならなかった。

不思議だったのだ――どうして、あそこまで頑張れるんだろうと。当時の聖来は、勉強に打ちこむ意義を見つけられなかった。

ある日、どうしてもその答えを知りたくなった聖来は思いきって尋ねてみた――男の子に声をかけるなんて初めてのことだったから、とても緊張したのを覚えている。

――あの！　どうして、そんなに一所懸命になれるんですか⁉

――え？　うん！　ぼく、ジョッキーになりたいから！

まずいと思った時には手遅れだった――純粋な目で夢を語る少年があまりにもまぶしくて。

多分あの時、ハートを貫いた稲妻が、世間でいう初恋に落ちた瞬間なのだろう。

小さな胸に芽生えた、じっとしていられなくなるような感情の名前なんてまだ知る由《よし》もなかった少女は、サラブレッドのように走りだしたらもう止まれなかった。

「その時、颯太くんに乗馬のレッスンを教わりたいとパパとママに頼みこんだんです」

「おー？　でも、ソータはただのセイトだったのではー？」

「はい。だから、クラブの方々も困ってしまって。でも、押しきっちゃいました——『颯太くんから教えてもらえないなら勉強がんばらない！』って。両親にあれほど盾ついたのは生まれて初めてでした。ママなんて、娘が不良になってしまったと泣いちゃって——」

「ｗｏｗ！　すきになったオトコのコのためにそこまでファイトしちゃうだなんて、セーラはミカケによらずじょーねつてきなんですねー！」

「そうでしょうか」と答える聖来の表情は少し照れくさそうだ。

紆余曲折《うよきょくせつ》あったものの無事、聖来は意中の男の子から乗馬を教わることができた——当の颯太は、急に先生役をやらされて大分困惑していたけれど。

それでも、二人はすぐに打ち解けた。

颯太に馬を引いてもらいながら騎乗するひと時は、この世で最も幸せな瞬間だった——このまま、時間が止まればいいのになと本気で思ってしまうくらい。

だけど、予想以上に早く、別れの季節がやってきてしまったのだ。

「乗馬クラブに通うようになってから、見違えるように体調がよくなっていたんです。遅れを取り戻すためにも、受験勉強に戻らなければなりませんでした」

「ｏｈ……、せっかくなかよくなったのにそんなのあんまりでーす……」

泣きだしてしまいそうなキアラの頭を、聖来は聖母のように慈しみ深く撫でた。

「当時のわたしも同じ気持ちでした。だから、必死になって探したんです」

大好きな颯太とお別れしなくて済む方法を。たとえ、お別れしたとしても、またいつか巡り合える方法を。颯太は将来ジョッキーになるといっていた。あんなきらきらした目で夢を語る男の子が嘘《うそ》をつくはずがない。ならば、わたしは——

そして、幼少期の聖来はとうとう見つけだしたのだ——馬主という選択肢を。

どうやら、馬主というのは競走馬を所有する人で、ジョッキーと仲良くなれるらしい——まだ小学生で、世の中の仕組みなんてちっとも理解できていない聖来だったけれど、ネットをさまよった末にようやく発見したその一文だけで心を決めた。

——わたし、馬主になります！

その時は、海の底に眠る宝物を見つけたような気分だった。

だけど、この歳《とし》になってふり返ってみると拙い解決策すぎて笑ってしまう——だって、そもそも馬主は職業じゃないし、なるのがどれほど大変なのかもわかってなかった。

両親に将来なになりたいか尋ねられて、馬主と答えた——考え直しなさいと叱《しか》られた。

小学生の卒業文集で、将来の夢に馬主と書いた——みんなから、げらげら笑われた。

それでも、幼心へ色鮮やかに描いた理想は揺るがなかった。

もし、タイムスリップできたとしたら、聖来は誰にも理解されなくとも夢を譲らなかったかつての自分を讃《たた》えるだろう。

——だって、それがわたしの生きていく世界に、颯太くんをつなぎ止める唯一の方法だったんですから。

「なるほどー！　だから、セーラはバヌシをこころざしたのですねー！」

「はい、このことを話したのはキアラちゃんが二人目ですね」

「ふたりめですかー？　ということは——」

「はい、十数年前——お別れの日に颯太くんに伝えました」

聖来は湯煙が吸いこまれていく夜空へ目をやった——あの日、交わした会話は今でも完璧《かんぺき》にそらんじることができる。

——そっか……。聖来ちゃんと会えなくなるのはさびしいな……。

——だいじょうぶです！　わたしたちきっとまた出会えます！

——え？　どうやって？

——颯太くんはジョッキーになるんですよね？　なら、わたしが馬主になればいいんです！

——聖来ちゃん、馬主になれるのはお金持ちだけなんだよ？　大人の人がいってた。

――心配いりません！　わたし、颯太くんが馬に乗る練習するのと同じくらい勉強がんばります！　うんとえらくなって必ず馬主になってみせます！　そしたら――!!

寂《さび》しくて、切なくて、苦しくて――胸をしめつけるような感情が際限なくこみあがってきて涙が止まらなかった。

それでもなお、伝えなくちゃいけない一番大切な言葉がまだ残っていたのだ。

――わたしの馬に乗ってくれますか!?

幼い聖来にとっては一世一代の告白だった。そして、どんな辛《つら》い時にも自分を奮い立たせてくれるお守りにもなった。

その後、聖来は受験戦争に戻った――大切な人と交わした、青い約束を果たすために。

その道のりは険しかったものの、聖来は颯太と再び会える日を夢見てやり遂げた――学業で優秀な成績を残し続け、ついには海外で名声と富を得たのだ。

そして、日本に帰ってきた聖来は馬主の資格を取得して、セイライッシキという運命の愛馬と巡り合うことになる。颯太も夢を叶《かな》えてジョッキーになっていた――憧《あこが》れの人と同じステージに立てたようで、とても誇らしかった。

「――だからこそ、再会した颯太くんが、わたしを思いだしてくれた時は感動したんです」

「ステキなはなしですけど――ひとつだけ、ギモンがありまーす」

「はい、なんでしょうか？」

「おうまにのってくださいとオネガイされたソータは、なんとこたえたんでしょー?」

鋭い質問に、聖来はフリーズしてしまった。

もちろん、その時のことは鮮明に覚えている。でも、お姉さんの勘が察するに――

「……多分、颯太くんは忘れていると思います」

「Hmm……、ソータはハクジョーモノでーす! そんなロマンチックなやりとりをわすれてしまうとはー!」

珍しく、美浦《みほ》の天使がご立腹だ――真っ白な頬を「ぶー!」とふくらませている。

「――でも、いいんです」

もちろん、覚えていてくれたのなら飛び跳ねるくらい嬉しい。

だけど、本当は颯太を試していたのだ――ちょっと意地が悪いけど、そのためにセイラを紹介した時、「わたしの馬に乗ってくれますか?」と当時の台詞《せりふ》をなぞったのだから。

もし、あの時、颯太が昔と同じ言葉で返事をしてくれたら――聖来はたとえ人目があろうと、真っ昼間であろうと、迷惑がかかろうと力いっぱい抱きつくつもりでいた。

結局、それは叶わなかったけど本当にいいのだ。だって――

聖来は今も当時と変わらないときめきを覚える胸へ手を添えた。

「――昔の颯太くんがくれた言葉は、ちゃんとわたしの中に生きていますから」

「wow! アイですね! アイはセカイをすくいますし、いいおうまをそだてまーす!」

「そ、そんな愛だなんて大げさなものじゃ——」

思いもしない言葉が飛んできて、セイラは濡《ぬ》れ髪を指でときながらテレテレする。

「のんのん！　セーラはむかしのヤクソクをまもるため、ながいアイダがんばってバヌシになったんですよね！　しかも、そのアイダ、ずっとソータをスキなままで！　これをアイといわずして、なにをアイというのですかー!?」

「え？　え、え？」

キアラに断言されてしまって、聖来はよくよく立ち止まって考えてしまう。

確かに颯太を想《おも》う時に生まれる、この胸におさまりきらなくなるような感情は「好き」という二文字で表現するには到底足りない気がする。

ならば、やはり、この気持ちの本当の名前は——

「わ、わたし、颯太くんをあああ、あ、愛して——」

改めて口にすると途端に恥ずかしくなって、聖来は真《ま》っ赤《か》に染まった顔をお湯に浸けた。

「あー！　セーラ、とってもキュートでーす！」

「か、からかわないでください、キアラちゃん！」

「oh！　やりましたねー！　そうくるなら、ワタシもおかえしでーす！」

しっぽりと温泉を楽しんでいたのに、いつの間にかお湯かけ合戦になっていたのだった。

その時、聖来の鼻先にぽつりとなにかが命中する。

「雨……？」

「ひ、ひとふりきそーでーす！」

「キアラちゃん、中に入りましょう！」

二人は急いで露天風呂からあがる。

着替え終わった聖来は、縁側から加速度的に悪くなっていく天候をながめた。

「……颯太くんたち、大丈夫でしょうか？」

その時、空を裂くように稲光が奔《はし》った——声をあげる間もなく、部屋の明かりが落ちる。

「——て、停電!?」

聖来が急いでスマホを確認すると、一帯に大雨警報が発令されたところだった。しかも、これから深夜にかけて、さらに雷雨が激しくなっていくらしい。

聖来は不安に襲われる。案じているのは自分ではなく愛馬の身だった——きっと、雷光はカメラのフラッシュなどとは比べものにならないほどの恐怖をセイラに与えるだろうから。

「キアラちゃん、わたし……!!」

すべてを言葉にする必要はなかった——キアラはすでにでかける準備を済ませていたのだ。

「セーラ、ソータたちのもとにいかなければ！」

「はい！　すぐ、タクシーを呼びます！」

土砂降りの中、二人は急く《せ》心のまま常晴《つねばれ》ファームへ向かった。

第12R 騎手になりたいんだ

また、一つ猛々《たけだけ》しい稲光が夜空に亀裂を入れた。

――どうして、こんなことに……‼

横殴りの雨と暴風に晒《さら》され、草原は魔獣の毛並みのように逆巻く。

爆心地のような嵐《あらし》の中で、颯太《そうた》は悲鳴じみた声をあげた。

「セイラ、落ち着けッッ‼」

放牧地をでたらめに暴《あば》れ狂う影の正体は――セイラだった。

目が完全に血走っている。稲光に驚いて、パニックに陥《おちい》っているのだ。

サラブレッドは脅威に遭遇した時、あらゆる力をふりしぼって逃げることで命を守ろうとする――セイラは生き物としての本能に支配されているのだ。

しかし、暴走するセイラの前に迫るのは――柵《さく》！

全身が凍りつく――このままではぶつかる！

「――セイラぁぁぁ‼」

闇夜《やみよ》を穿《うが》つように叫ぶ。それが届いたのかはわからない。

ただ、すんでのところでセイラは馬体をひるがえして衝突を回避したのだ。

そして、なおも闇雲に母を探し回る迷子のように走り続ける。

危機が去っても、胸を撫でおろせるはずがなかった――あんな理性を忘れた走りを続けて

いれば、事故を起こすのは時間の問題だ。

衝動に尻を蹴られるように、颯太はセイラめがけて駆けだす。

しかし、距離は詰まるどころか、あっという間に引き離されてしまう。

頭ではわかっている――人間の足じゃ、セイラに追いつけるわけがないって。

――でも、だからって黙って見てられるかよ！ あいつが、あんなに苦しそうなんだ！

足下がぬかるんで走りにくい。呼吸が苦しくて貪るように酸素を吸う。

いくら懸命に走っても、暗闇に紛れるセイラを視界に捉えるので精一杯だった。

セイラは、はるか遠くにいる。いくら伸ばしてもこの手は届かない。恐怖に駆られたセイラ

の目に颯太の姿は映らない。

「――うわっ!?」

ぬかるみに足をとられて転倒する颯太――無様に顔から泥水をかぶる。

苛立ちに任せて、地面へ拳を叩きつけた――この自分自身が無価値になって、消えていき

そうになる感覚は以前にも味わったことがある。

セイラを見殺しにしてしまったサフラン賞――あの時、心を苛んだ痛みにそっくりなのだ。

——俺《おれ》はまたセイラになに一つしてやれないのか……!!

その時、風が唸《うな》る音に混じって痛切な叫びが聞こえた。

「そんな……!!　セイラ……!!」

颯太が顔をあげた先——土砂降りの中、傘もささずに愛馬を案じる聖来《せいら》がいた。

「——セイラ、お願いッッ!!　止まってッッ!!」

しかし、聖来の決死の声も届かない。

セイラは今もひとりぼっちのまま、終わりの見えない恐怖の中でもがいている。

そんなのはだめだ——颯太の魂の炉心に火が入る。

——このままだったら、俺は二人のセイラを悲しませてしまう。

颯太はもう一度、己《おのれ》を奮い立たせるようにいい聞かせる——そんなの絶対だめだ！

歯を食いしばって体を起こす。手も足もまだ動く。心だって死んじゃいない。雨にも、風にも、この火だけは消させやしない。

ならば、駆けろ——今度こそ、セイラを救ってみせる！

颯太は向かい風をかき分けて、闇夜へかき消えそうなパートナーのもとへ走りだす。セイラは柵に沿って放牧地を突っ切っていた。

追いかけるも、セイラの豪脚の前になす術《すべ》なくおき去りにされる。

だけど、颯太の目には、さっきにはなかった意志の光が宿っていた。

確かに、人間とサラブレッドじゃそもそもの走力が違う。

だけど、颯太には強みがあった――セイラに騎乗したことがあるという強みが。

この体には、セイラが疾走するリズムが刻みこまれている。この目には、セイラの躍動が焼きついている。

颯太は雨に煙る馬体に目を凝らす。

四肢の動きや、頭の向き、浮きあがった筋肉からどちらへ動きだそうとしているか――全神経を総動員して観察する。

その時、颯太の目は確かに捉えた。

四肢を動かす順番が変わった。手前を替える時に見せる走法――回転襲歩《かいてんしゅうほ》だ。

――セイラは、手前を左に替えようとしている！

もうすぐ左に曲がる――こっちの方へ！

まぶたの水滴を拭い、颯太は放牧地の内側へ切れこむように駆けた。

果たして、その勘は的中する――セイラが方向転換して、こちらへ驀進《ばくしん》してくるのだ。

このチャンスを逃してはいけない――颯太にためらいなどなかった。

殺気を放つセイラの真正面で足を止める。そして、腕を大きく広げた。

「――セイラ、止まれぇぇ!!」

苛烈《かれつ》なギャロップが、颯太の貧弱な命を震えあがらせる。

でも、逃げるわけにはいかなかった――ここで逃げたら二度とセイラの背中に戻れないと思うから！

嵐を穿つようにセイラが迫る。血走ったその目に、行く手を阻《はば》む颯太は映らない。

突如、一瞬、一瞬が細切れになった。

スローモーションで落ちる雨粒、憤怒でふくれあがるような尾花栗毛《おばなくりげ》の馬体――直後、暗転した視界に火花が散った。

それきり、意識が黒に塗《ぬ》り潰《つぶ》される。まどろみに似た感覚が頭蓋《ずがい》を満たしていく。

最後に、暗がりの底で大切な人の声が反響した気がした。

「――颯太くんッッ⁉」

――あぁ、そうだ。クラブで一緒だった時も、聖来さんからこんなふうに名前を呼ばれたな。

海の底へ沈んでいくような感覚の中、颯太は過去の記憶をさまよっていた。

たとえば、レッスンで落馬した時――体中にすり傷をつくる俺を心配してくれて、聖来さんはいつも絆創膏《ばんそうこう》を持ち歩いてくれてたっけ。今思えば、あのころから聖来さんはこんな俺にあれこれ世話を焼いてくれた。

だけど、それ以上に強く颯太の脳裏《のうり》に焼きつくのは、まだあどけない聖来が大粒の涙を流す姿だった。

そう、突然のお別れを打ち明けられたあの日。

それと同時に、片割れのペンダントみたいに再会の契りを手渡してくれた日。

——わたしの馬に乗ってくれますか!?

きっと、生きているうちにこれほど真摯《しんし》な言葉をかけられることは二度とないだろう——

颯太は本気でそう思う。だけど——

颯太は、ずっと手の中にありながら、おざなりにしてきた違和感と向かい合う。

——聖来さんの問いかけに、俺はなんて答えたんだっけ?

今、思いださなきゃいけない気がした——この空虚な牢獄から抜けだすためにも。今も、記憶の中で涙を流し続ける聖来さんのためにも。

——思いだせ。あの瞬間、俺はなにを感じた? なにを想《おも》った? なにを伝えなくちゃいけないと心が叫んだ?

古ぼけた記憶が色彩を取り戻していく。まぶたの裏にこびりついた闇《やみ》に一筋の光が射《さ》した

——そうだ、あの時、俺は聖来さんに向かって——!!

取り戻した記憶の声は、目覚めの時を知らせるように颯太の最も深いところで鳴り渡った。

——聖来ちゃんの馬なら、ぼくが必ず1着にしてみせる!

あぁ、そうだったと颯太はすべてを理解する——俺は、まだなに一つ成し得てないんだ。

もう、ここにはいられない——戻ってやるべきことがある。

いつの間にか、頭上に迫っていた仄暗《ほのぐら》い水面を突き破った。

意識が覚醒《かくせい》する。

ぴくりともしなかった颯太の五指が、息を吹き返したように濡《ぬ》れた芝を握った。

目の焦点が合って、自分がうつ伏せで倒れているのだと知る。

記憶が飛び飛びの頭で理解する――セイラとぶつかった衝撃で気を失っていたのだ。

「ッッ……!!」

忘れていた痛みが全身を焼き尽くす。痛くて、辛《つら》くて泣き叫びたいくらいだった。

それでもなお、颯太は芋虫のようにうごめきながら立ちあがる。

意識がぐらつき、肺が詰まっているように呼吸もままならない。口の中は血の味がした。

まさに、満身創痍《まんしんそうい》――だけど、その目は死んじゃいない。

驟雨《しゅうう》の中、立ち尽くす聖来が視界に映る――俺のために途方もない約束を果たしてくれた人。だけど、まだ俺が約束を果たせていない人。

もう絶対に揺るがない。二つ目の心臓のごとく胸を叩く衝動が、傷だらけの体を前へと駆り立てる。

颯太は大切な人と同じ名を持つパートナーと向き合う――説明できない感情が湧《わ》きあがってきて、自然と口角が吊《つ》りあがっていた。

――はっ、こんなもんかよ……!!　この程度の痛みじゃ……!!

ふらつきながら決然と顔をあげる――己を無謀へと奮い立たせる、ひとりぼっちのサラブレッドへと!

「――お前を諦《あきら》めるには全然足りないぞ、セイラッッ!!」

風が荒れ狂う草原で、セイラは足を止めていた――あんな無様でぼろぼろなのに、意地でも自分の前に立ち続ける不可解な生物を戸惑うように見つめながら。

その黒真珠のような瞳《ひとみ》には理性の光が戻りかけていたのに――また、稲光が奔《はし》ったのだ。

セイラは恐怖を払いのけようと尻っ跳ねを繰り返し、またも暴走を再開してしまう。

颯太の判断は迷いなく、そして、石火を散らすように速かった。

ぬかるむ泥を蹴散らし、セイラと同じ方向にダッシュをする。

きつくて、しんどくて口が開いた。心臓だって破裂しそうだ。

だけど、少しずつ、少しずつ一人と一頭の走るリズムが重なっていき――いつの間にか、颯太はセイラと並走していたのだ。

セイラから驚きがこめられた視線をよこされる。颯太はざまあみろと口にする代わりに、なけなしの虚勢を張った。

「思い知ったか……!!　お前が失望した人間だって捨てたものじゃねえんだよ……!!」

――そう、俺はお前の背中に乗ったことのある世界でたった一人の騎手なんだ。そのプライドにかけて、こんくらいのことはできて当然なんだよ。

──だから、迷惑だろうがいくよ‼　もう少しだけ待ってろ‼

颯太は揺れる視界にセイラの背中を入れ続け、距離感を見定める。

そして、いけると思うや否《いな》や捨て身の覚悟で跳んだ。

──と、ど、けぇぇぇぇッッ‼

手のひらに、濡れた毛並みの感触が伝わる──限界まで伸ばした手が、セイラの背中にかかったのだ。

眼下の芝はすさまじいスピードで流れていき、そこを殺気みなぎる四つの蹄《ひづめ》が踏み砕く。

あのギャロップに巻きこまれたらただでは済まない──死を背中合わせに感じながら、颯太はセイラの背によじのぼっていく。

手綱も鞍《くら》もつけていない裸馬への騎乗──それは、冗談じゃなく自殺にも等しい行為だ。

だけど、颯太にリスクを考える余裕なんてない。

やっと、戻ってこられたセイラの背中。だけど、ただ戻るだけじゃ意味がない──目の前には、己のすべてを懸けてでも果たさなければならない使命がある！

颯太はなにも頼るもののない馬上で騎乗フォームを整えていく。

足で馬体をはさみこみ、両手はたてがみをつかむ。

ナイフの上をゆくようなセイラの危険な走りに、何度も落馬しそうになる。雨粒が顔を穿ち、

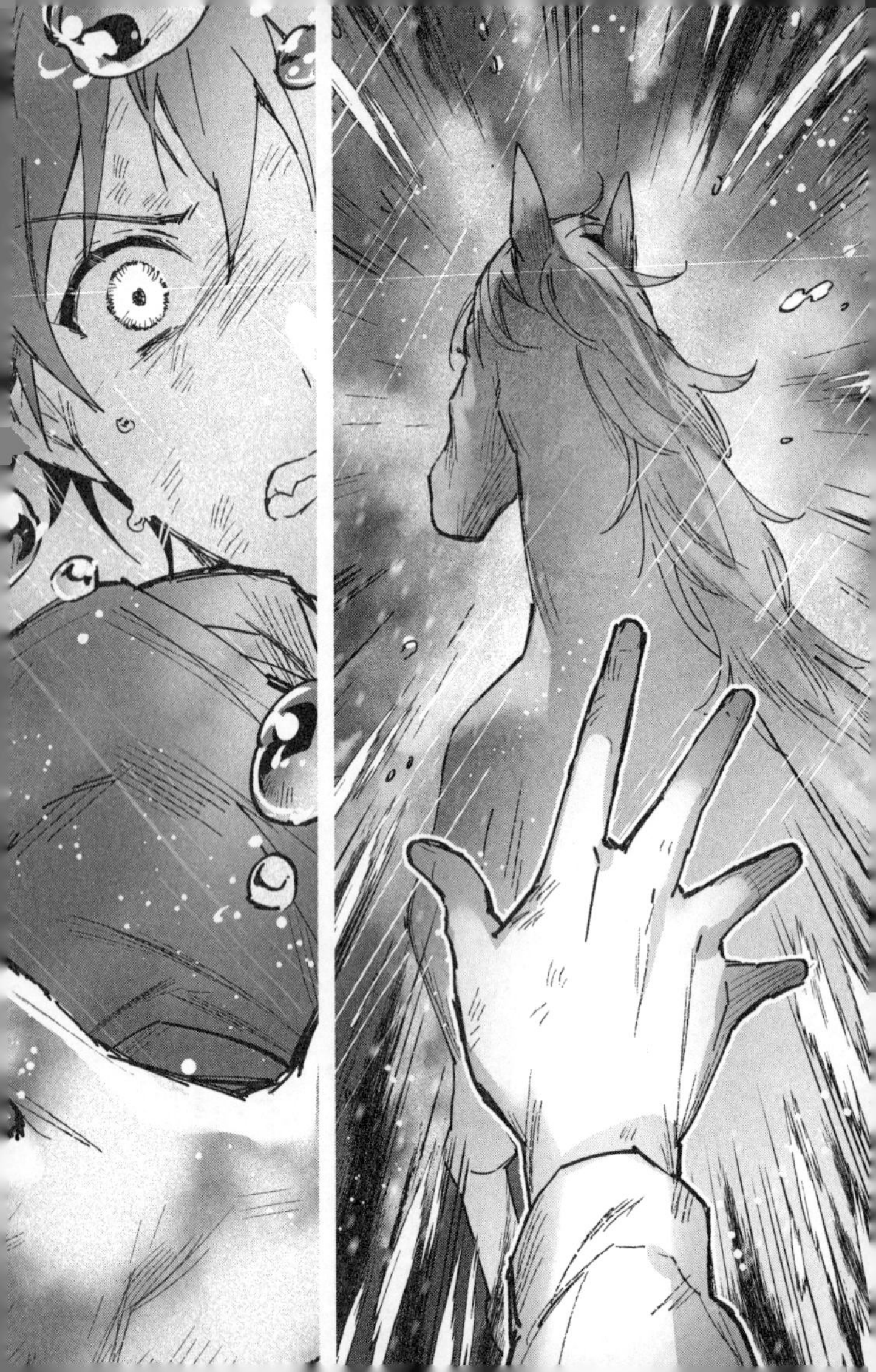

不規則に吹く風は容易にバランスを保つことを許してくれない。

不利なコンディションの連続――しかし、そんなことに意識が回らないくらい颯太は没我の最中《さなか》にあった。

不十分な体勢のまま、セイラの慟哭《どうこく》するようなギャロップのリズムに合わせにいく。

騎手の指示を、自分の意志だと思いこませるくらい一つに溶け合った騎乗ができなければ今のセイラは御せない。

肌を触れ合わせたパートナーから、逆巻くような激情が伝わってくる。

憤怒、憎悪、失望――どす黒い炎に身を焼かれながら、セイラはもがき苦しんでいる。自分は誰《だれ》にも理解されることはないんだと諦めながら孤独な先頭を直走《ひたはし》っている。

騎手が馬上から送る、かすかなシグナルは届かない。

だけど、颯太はセイラに想いを届けることを諦めない――もう二度と、セイラを見殺しにするわけにはいかない!!

「俺の声を聞け、セイラッッ!!」

――リーディングジョッキーになれなくたっていい!!　何億稼げるジョッキーになれなくたっていい!!

――今は、たった一つ!!　セイラ――お前が、認めてくれる騎手になりたい!!

鬱陶《うっとう》しいとばかりにセイラが馬体をひるがえす。次は蛇行しながらの疾走。

しかし、颯太はその急激な動きにも追随していく。それどころか容赦のない上下左右の揺れに晒されながら、フォームのぶれはますます削がれていく。

闘いの最中にありながら、颯太は聖来に感謝していた——毎日、あのトレーニングをこなしてなかったら、とっくに地面に転がっていただろうから。

セイラの躍動のリズムと、颯太の騎乗のリズムがシンクロしていく。

ジョッキーが馬体の一部であるかのようにパートナーの動きに仕え、それをサラブレッドが受け入れた時——種族を超えた領域で、人と馬の意志は初めて出会う。

がちぃいいいいいん——そんな音が聞こえた気がした。

「ッッ——!?」

それは、騎手人生で初めて味わう体験だった。

自分の背骨と、セイラの背骨がつながったような感覚——どこからが自分の体で、どこからがセイラの体なのか曖昧《あいまい》になっていく。

今なら通じ合える——そんな確信が生まれた。

手綱はいらない。ハミなんて無粋だ——同じ律動を奏《かな》でる、この体一つあればいい。人馬は道具を超えた目に見えないつながりを得て、疾風の最中へ溶けていく！

——今度こそ、お前をひとりぼっちにしない!!　一緒に明るいところへいこう!!　お前を愛してくれる人が待つ場所へ!!

「──セイラ、俺はここにいるぞぉぉッッ!!」

その時、セイラの耳がぴくんと動いた。向こう見ずだったギャロップの勢いも和らぐ。

目の前の光景が信じられなくて、颯太は瞬きを繰り返した。

セイラが、穏やかなキャンターで駆けているのだ。

その意味を察して扶助《ふじょ》を送ると、セイラは指示通りに駆けてくれる。

──セイラ、俺を許してくれるのか……⁉

大荒れの天気は、もう煩《わずら》わしいものじゃなかった。

セイラと同じ風に吹かれて、同じ雨に濡れることがこんなにも心地いい。

一人と一頭は、失った時間を埋めるように放牧地をドライブした。

やがて、颯太は下馬する。そして、セイラの前に立った──つぶらな瞳は、確かに自分を見つめている。

ずっと、ずっと、不思議だった──競馬学校を卒業しても、騎手免許試験に合格しても、本物のレースに出走しても、ダービージョッキーになれた時でさえ憧《あこが》れの騎手になれたんだという実感が持てなかった。いつも、なにかが足りなかった。

でも、今やっと、胸を張っていえる気がする。

「セイラ、俺を騎手にしてくれてありがとう……!!」

たまらなくなって、鼻をすすりあげながらパートナーへ頬《ほお》を寄せた。セイラは、もうそれを拒もうとしない。

「颯太くん!!」「ソータ!!」

声にふり返ると、草原の向こうから聖来とキアラが駆けてきていた。

セイラも、二人の到着を心待ちにしているようだ——そう、サラブレッドは自分を宝物のように大切にしてくれる人たちをちゃんと覚えている。

「お互いに心配かけちゃったから、元気なところを見せないとな」

いたずらっぽくセイラに笑いかけ、颯太も「おーい！」と大きく手をふったのだった。


嵐が過ぎ去ると、嘘《うそ》みたいに穏やかな夜が訪れた。

雨の雫《しずく》で輝く放牧地を、聖来は後ろ手を組みながら歩く。

まだ、胸のどきどきがおさまらなかった——だって、セイラが主戦騎手を背に乗せることを選んでくれたのだから。

このまま、帰りたくなかった。いつもならできそうにない、ちょっと大胆なこともできそうな夜だから。

聖来はそう心に決めて、後ろで見守ってくれている颯太へふり返る。

「ねぇ、颯太くん、少しお散歩をしませんか？」

「散歩、ですか？」

「はい！　こんなに星もきれいにでてますし！」

言葉にしたら、とても素敵な思いつきな気がして聖来の胸はさらに高鳴った。

「セイラー！　あなたの颯太くんを少しだけお借りしまちゅよー！」

聖来はすっかり落ち着いた様子の愛馬へ手をふった。隣には、キアラがついている。

「わざわざ、いわなくてもいいのに」

「だめです。ちゃんとおうかがいをたてないと、セイラに嫉妬《しっと》されてしまいますから」

大真面目《まじめ》にそう口にする聖来がかわいらしくて、颯太は笑ってしまった。

つがいのサラブレッドのように、颯太と聖来は放牧地を散歩する――外灯一つなくても、満天の星のおかげでほのかに明るい夜だった。

隣を歩く聖来の距離感がやけに近いことに気付く。時折、手の甲がちょんちょんとくっついて、「手をつなぎませんか？」と誘われているみたいだ。

颯太がぎこちなく横目を送ると、聖来がくすぐったそうにうつむいて横髪を耳にかけた。

月明かりを浴びるお姉さんはいつにも増して女神だし、しかも、今夜はものすごく艶《つや》っぽい気がする――なんこれ⁉　めっさ、どきどきするんですけど！

「颯太くん、本当にありがとうございます。セイラを救ってくれて」

「逆ですよ。俺がセイラに救われたんです」

「いいえ。きっと颯太くんじゃなかったら、セイラは人に背中を託すことを選んでくれなかったと思います」

「そ、そんな褒めすぎですよ……」

「それにさっきの颯太くんの乗り方、ダービーでの騎乗みたいでした」

「えっ――？」

思いがけない言葉は、やがて胸の内のあるべき場所におさまった――そうか、俺はあんなふうに乗っていたのか。あんなふうに乗ることをインコロナートが許してくれたのか。

心を縛っていた鎖がほどけていく。

つくづく思う――聖来さんがいなかったら俺はなにも知らないままだった。騎手になるという意味も、サラブレッドに騎乗するという責任もなに一つ。

「ところで、颯太くんはこれからどうするつもりですか？　わたしとしては、怪我《けが》の手当てのため旅館へ連れ帰りたいのですが――」

「いえ、俺はここに残ります。夜が明けるまでセイラの傍《そば》にいてやりたいですから」

「……そうですか」

大人なお姉さんにしては珍しくすねたように唇を尖《とが》らせて一歩、二歩先に進んでしまう。

「聖来さん……？」

「本当のことをいうと、嫉妬しているのはわたしの方なんです」

聖来は意を決したようにふり返る。

星の光を集める、微熱を帯びた瞳には颯太だけが映りこんでいた。

「——セイラだけじゃなくて、こっちの聖来も見てほしい、なって」

赤裸々な心を丸ごと手渡すような言葉に、颯太の心臓が跳ねる。

ずっと見つめていたら魂まで奪われてしまいそうで、颯太は視線を外さなければならなかった——こんなん反則だ！　かわいいが過ぎる！

「ふふっ、おかしな話ですよね。サラブレッドをライバル視するなんて」

「い、いえ、そんなことは……!!　聖来さんも、セイラも同じくらいお美しいですし……!!」

テンパって人間と馬を同列に語る颯太——一般女性相手ならビンタが飛んできてもおかしくない発言だったけど、幸いなことに聖来にとっては最上の褒め言葉だった。

「それくらい、颯太くんがセイラを想ってくれていることはわかってますから。騎手の顔をしている間は、颯太くんはセイラのものになってしまう——だから、きみを独り占めできるこんな時間が、わたしにとってはかけがえのないものなんです」

困り眉《まゆ》になりながら、少し情けない笑顔で聖来はそんなことを打ち明けてくれる。

陥落した要塞の司令官ごとく、颯太は胸中で白旗をあげていた——この人はいつもそうだ。

普段は積極的に励ましてくれたり、暴走気味に世話を焼いてくれるのに、肝心なところで奥ゆかしさがでて一歩後ろに引いてしまう。

そんなところが、いっそ抱きしめたくなるほどいじらしい——いや、実際にはできないんですけどね。そんなんイケメンしか許されない行為だろ。

颯太は聖来と向かい合ったまま一つ咳払《せきばら》いをする。

「聖来さん、いきなりですみませんが――お話ししたいことがあるんです」

「はい、なんでしょうか?」

愛らしく小首を傾《かし》げながらきょとんとする聖来の前で、颯太は深呼吸を繰り返す。

緊張しているし、恥ずかしいし、正直このタイミングで話していいものなのかも微妙だ
――最悪、聖来さんにドン引きされることも覚悟しなければならない。

だけど、くだらない迷いは捨てることにした――きっと、こんな魔法がかかったような夜じゃないと伝えられないと思うから。

――遅れてごめんなさい。再会の時に返せなかった契りの言葉を、今こそ大切なあなたへ。

「――聖来さんの馬は、俺が必ず1着にしてみせます」

「――――――――」

刹那《せつな》、聖来は小さくのどを震わせて目をいっぱいに見開く。

宝石のような瞳がか細く揺らめき、そこから音もなくにじんだ透明なものが雫をつくった。

――あ、あんれぇぇぇぇ⁉

予期しないリアクションに、颯太は動揺を禁じ得ない――頭の中の想定では聖来さんがにっこりと笑って、「思いだしてくれたんですね! 颯太くん、しゅきしゅき!」といってくれて、

おまけに「ちゅっ♡」と俺のほっぺにキスを……すんません、調子乗りました。ねぇ、それより俺、どこでプレミしたのぉぉ⁉

生まれてから今日まで人間の異性よりも圧倒的に長く馬と触れ合ってきた颯太にとって、乙女心なんて理解不能な代物だった。

ともかく、世界で最も親愛なるお姉さんを泣かせてしまった――馬鹿でも、それだけはわかる。かくなる上は土下座しかないと、颯太は粛々と居住まいを正す。

だけど、馬ばかりにうつつを抜かしてきた１９歳は知らなかった。

乙女心とは男子が想像するよりもずっと思いがけなく、そして、時に万華鏡のように色彩があふれることを。

☆　☆　☆

なぜか地面に這《は》いつくばりだした颯太を前にしながら、聖来はサラブレッドのように駆けだしていきそうな心と向き合っていた。

――もう、いいですよね？

地底湖に雫が落ちたように、胸の内に問いかけが波紋をつくる。

――わたし、たくさん我慢してきましたよね？　たくさん頑張ってきましたよね？　こんな日がくるのを夢見て、辛いことをいくつも乗り越えてきましたよね？

大人になっていくにつれて身につけた自制心やマナー――そういった聖来を「清く正しく」たらしめてきた枷《かせ》が、一つひとつ錠に鍵を差しこんだみたいに外れていく。

――そろそろ、ご褒美をもらっても罰は当たらないですよね？

しがらみから解き放たれた心にあったのは、あの別れの日からずっと待たされ続けてきた少女のままの聖来だった。

ただし、その顔はもう涙に濡れていない――花咲く季節を迎えたように満開の笑顔だ。

聖来はふくらむ感情をおさえきれなくなって一歩踏みだす――十数年前からちっとも変わらない気持ちに、十数年募らせた想いを乗せて。

思いだしてくれなくても、自分が覚えてさえいれば満足だなんて真っ赤《まか》な嘘だ。

本音では、今すぐにでも思いだしてほしかった――恥ずかしいくらいに、はしたないくらいに、夢にでてくるくらいに、ずっと、ずっと、ずっと前からこうしたかった！

嘘みたいにはやる鼓動のリズムよりも速く駆けだす――初恋の相手へと。

――きみを好きになってよかった！

とびきりの笑顔を咲かせて、聖来はやっと見えたゴールテープを切るように憧れの人の腕の中へ飛びこんだ。

☆　☆　☆

一瞬、なにが起こったのか理解できなかった。

「～～～～～～～～～～～～～～～～～～～～～～～～ッッ!!」

電気ショックを喰《く》らったかのように颯太の背筋が伸びる——だって、いきなり聖来さんが抱きついてきたんだよ!?　そりゃ、こうなりますよ！

颯太は目を白黒させながら、とっ散らかった現状の理解に努める。

くらくらするほど清い香りがして、この世のなによりもやわらかで、それなのに少し力をかければ花のように手折れてしまいそうな存在が腕の内にちんまりとおさまっている——やべえ。見れば見るほど、目の前の光景が現実のものと思えなくなってきた……。

こんな尊さの塊みたいな女神さまに触れていいのか——そう自問自答しながら、颯太はぎこちない手で聖来の肩を遠慮がちに抱いた。

「ｏｈ！　みてはいけません！　セイライッシキにははやすぎまーす！」

向こうでは、キアラがセイラの目を覆《おお》い隠そうとしていたところだった。

聖来はまだしゃくりあげている——颯太はお姉さんが落ち着いてくれるまで待つことにした。

「……すみません、感激のあまり取り乱してしまいました」

聖来は名残惜しそうに一歩離れて、細指で目元の涙を払う。

うるうるの上目遣《うわめづか》いをお見舞いされると、この世のすべてがどうでもよくなってくる——いけない。お姉さんの魅力で、脳みそを溶かすのはまだ早い。

聖来を真《ま》っ直《す》ぐ見据え、颯太は忠誠を誓う騎士のように胸へ手をやりながら——

「もし、また俺にセイラの騎乗依頼をもらえるのなら——アルテミスステークス、全力を尽くします。前みたいな不甲斐《ふがい》ない騎乗は絶対にしません」

「……勝ってくれるんですか？」

レースに乗れば乗るほど、競馬を知れば知るほど——いくら自信があっても「勝つ」という二文字を口にできなくなる。

競馬サークルに身をおいてきた者として、現役《げんえき》最強馬や絶対女王と讃《たた》えられた名馬が時に天から見放されたように敗れるシーンを何度も見てきた。

競馬はそれほど不確定要素に満ちている。絶対に勝てるレースなど一つも存在しない。

それを承知でなお、颯太は満天の星の下で誓いを立てる——奇跡みたいな約束を自分のために果たしてくれた恩人へと。

「次は、俺から散歩に誘わせてください」

「えっ——？」

「重賞を勝つと口取り写真は本馬場で撮影するんです。お客さんに見られて少し恥ずかしいですけど——その時は、俺と一緒にターフを歩いてくれませんか?」

目を見開いた聖来の頰が、次第に春めくように色づいていく。

大好きなお姉さんの前なのだ。これくらいは格好をつけてもいいだろう——颯太は、なけなしの勇気をふりしぼって最後の言葉を声にした。

「約束です。あなたのために勝ってみせます」

「——はい。セイラのこと、颯太くんに託しました」

真珠みたいな涙が頰を伝う中、聖来は花束《はなたば》を手渡すように笑顔を浮かべたのだった。

第13R　役者、揃い踏み！

10月中旬——予定通り、セイライイッシキが常晴《つねばれ》ファームから金武厩舎《かなたけきゅうしゃ》に帰厩《ききゅう》した。

颯太《そうた》は、すっかりリフレッシュした相棒と調教に励む日々を送っていた。

「また、セイライイッシキの時計がよくなりましたね。一日ごとに成長していくようです」

メニューをこなし終え、颯太が金武厩舎で遅めの昼食をとっていると清十郎《せいじゅうろう》が目を細めながら話しかけてくる。

「はい！　セイラのやつ見違えるように乗りやすくなって——うぐっ⁉」

自分のことのように嬉《うれ》しくなって、颯太は口の中のものを飲みこむ前に答えてしまった。

無論、盛大にむせる。ミネラルウォーターで強引に飲みくだしてから——

「そういえば、先生。セイラのことで気になった点があるんですけど」

「ほぉ、聞かせてもらえますか？」

「セイラって馬群の中にいる時、動きが鈍るんです。地面に足をおくのを怖がるというか——サフラン賞の時が特にそうで、ずっと走りにくそうにしてました」

颯太がそういうと、清十郎は「ふむ」とつぶやいた。

Booby Jockey!!

「しかも、それだけじゃなくて、地面の色が変わると驚く素振りを見せるんです。今日も馬場から道路にでる時に足が止まっちゃって――」

思い返してみれば、初めて坂路調教をつけた帰りもセイラは似たリアクションを示した――きっと、偶然じゃない。そこには、セイラをもっと知るためのヒントが隠されている。

清十郎が眉毛《まゆげ》に隠れがちな目を丸くしているのも気付かず、颯太の言葉は止まらなかった。

「それで思ったんです。セイラは脚元へ強く注意が向く子なんじゃないかなって。いきなり地面の色が変わったり、馬群の中で走ると影が動くから、そこに脚をおくのをためらうんじゃないでしょうか？　だから、シャドーロールをつけてあげればいいと思うんです」

シャドーロールとは、羊毛などでつくられた棒状の矯正用馬具のことだ。

頭絡《とうらく》の鼻革に装着するから、鼻先にふわふわしたものが乗っているように見えてビジュアル的にとてもかわいらしくなる。

もちろんメリットもあって、視界の下部分をさえぎってくれるので影や地面の色――馬が怖がる要素をのぞき、レース中の集中を促す効果がある。

そこでやっと清十郎の唖然とした表情に気付いた颯太は、やってしまったとばかりに目をひんむいた。

「す、すみません！　憶測ばかりで話してしまって――」

超特急で頭をさげる――先生は調教師としてかれこれ３０年近く馬を見てきたのだ。そんな達人に、素人《しろうと》考えをぶつけるだなんて恐れ多すぎる！

だけど、清十郎の表情は穏やかなままだった。むしろ、頬《ほお》がほころんでいるように見える。

「顔をあげてください、颯太くん。君はもっとうぬぼれていいのです——セイライッシキに関しては、世界の誰《だれ》よりも詳しいのだと」

「先生……」

「主戦騎手の意見は貴重です——アルテミスステークスではシャドーロールを装着させてみましょう」

「ほ、本当ですか⁉」

思わず声が弾んだ——これで、セイラが走りやすくなるはず！

「セイライッシキも変わりましたが、君も変わりましたね」

言葉の意味を理解しかねて目を瞬かせる颯太へ、清十郎は温かく微笑みかけた。

「以前は馬に対して深く踏みこもうとせずに、さっとこなすという感じでした。ですが、今は違います」

あぁ、そうかもしれないなと颯太は思う。

以前は見えているようで、なにも見ようとしてなかった。聞こえているようで、なにも聞こうとしてなかった——わかり合えないまま、馬たちが横を素通りしていくだけだった。

「考え方が変わったんだと思います——騎手の仕事は、レースの数分間の中だけにあるんじゃないって」

いい面構えをするようになった――清十郎はパートナーと同じく著しい成長の最中《さなか》にある弟子の表情に目を細める。

「さて、いよいよ出馬表発表ですね。無事、セイライッシキが出走できればいいのですが」

「それなんですよねぇ……」

朝からずっと気にしている話題に触れられ、颯太は胃がきりきりする想《おも》いだった。

聖来にアルテミスステークスを勝つと約束しておきながら、実のところまだ出走が確定したわけじゃない。

もちろん、セイラをアルテミスステークスに出走させるための手続き――出馬投票は済ませているけど、実際にレースに出走できるかは出馬表が貼《は》りだされるまでわからない。

そして、その出馬表が発表されるのが木曜日――すなわち、今日なのだ。

ここに名前が記されてないと、いくらレースにでたくてもでられない――一つのレースに出走可能頭数を超過した票が集まった場合、ＪＲＡが定めた選定基準によって除外される馬がでるので、必ずしも希望通りにいくわけじゃない。

狙《ねら》っていたレースに出走できないとがっくりきてしまう。それが重賞ともなるとなおさらだ。

だから、ホースマンにとって木曜はそわそわと落ち着かない一日になりがちになる。

颯太もご多分にもれず、午後の仕事も中々手につかなかった。

厩舎《きゅうしゃ》に住みついた猫のお腹《なか》をもふもふして、なんとか気を紛《まぎ》らわそうとする。

「うーむ、気になる……」

ちなみに、めちゃくちゃ嫌そうな顔をしているこの猫——元々、野良《のら》なのだけどねずみをとったり、馬をリラックスさせたりしてくれるので公認の厩舎スタッフとなっている。

猫の勝気さとは恐ろしいもので、サラブレッドのことをちょっと大きい仲間（しかも、子分！）だと思っている——馬たちが闊歩《かっぽ》する廊下を平気でお散歩してるし。

馬も馬でそんな隣人を受け入れているようで、脚下をうろちょろする猫を踏んづけているところを一度も見たところがない——良好な関係を築けているようでなによりだ。

「颯太くん、少し落ち着いた方がいいかと……」

「そーですよ、ソータ。セイライッシキは、どっしりかまえているというのにー」

聖来《せいら》とキアラから声をかけられて、颯太は馬房を見やる——セイラはもりもりと夕飼いを食べていた。ただし、レース直前なので量は控えめだ。

それにしても、セイラの馬体はほれぼれするような仕あがりだった。

前走より、体重が3キロ増えているのに全体が抜かりなく引きしまっている——贅肉《ぜいにく》ではなく、すべて成長分であることが一目瞭然だ。

パートナーの頼もしい姿に、颯太は心を切り替える——セイラをエスコートする主戦騎手がこんな調子でどうすんだ！

するると、ポケットのスマホが震えだした。

「き、きた！」

「きたって、出馬表がですか!?」

「はい！　たった今スタッフさんから連絡がきて――」

「ｗｏｗ！　ワタシにもみせてくださーい！」

スマホを持った颯太を中心に、聖来とキアラの三人で画面をのぞきこむ。

ディスプレイには、アルテミスステークスの出馬表を撮影した画像が映っていた。

細かくて見にくい――倍率を高くして見る。そりゃ、穴が開くほど見る。

三人の息が同時に止まった――出馬表にセイラと颯太の名前があったのだ！

「やった！　やりました！」「ｙｅａｈ！　セーラ、おめでとごじゃまーす！」

颯太の両隣で、くす玉が割れたような歓声があがる。

聖来とキアラが「しゅっそー♪　しゅっそー♪」と手をつないで出走ダンスを踊り始めたけど、颯太はその喜びの輪に入ることができなかった。

険しい視線は、いまだスマホへと注がれている。

もちろん、セイラの出走が叶《かな》ったことは飛び跳ねるくらい嬉しい。

だけど、次の瞬間、目に入ってきた名前に舞いあがりかけた気持ちが引きしまった。

――神崎無量《かんざきむりょう》。

さすがは、G Ⅲ《グレードスリー》に格付けられているアルテミスステークス——リーディングを争う天才ジョッキーも出陣してくるらしい。

しかも、颯太が打ち倒すべき強敵は一人じゃない。

出馬表の一点に視線を釘付《くぎづ》けにする——そこには、因縁の相手が記されていた。

——パウンドペルソナ、氷室凌馬《ひむろりょうま》。

☆ ☆ ☆

「——おーい、凌馬。いるぅ?」

「はい?」

パウンドペルソナの馬体をブラッシングしている最中、名前を呼ばれた凌馬は馬房をでた。

厩舎の廊下を、つかつかと足早にやってくるのは無量だ。

また、面倒なおしゃべりに付き合わされるのか——凌馬は内心でうんざりする。

しかし、無量の足は止まらなかった——しかも、通りすぎざま胸をどんと小突かれたのだ。

「い、いきなりなにすんだ、あんた⁉」

「いいから見てみ」

そういわれて初めて気付く——一枚のプリントが胸に押しつけられていた。

いぶかしげに手にとってながめた瞬間、凌馬の目の色が変わる――アルテミスステークスの出馬表のコピーだったのだ。

真っ先に確認したのは、自分の名前があるかどうかだった。

――あった。

表情にはださなかったものの凌馬は安堵《あんど》する。

そして、正直どうでもよかったものの、引き続き出馬表に目を通していく――凌馬とて社交辞令ができないわけではない。

「神崎さんのところの馬も当選したみたいっすね。おめでとうございます」

「アホ、僕がいいたいのはそこやない。もっとよく見てみ」

せっかく気を遣ったのにあんまりじゃないか――凌馬は心の内で毒づきながら、仕方なく出馬表へ視線を落とした。

刹那《せつな》、凌馬の呼吸は断絶する――見慣れた名前が飛びこんできたのだ。

――セイライイッシキ、風早《かざはや》颯太。

無量の機嫌が悪い理由がわかった気がした。

「賭《か》けは自分の勝ちというわけや――まさか、僕の勘が外れるとはなぁ」

無量はいまだ納得いってないように首を傾《かし》げる。

「空中分解したまま未練がましくレースにでてきたのか、それとも、人馬によっぽどのことがあって生まれ変わったのか――レース当日は見ものやね」

「どっちであろうか関係ないですよ。あいつらがでてくるのなら斬《き》るのみです」

「自分なぁ、同期と重賞で対決するんだから、もうちょっと――」

そこで、無量はなにかを察知したように口をつぐんだ――そして、酷薄に微笑《ほほえ》む。

――おーおー、バカ正直に尻尾《しっぽ》をふって殺気を放ちおって。かわいいやないか。

「まっ、ええわ。お仕事、頑張ってなぁ」

「……はい」

無量が去って、厩舎には凌馬がパウンドペルソナの馬体をブラッシングする音だけが響く
――その手には、さっきより熱がこもっているように見えた。

やがて、凌馬は全幅の信頼をおく相棒へささやく。

「……どうしても勝ちたいやつがいるんだ。力を貸してくれるか、パウンドペルソナ」

パウンドペルソナは、宇宙を内包したような瞳《ひとみ》で主戦騎手を見つめた。

パートナーがまとう静謐《せいひつ》なオーラに闘気が混じったことを感じて、凌馬は微笑む。

レース当日がこんなにも待ち遠しいなんて、生まれて初めてのことだった。

☆　☆　☆

騎乗予定のある騎手は、競馬開催前日の午後9時までに調整ルームに入って翌日を迎えなければならない。

颯太もその例にもれず、美浦《みほ》トレセンの調整ルームに入った。

入室の際、スマホやゲーム機を始めとした外部と連絡可能な機器は預ける決まりになっている——競馬の公平性を保つためだ。

競馬とは無縁の友人にこのことを話すと、「しんど。なにして時間潰《つぶ》してんの？」とよく尋ねられるけど颯太は困った試しがない。

——まぁ、汗取りサウナに入って寝るだけだしな。

明日に向けて体重調整を済ませた颯太は、割り当てられた部屋で布団《ふとん》を敷いていた。

令和にあって二つほど年号をさかのぼったような、どこかノスタルジーを感じさせる座敷部屋。目につくものといえば、テーブルとテレビくらいしかないというストイックな内装。

とはいえ、この片田舎《かたいなか》の民宿みたいな雰囲気は嫌いじゃない——むしろ、競馬学校の寮生活を思いだして落ち着くまである。

颯太は翌日のレースの戦略をおさらいすると早々に布団へ入った——後は、ゆっくりと体を休ませるだけだ。

それなのに——３０分経《た》っても、まったく寝つけそうにない！

「……どうすっかなぁ」

颯太はむくりと起きあがって、ぼんやりと考える——調整ルームのどこかで騎手たちが集まって麻雀《マージャン》でもしてるだろうから、それに混ぜてもらおっかなぁ……。

いやや、やめておこうと颯太は頭をふる——今は、みんなとわいわい遊ぶ気分じゃない。なにより、すでに自分の中で勝負のスイッチが入ってしまっている。

それでも、颯太はくすぶった熱を持てあまして部屋をでた。

先客がいそうな食堂や娯楽室は避ける——足が向いたのは、トレーニングルームだった。

——こんな時間だし誰もいないだろ。

案の定、トレーニングルームの明かりは落ちていた。

だけど、電気をつけた瞬間、人影が目に入ってきて仰天してしまう。

「おー、なんや、颯太やんか」

「か、神崎さん⁉」

照明にまぶしそうに目をすがめるのは明日、アルテミスステークスで激突することになる難敵の一人だった。

「もしや、自分も目が冴《さ》えた口かぁ？」

「は、はい。まぁ、そんな感じです」

「そうかー。まぁ、そんなとこに突っ立ってないでこっちおいでぇや」

無量にそういわれてしまえば、いかないわけにはいかなかった——スタージョッキーが座るベンチの隣に、颯太は恐縮しながら腰かける。

「……こんな夜遅くに、なにしてたんですか？」

「ん？　あぁ、柔軟とか体のメンテナンス。怪我《けが》で長いこと戦線を離れてたけど、やっと明日レースに復帰できる――そう思ったら気が昂《たかぶ》って寝つけなくてなぁ」

颯太はトレーニングウェア姿の無量を遠慮がちにながめる。

癒えきってない古傷が、肉体にいくつも刻まれていた――制覇してきたＧⅠ《グレードワン》タイトルの数々が神崎無量という類まれな騎手の表向きの歴史だとしたら、颯太が目にしているのはコインの裏側にあたる部分だ。

だからこそ、代償を払いながら幾度も頂点を極《きわ》めてきた天才に尋ねてみたくなった。

「怖くないんですか？　あんな大怪我を負ったのに、もうレースに戻ってくるなんて――」

「怖いよ。そんなの決まっとるやん」

すんなり肯定されて、颯太は意表を突かれてしまった。

「今度は、冗談抜きに落馬して死ぬかもしれへんし――はは、みっともないやろ？　この歳《とし》になっても、レース前日はいっつもこんな有様《ありさま》や」

無量の両膝《りょうひざ》の中心に組まれた手は、小刻みに震えていた。

「じゃあ、どうして……？」

颯太の問いかけに、無量は「そうやなぁ」と遠い目をしながら――

「馬に乗っとると時々、戻ってこられなくなる感覚を味わうことがあるんや——それが、何物にも代えがたくてなぁ。僕はあの瞬間を一秒でも長く味わいたくて、騎手なんてしんどい仕事を続けとるのかもしれん」

「戻ってこられなくなる感覚……」

不世出の天才と同じステージに立てたなんて夢にも思っていない——ただ、無量が口にした感覚は颯太にも覚えがあった。和解を果たしたセイラと牧草地を駆けた時に。

「それに、僕はここでしか生きられない人種みたいやしなぁ。馬に乗ること以外はからきしや。他のことで人様の役に立てるとも思えん。落馬して死ぬより、自分が騎手じゃなくなる方がよっぽど怖かった——ははっ、早い話が僕は骨の髄まで騎手という生き物だったわけや」

同じ色の魂を見つけた気がして、颯太は衝撃を受ける——そうだ、ジョッキーを辞めるかどうか迷っていた時でさえ、馬からおりて生きる自分を想像できなかった。

その時、不意に無量の眼光が鋭利になる。

「ただ、騎手がその命を全うできるかは個人の才覚の問題やけどなぁ」

「——え？」

「そりゃそうやろ。勝てない騎手に馬は集まらん。馬が集まらない騎手は当然、騎手でいられなくなる——競走馬も僕たちも、等しく背中を死に追いかけられてるわけや」

凌馬が激しく同意しそうな話だ。もちろん、颯太にだって異議はない。

ただ、無量の「勝ち」と颯太たちの「勝ち」は言葉こそ同じだけど、意味合いに決定的な違いがあるように思えた。

「自分らは、僕を見て『一番人気の馬ばかりで楽そうやなぁ』とでも思ってるんやろ？」

「い、いいえ、そんなことは――!!」

――それは、主に凌馬きゅんです！

一瞬、友人を売ろうと思ったけど、先輩が「ええから、ええから」と温厚な対応をしてくれたから、どうにか思いとどまることができた。

無量は「ただ、想像してみてほしいんやけど」と言葉を継いで――

「競馬はどうあがいても馬が７、騎手が３のスポーツや。だから、人気のある馬を任された時は絶対に勝たせんといかん。しんどいでぇ――勝って当たり前と思われてる勝負を、きっちり勝ちきるのは。正真正銘、１ミリのミスも許されん。僕はそんな作業を気が遠くなるくらい積み重ねてきた。だからこそ、今の地位がある――この意味がわかるか？」

無量の瞳の奥に修羅が揺らめいた気がして、背筋が凍りついた。

自分と同じ舞台で闘っていながら、見ている景色がこれほどまでに違うのかと思い知らされる――今、紐解《ひもと》かれたのはトップジョッキーゆえの苦悩だ。

「騎手は銀行みたいなものや。信頼のない店に馬主は己《おのれ》の資産――馬を預けん。そして、明日、試されるのはお前や、颯太」

「せイライッシキは、アルテミスステークスで間違いなく人気になる。自分に、期待通り勝たせられる実力はあるんか？」

「……俺《おれ》ですか？」

いつの間にか、無量の顔は百戦錬磨の強者へ変貌していた。

前なら、視線をそらして敗北を甘んじて受け入れていたかもしれない。

正直、まだ怖い――だけど、今の颯太には踏みとどまるための確固たる地平があった。

鬼を巣食わせたような眼差《まなざ》しを、颯太は真っ向から受け止める。

あの神のごとくはるか高みから睥睨《へいげい》するような表情へぶつけるための言葉は、すでに胸の内に揺るぎなくある。

「俺は経験も技術も足りない未熟者です。だけど、未熟者であろうと、漫然と闘っているわけじゃない。俺だって譲れないもののために馬に乗る。そのために、全員を打ち倒さなければならないというならば――神崎さん、あなたにだって勝ってみせる」

無量は一瞬だけ啞然としたものの、次の瞬間には口を裂くように笑ってみせた。

――育ち盛りってホンマ怖いなぁ……!!　ちょっと、目を離した隙に一回り大きくなっとる……!!

競馬界の中心で活躍を続けてきた無量は熟知している。

競馬というものは徹頭徹尾、命をふりしぼって疾走するサラブレッドたちのためものだ。添え物にすぎないジョッキーが私怨で闘ってしまったら、その本質が濁ってしまう。

勝ったのも馬、負けたのも馬――ゆえに、競馬は潔く美しい。

そこに、無量は一片の疑念もはさみこむ余地はないと思っている。

だけど、同時に誰かが似たような話をふりかざす時、理想論を聞いているような薄ら寒さを覚えてしまうのだ――そんなのはきれい事にすぎない、と。

だって、そうだろう。騎手はいかに黒子に徹しようとも、完全に人間くささを消して馬にまたがることなんてできない。

一勝が遠くてくすぶり続けるルーキーも、馬に恵まれた同期を祝福しつつ裏では嫉妬《しっと》の炎に狂う若手も、いつからか出世への道を踏み外して進退を考えるようになった中堅も、世代交代の波にのまれまいと懸命に闘うベテランも、肉体の限界を感じてステッキのおき時を探る重鎮も、そして、今この瞬間も怪我や痛みを乗り越えてターフに戻ってこようとあがくすべての「騎手という生き物」たちも――

立場は違えど、彼や彼女たちが抱えているのは生々しいまでの本物の感情だ。清濁を矛盾なく内包した人間の底の底から湧《わ》いてくる嘘偽《うそ》りない情動だ。

それを、なかったことにするなんて絶対にできない。

この胸にある、時に手に負えないほどの衝動に駆られる心を奪われるというのなら、この一日でも長くジョッキーとして在ろうと闘ってきた苛烈《かれつ》な物語を否定されるのなら――馬の上には死人がまたがることになる。

サラブレッドは生まれ持った本能だけで直走《ひたはし》る。

残念ながら、人間はそんな純粋無垢《むく》な存在になり損ねてしまったようだ——騎手は競馬場という力こそがすべての舞台で、二つのか弱い足を踏ん張らせるための理由を探している。

——一寸の虫にも五分の魂っていうくらいやし、いみじくも競馬の3割を任された身として、こんくらいのちゃちなプライドを携えて神聖なターフに踏み入っても罰は当たらんやろ。

無量から余裕を帯びた仮初の表情がはがれ落ちていく。

こんな短期間のうちになにがあったか知らないが認めてやろう。

こいつは——いや、今も射殺すような眼差しをぶつけてくる若き騎手は、十分すぎるほどに脅威の対象だ。

むきだしの闘気の切っ先を突きつけられ、無量の芯《しん》が狂おしいまでの熱を帯びる。

もうこうなれば騎手としての立場も、年齢も、実力も関係ない——勝負の世界に身をおく一個の人間としての当然の感情が赤裸々なまでに炸裂《さくれつ》する。

——一刻も早くこの身の程知らずなクソガキを叩《たた》き潰《つぶ》してやりたいッッ!!

だけど、そんな血生ぐさい激情に駆られると同時に、無量はこうも思うのだ——もしかしたら、負けるかもしれないと。

高揚とスリルが血潮に混じって肉体をくまなく巡る。中枢神経が開戦を察して全覚醒《かくせい》する。

さっきから、肌を這《は》い回る武者震いが止まってくれない。

およそ一般の仕事に就いていたら知ることはできなかっただろう、このおぞましいまでの感情の昂り。一皮むいたら顔をだす野獣のような勝負師の本性――そう、ここではなんでもありなのだ。ジャイアントキリングを目論む無謀なルーキーを完膚なきまでにひねり潰すのも、さらなる高みへ駆けあがるため目障《めざわ》りなレジェンドを地の底に叩き落とすのも。

くらりとめまいを覚えるような陶酔の最中《さなか》、無量はうっとりと口を裂いて嗤《わら》う――あぁ、いいいいいいいいいいいいいいいいいい、
これだからジョッキーは辞められないいいッッ!!

「ええよ、かかってこい……!!　二人まとめて相手したる……!!」

「二人……？」

颯太に問われて、無量はわずかばかりの冷静さを取り戻したように手をふった。

「気にしなくてええよ。こっちの話や。それよりも――」

いぶかしげな表情を浮かべる颯太に、無量は提案するように指を立てる。

「ここらでお開きにしとかん？　こんな時間までバチバチにメンチ切っとったら、互いに明日のレースどころじゃなくなるやろ？」

「……そうですね」

颯太は闘気を内にこめて、トレーニングルームの出入り口へ歩を進める。

「――アルテミスステークス、楽しみにしとるで」

「――俺もです」

背中で聞いた声にふり返りもせず答え、颯太はトレーニングルームを後にした。

そして、閉めた扉に寄りかかりながら排熱するように息をつく。

颯太は衣服の上から右胸を確かめるように握る――手の内で脈動すら感じられる滾りを解き放つ瞬間が、たまらなく恋しかった。

☆　☆　☆

丑三つ時だというのに、金武厩舎には煌々《こうこう》と明かりがついていた。

競馬開催日の厩舎には、平日とは一味違った緊迫感が漂う――競馬場へサラブレッドを輸送する馬運車がやってくる前に、管理馬たちの最終調整を済ませないといけないからだ。

スタッフが慌ただしく動き回る中、とある馬房に聖来とキアラの姿もあった。

「この子ったらまだ眠そうにして……。今日が本番なのに大丈夫なのでしょうか？」

「セイライッシキはオオモノなんですねー！」

キアラはポジティブに捉《とら》えたものの、聖来はまぶたを閉じかけてうつらうつらしている愛馬の姿に不安を隠せなかった。

間もなく、颯太が調整ルームから到着して、セイラのウォームアップのため軽い乗り運動をこなす予定になっている。

その前に、聖来とキアラは二人がかりでセイラの戦化粧を整えているところだった。

セイラの金色に輝くたてがみに、馬専用のさらさらスプレーをかける。

艶《つや》がでたらブラシでしっかり伸ばし、手作業で三つ編みに仕上げていく——愛馬を少しでも見栄えよく競馬場へ送りだしたいという聖来たっての希望だった。

——どうか、今日がセイラにとって幸多き一日なりますように……!!

そんな祈りをこめて、聖来は丁寧にたてがみを編んでいく。

それなのに、セイラは「ふわー」と歯茎をむきだしにして特大の欠伸をかましたのだ——親の心子知らずここに極まれりな図である。

「こんなふにゃふにゃな状態でちゃんと走ってくれるのでしょうか……？　セイラぁ、ママは心配でちゅよ……」

「なにもフアンにおもうことはありませーん。ワタシにはわかります」

静かな確信がこめられた言葉に、聖来は不意を突かれる。

「セイライッシキはマっているんです。めざめのアイズをつげるたったヒトリを——」

その時、開け放たれた厩舎の扉から清冽《せいれつ》な一陣の風が吹きこんできた。

聖来が咄嗟《とっさ》に顔をかばう中、サラブレッドのお姫さまは首を伸ばして風が生まれる一点を凜《りん》として見つめる。

夜と朝の汽水域のような空を背負って、こちらへ歩を進めてくるのは颯太だった。

その様子を意志が宿った瞳で認めて、セイラも能力を解放するようにステップを踏む――

まるで、一人と一頭が共鳴するかのように。

奇跡の瞬間に立ち会ったかのようだった。

聖来はひしひしと肌で感じる――たった一瞬で、セイラの中身に芯が入った。

「――わたし、たまに思うことがあるんです」

夜明けを告げる風に吹かれながら、聖来は静かな感動で震える声でキアラへささやく。

「ジョッキーって全身全霊で馬に仕えようとするあまり、サラブレッドと響き合う魂を宿してしまった人なんじゃないかって」

「はい。むかし、パパとママがおしえてくれました――ジョッキーとはたんにショクギョウをあらわすコトバではなく、ヒトのカクゴのナなのだと」

はっとして絵画のように美しいキアラの横顔から目を離せなくなる――この子は、いつだってシンプルな言葉で真実を打ち抜く。

聖来は忘れてしまわないように、今この瞬間を五感に刻みつけようとする。

この風の香りも、あの空の色も、なにかが動きだそうとしているかのような神聖な厩舎の空気も、そして、心から誇りに思える騎手と厩務員《きゅうむいん》と肩を並べてここに立っていられる自分も、ぜんぶ、ぜんぶ――

聖来は最大限の敬意を表して、主戦騎手を迎える。

言葉なんて必要なかった。交わした視線だけで、颯太と聖来は千の言葉を尽くすよりも濃密に語り合う。

間もなく、夜が明けようとしていた。

やってくるのは——決戦の朝だ。

メインR アルテミスステークス

GⅢレースだけあって、東京競馬場のパドックには幾重もの人垣ができていた。

そこに咲き誇るのは牝馬《ひんば》の出世レースとして名高いアルテミスステークスへの出走が叶《かな》った、14頭の可憐《かれん》なサラブレッドの少女たち。

「よかったな、セイラ。お前がこの中で一番かわいいぞ」

騎乗合図がかかって、颯太《そうた》はパートナーにまたがるなり首を愛撫《あいぶ》した。

今日のセイラのたてがみは三つ編みにアレンジされているし、鼻先に純白のシャドーロールを召した姿は気品を漂わせていて、まるで、おめかししたお姫さまのようだ。

セイラもるんるんとパドックを周回している。手綱を引くキアラも楽しそうだ。

颯太はセイラを退けて堂々の1番人気を獲得したライバルへ視線を送る。パドックに入ってから、セイラもずっと意識していた。

パウンドペルソナは格の違いを見せつけるように悠然と周回を重ねていた。

毛艶《けづや》、馬体の出来共に申し分なし——颯太が注意深く偵察していると、鞍上《あんじょう》の凌馬《りょうま》と視線が衝突する。

まるで脳内に直接、言葉を叩《たた》きこまれたようだった——かかってこいよ、ブービージョッキーと。

「……あいても、てごわそーですね」

「うん。でも、セイラだって負けていない」

時間がやってきて、出走馬がパドックから地下馬道へ入っていく。

東京競馬場の地下馬道は直接、本馬場中央へでる構造になっている。

他馬と前後の間隔を空けながら、照明に照らされたトンネルをセイラと共に進んでいく。

「あっ、テキでーす！」

キアラが笑顔を向けた先——大一番の前には必ず身に着ける粋《いき》なハットをかぶった清十郎《せいじゅうろう》がやってきていた。

「キアラくん、セイライッシキを引くのを変わってもらえないでしょうか？」

「うぃうぃ！　よろこんでー！」

譲ってもらった手綱を清十郎が引いて歩く。

そういえば、緊張でがちがちになった初レースもこうしてもらったことを思いだして、颯太の胸はじんと熱くなった。

「……私は君がうらやましい。サラブレッドがその生命を最も輝かせる瞬間に立ち会えるのはジョッキーだけなのですから」

「先生……?」

清十郎はなおも静謐《せいひつ》な調子で言葉を紡《つむ》いでいく。

「サラブレッドは人工的につくりだされた生き物です。生命の根幹である生殖活動さえ、血の選別という名目のもと管理されてきたのですから。ゆえに、とうに彼らは野生に適応できる体ではない。誰《だれ》よりも速く走るために生みだされたいびつな命——それこそが、サラブレッドの正体なのです。彼らがこの場所で生き残るには、スピードという神の審判を受け続けなければならない。そんなナイフの上をゆくような疾走に付き添うには、やはり同様に苛烈《かれつ》な命でなければなりません。調教師でも、馬主でも、厩務員《きゅうむいん》でもなく、騎手でなければならない——

颯太くん?」

「……はい」

「君は馬からおりて生きていく自分を想像できますか?」

「いいえ、できませんでした。辛《つら》くて、苦しくて、逃げだしたかった時も——」

過去をふり返り、颯太は白状するように答えた。

「それはなぜでしょう?」

「多分、俺《おれ》が騎手という生き物だからです」

迷うことなくいいきったジョッキーの精悍《せいかん》な顔つきに、清十郎は息をのむ。

だからこそ、覚醒《かくせい》の途上にある若き才能に尋ねたくなった。

「サラブレッドは走りたくもないレースを走り、大変な思いをして勝っても利益《りえき》に浴するのは人間のみ。負ければ周囲から失望され、しまいには用済みの烙印《らくいん》を押されます。それでも、サラブレッドは生まれ持った本能に従って走る。私たちホースマンは、そんな純粋な命になにができるでしょうか？　どのように寄り添って生きるべきでしょう？」

清十郎の問いは、そのまま颯太がセイラに出会ってから挑み続けてきた命題だった。

そして、答えはここにある――颯太は、それを教えてくれた運命のサラブレッドの体温を確かめるように首筋へ触れた。

「俺たちは馬の言葉を話せません。馬も人間の言葉を話せません。だけど、サラブレッドは声を伴わない声でいつだって俺たちに訴えかけてます。その声に耳を傾けて馬とつながろうとしなければ、サラブレッドは人と生きることを選んでくれないんだと思います」

――そう、セイラがここを歩いているのは、それだけで奇跡なんだ。だから、俺に背中を託してくれたこいつを、たった一秒でも失望させちゃいけない。

「俺はレースの数分間、馬の一生を背負って走ります――目先の一勝や一敗だけではなく、多くの時間を彼らと生き長らえられるように」

颯太の表情から幼さが消えていき、信念を携えた一人の青年の肖像を象《かたど》る。

セイラも鞍上の覇気を感じとったように、あふれんばかりの生命力を解放していった。

人馬一体になりつつある――清十郎はぞくぞくしたものを感じながら破顔する。

もはや、彼らに下手な鼓舞など不要。白刃を抜いたかのごとき闘気をまとう人馬を見送るのみ。

「ならば、勝ってきなさい。君がターフへ携えた信念を貫き通すために」

「――はいッッ!!」

本馬場へ通じる坂道は光に満ちている。

遠くから、主役を待ちわびる歓声が聞こえてきた。

セイラの興奮が伝わってきて血が速く巡る。心臓が早鐘を打つ。

さぁ、今から証明しにいこう――俺たちが一番強いんだということを!


返し馬を終え、アルテミスステークスに出走する乙女たちはバックストレッチのスターティングゲート前で輪乗りを行っていた。

抜けるような秋晴れの東京競馬場。左回りの芝1600メートル――しかも、パンパンの良馬場発表だった。

まさに、最速を決するには絶好の舞台。やがて、開戦を知らせる生演奏のファンファーレが聞こえてきた。

全身を武者震いが走っていく――緊張しているんじゃない。嬉《うれ》しいのだ。セイラがターフを駆ける姿を、この勝負服を与えてくれた人に見てもらうことが。

奇数番の馬からゲートに入っていく。

凌馬とパウンドペルソナは、スムーズに7番の枠におさまった。無量《むりょう》も5番の枠で、スタートの時を待っている。

次に偶数の番がやってくる。セイラは係員の手で4番の枠に導かれていった。

初めの数歩は順調だった――しかし、セイラは気まぐれを起こしたかのように立ち止まったのだ。係員に手綱を引かれてもびくともしない。

応援の係員が集まってきて、にわかにセイラの周囲が騒がしくなっていく。

次の瞬間、颯太がくだした決断はまさに電光石火だった。

その場にいた全員が目を疑う。係員も、記者も、カメラマンも、ライバルのジョッキーたちも――そして、ターフビジョン越しにそれを目撃した無数の観客も。

颯太が、なんのためらいもなくセイラから下馬したのだ。

本馬場に入った騎手が馬からおりる――それは本来なら、乗り手の力不足を大勢の前で白状するような避けるべき行為だ。

それなのに颯太は堂々としたふるまいで、セイラに手を焼く係員に話しかける。

「大丈夫です、俺がやりますから」

その言葉は穏やかだったものの、強い意志がこめられていた。

颯太は手綱を譲り受けると、セイラの顔を見あげる。

「ほら、いこう？　俺が一緒にいるから――」

パートナーの前髪を整えてやる。すると、あんなに頑《かたく》なだったセイラがすんなりと歩きだしたのだ。

何事もなかったようにゲートインを果たす。残された係員たちは、ぽかんとしていた。

颯太はゲート内の足場を頼って、セイラにまたがり直す。

「やるやん。若いのに肝《きも》据わっとんのな」

隣の枠から無量がしゃべりかけてくる。さっきの颯太の行動を小馬鹿《こばか》にする他の騎手の声も聞こえてきた。

だけど、颯太の耳にそんなノイズは届かない。

どんなに恥をかいても、いくら蔑《さげす》まされても構わなかった――なにより大事なのは、セイラが万全の状態でレースに臨むことなのだから。

今、鼓膜に響くのはセイラの息遣いのみ。集中を研ぎ澄ませ、前方を見据える。

ゲート越しに風舞うターフが映って、どうしようもなく胸が躍った。

「――お前もそうだろ、セイラ？」

タイミングを計るように体を前後に揺らすセイラの首に手をやる。

駆けだしたいという気持ちがぴたりと重なるのがわかった。

早く確かめてみたい――今の俺たちなら、どんな走りができるかを。

――ガシャン！

ゲートが開く音。風を切る感覚。芝が爆《は》ぜる。

月の女神にならんと飛びだす、１４頭の見目麗《うるわ》しい牝馬たち。

将来を嘱望された天才少女たちの決戦――アルテミスステークス、開幕‼


レースは序盤から予想外の展開を見せた。

スムーズにゲートをでて、ハナをきったのはセイラだったのだ。

「４番のセイライッシキ、抜群のスタートを切りました！」

実況の声が上ずるのも無理はない――過去二走で、セイラは出遅れ癖《ぐせ》がある馬という評価が定着していたからだ。

しかし、観客が目にしているのは、下馬評とはまるで違う走りだった。

ゲートを飛びだした先に伸びるバックストレッチ――そこを、セイラが気持ちよさそうに駆けているのだ。

加速をつけるための回転襲歩《かいてんしゅうほ》から、安定した交叉《こうさ》襲歩へ移行する。颯太はパートナーを内ラチにエスコートして快調に飛ばしていった。

すると、ターフビジョンで戦況を見守っていた観客たちがざわめきだす。

その異様さに実況も気付いたようだ。

「セイライッシキに競りかかる馬がいません！　すんなりとハナを譲った形だ！　それに伴って隊列が長くなっていく！　２番手集団との差は５馬身ほどついたか⁉」

そう、誰もセイラについていこうとする馬がいないのだ。

まさに一人旅――だけど、どの騎手も動かない。むしろ、馬をおさえながら各ポジションでじっとしている。

それは、騎手心理がもたらした展開だった。彼らの頭にあるのは、セイラの前走の記憶。

サフラン賞――あのレースはどういう結末を迎えたか。

そう、強烈にかかったセイラは序盤で他馬をごぼう抜きして一時は先頭に立ったものの、最後には力尽きて最下位に沈んでいった。

セイライッシキにはかかり癖がある。そして、ブービージョッキーに癖馬を御せるほどの技術はない。

それが今、ターフで闘っている騎手たちの共通見解だった。

だからこそ、深追いしない。道連れはごめんだ――あの未熟なコンビが走っているのは、破滅の道なのだから。

着順を争うのは、１４頭から１頭のぞいた１３頭だ――２番手以下に位置取った騎手たちは、先頭には目もくれず牽制《けんせい》し合っていた。

こうして、不可思議な状況ができあがる――勝負の場にいながら、颯太とセイラはエアポケットにもぐりこんだようにライバルたちの眼中から外れていた。

だけど、本当にそうだろうか？　本当に、セイラはかかっているのだろうか？

よく見ればわかったはずだ――セイラがハミをかんでいないことは。

……10秒、……11秒、……12秒。

400メートル地点のハロン棒、通過。

……10秒、……11秒、……12秒。

600メートルハロン棒、通過。

颯太の目には、あらゆる光景がスローモーションに映っていた。静かな世界を、セイラと二人きりで走っているようだ。

冴《さ》えに冴えた体内時計が、聞こえるはずのない秒針の音まで奏《かな》でだす。狙《ねら》った秒数になると、必ず視界の端にハロン棒が過ぎ去っていく。

生まれて初めて味わう感覚だった――ゾーンに入るとはこういうことか。

「セイライッシキ、リードを保ったまま3コーナーに入っていきます！　600メートルの通過タイムは――35秒!?　思ったほどには速くありません！　平均ペースだ！」

コーナーを曲がりながら、颯太は股抜《またぬ》きで後方を確認する。

陽《ひ》を浴びて黄金色に透けるセイラの尻尾《しっぽ》の先――2番手集団は5馬身ほど離れている。無量の姿を認めたのは、そこからさらに2馬身離れた馬群の中だった。

しかし、肝心な凌馬の姿がない。颯太の目はせわしなく動く。

——やっぱりそこか。

凌馬とパウンドペルソナが控えていたのは最後方だった。

出遅れたわけでも、誤算があったわけでもない。望んであの位置にいるのだ。

競馬学校時代、嫌というほど思い知らされている——あのポジションにいる凌馬が、一番怖いということを。

生き物のように変化するレースの現状を把握して、颯太は前へ向き直る。

その瞬間、無量の鷹《たか》の目が見逃すことのできないシグナルを捉《とら》えた。

——今、颯太のやつ、こっちを観察してなかったか……⁉

なにか仕掛けられている——無量は違和感の正体を探るべく、五感をソナーのごとく展開した。

余裕をもって走れるバックストレッチのはずなのに、やけに馬と馬の間隔が詰まっている

——流れが滞っている……⁉

——なんや、このヤバい感じ……⁉

ギャロップの足音が轟《とどろ》くターフ——いつも身をおいている場所が薄気味悪く感じる。

そして、馬群の中でペースを読んだ無量は驚愕《きょうがく》のあまり声をあげてしまった。

「はっ……‼　上手いことしてやられたわ……‼」

いつの間にか、全体のペースが落ちているのだ。

かかっているように見えた、セイライッシキのペースに巻きこまれないよう全員がおさえ気味にレースへ入った。

一人旅をさせて自滅を待つために。それが、勝つための最善手に思えたから。

だけど、もし——スタートダッシュを決めたセイライッシキが颯太の手綱を受け入れ、ペースをおさえることに成功していたら？

そう、たとえば、ひそかに1ハロン12秒という正確なラップを刻んでいたとしたら——このレースのペースは、すでに平均まで落ちている！

無量は3コーナーを疾走するセイライッシキを注視する。

胴の下にいっぱいの風をかきこむような美しいフォーム——楽々と逃げている。自滅の兆しなんて微塵《みじん》もない。

揺れる鞍上で無量は唇を歪《ゆが》ませる。

——前走の失態を利用して大逃げを打った……!!　そして、まんまと僕らにスローペースを押しつけたってわけか……!!

すでに、レースの主導権はあのコンビの手中にある。

しかし、競馬とは生き物だ。ジョッキーの決断一つで、どのようにも姿を変える。

——僕が、このまま楽に逃げさせるわけないやろ……!!

無量の目に獰猛《どうもう》な光が奔《はし》る。手綱をさばいてパートナーに合図を送った。

そして、肺が破裂するほど息を吸い――熱を帯びつつあるレースの第2ラウンドを告げる雄叫《おたけ》びをあげたのだ！

「勝ちたくないならどけや!!　とろとろしてたら若手に重賞を持ってかれるで!!」

3番手の馬群から、急に一頭飛びだした無量の馬――火をつけた勢いのまま、ポジションを押しあげて先団へとりつく。

たまらないのは、2番手集団だった。

元から、無量は絶対にマークしなければならない強豪の一人――そんな相手から先に仕掛けかけられたのだ。

無量の奇襲が、騎手たちの心理を揺さぶる。ターフを支配していた空気が一変する。

レースは加速度的に緊迫感を増していく。ゆくも決断、控えるも決断――あらゆる瞬間の選択が騎手に委《ゆだ》ねられている。

その積み重ねの正否が、残酷なほどにゴール板前で勝敗という形で現れるのだ。

そして、今回も賽《さい》は投げられた――無量に焚《た》きつけられるように、3コーナーへ入ったところで2番手集団が一気にペースをあげたのだ！

「神崎《かんざき》騎手の馬が合流した一団がセイライッシキを猛追していきます！　築いてきたリードが瞬く間に失われていく！」

先頭をゆく颯太は背中にひりつくものを感じていた。

見なくてもわかる――後ろでなにか大変なことが起こっている！

その瞬間は、ふり返る猶予すら与えてくれなかった。

ゴッ――‼

颯太を襲ったのは殴りつけるような風の唸《うな》り。

直後、視界の端に侵入してくる長い首と、炎のごとく猛《たけ》り狂うたてがみ。

目を疑った――スローペースを押しつけたはずの2番手集団がセイラを外から追い抜いていくのだ！

――もう、狙いが見抜かれたのか……⁉

さっきまで、握っていた主導権――それが、颯太の手からすり抜けていく。

気付けば、颯太とセイラが走っているのは肉と肉とがぶつかり合う呼吸も苦しくなるような馬群の真《ま》っ只中《ただなか》。

瞬きの間に入れ替わる形勢。この不測の流れを連れてきた人物は間違いなく――

「――どうや？　びっくりしたかぁ？」

並びざま、一瞥《いちべつ》をよこしてきたのは無量その人だった。おどけた表情の裏に忍ばされた猛毒を感じて颯太は戦慄《せんりつ》する。

颯太の苦渋の表情と、無量のほくそ笑む表情が重なる――灼熱《しゃくねつ》のターフでは、互いの思惑がぶつかって火花を散らしていた。

　東京の芝1600メートルは3コーナーが下り坂になっているため、本来なら一息つきたいところなのに馬がスピードに乗りたがってしまう。

　だからこそ、颯太は大逃げを打って、誰の邪魔も入らない形でセイラにコーナーを回らせたかった。その理想のレース運びに待ったをかけたのが無量だ。

　しかも、それだけじゃない。

——僕にはわかるでぇ。その馬の気性だと馬混《うまご》みをこなすのも一苦労やろ？

　猛禽《もうきん》のごとき眼差しが、疾走するセイラへと注がれる。

　無量の頭には、しっかりとインプットされていた——セイライッシキが馬混みを苦手としていることを。だからこそ、わざわざ馬群を引き連れてきたのだ。

——さぁさぁ、遠慮なく前走みたいに暴発しろや!!

　無量は高みの見物を決めこむように馬を走らせる。しかも、セイラへ馬体をきつく寄せてプレッシャーをかけるのも忘れない。

　そして、その効果はてきめんだった。セイラが急激に発汗しだしたのだ。

——セイラ、ごめん……!!

　3コーナーの出口に差しかかり、颯太は懺悔《ざんげ》を繰り返していた。

　前にはサラブレッドが肉のカーテンのごとく密集している。芝と土の飛沫《しぶき》のようなキックバックが、容赦なく颯太とセイラを痛めつける。そして、極めつきは隣で徹底マークに打ってでた神崎無量。

思い浮かべた青写真とは、まるで違う光景――しかも、考え得る限りで最悪の展開。

まさに、ここはストレスの爆心地。その中で、颯太は歯を食いしばる。

――知ってたさ……!!　俺がひねりだした小手先の戦略なんか通用しないことくらい……!!

「でも、あんたらは一つだけ勘違いしている……!!」

窮地に立たされながら、颯太の目は己《おのれ》の無力を呪《のろ》う者のそれじゃなかった。

今も勝負をひっくり返そうと、意志がみなぎる双眸《そうぼう》を見開いている。

――今のセイラにとってこの程度、逆境のうちにも入らない!!

4コーナーへ雪崩《なだ》れこむ最中、颯太は決然と手を動かす。

手綱を引いた後、その場にとどめる。セイラの首の可動域がせばまる――そこにこめられた意味を、サラブレッドのお姫さまは違《たが》えることなく理解した。

力任せだったセイラの走りが変貌を遂げる。

フットワークがやわらかい。筋肉の強張《こわば》りが抜けてリラックスしているように見える――なにより、前の馬を壁にして走っているのだ!

颯太も応《こた》えるように、進化の時を迎えつつあるセイラの力にならんと決してコンタクトを切らさない。

馬という生き物は、自然界においては全力疾走することで命をつなぎとめる。だから、わざと先頭を走っていれば、後ろにいる仲間が先に捕食者のターゲットになる。

ゆっくり走るという行為の意味を理解できないのだ。

だけど、それができるかどうかが競走馬として生きていけるか否かの分かれ道になる——いや、騎手が捨て身の覚悟で教えてやらなければならない！

——そうだ……!!　お前ならできる……!!

颯太は全身全霊でパートナーをなだめにかかる——まだ、その時ではないと。

それを受けて、セイラも己を先頭へ誘う抗《あらが》いがたい本能と懸命に闘う——競走馬として生まれ変わるために。

鞍上からの献身的なコンタクトは途切れない。鼻先のシャドーロールは、セイラの苦手な影を視界から除外してくれる——ここに、怖いものはなに一つない！

それは、颯太が待ちわびていた瞬間だった。

ギャロップの轟音に交じって聞こえてくるセイラの息遣いが安定した——息を入れたことで、無酸素運動から有酸素運動への切り替えに成功したのだ。

颯太の胸に熱いものがこみあげる——未知に対して恐れ、怒り、暴《あば》れることしか知らなかったサラブレッドの少女が、苦手な馬群の中を折り合いをつけながら走っているのだ。

芝を焦《こ》がすように、4コーナーを駆け抜けていく先頭集団。

セイラは馬群に包まれながら内ラチでじっとしていた。力を温存し、脚をためている。

頼もしいセイラの背中が、鞍上に力強く訴えかけてきていた——今日こそ、勝ってやろうと！

胸からあふれた想《おも》いが、魂を焦がす声となる。

「——あぁ!! 俺たちが一番にあそこを駆け抜けるぞ、セイラッッ!!」

気力をみなぎらせた一人と一頭が見据えるのは——栄光のゴール板。

この息の合った走りに度肝を抜かされたのは、隣でレースを進める無量だった。

——なんや、前走とえらい違いやないか……!!

危ないところだった。完全に騎手と馬の力量を見誤っていた。

確かに、ひよっこの若手騎手が気難しい馬とここまで折り合えるのは想定外だった——だけど所詮《しょせん》、無量にとっては危ないところ止まりだ。

そう、無量が張り巡らした罠《わな》は一つじゃない。

「間もなく、セイライッシキを吸収した先頭集団が4コーナーを回りきります！ その先に待つのは525メートルの長い、長い最終ストレートだ！」

いよいよ、やってきた最終局面。

しかし、そこで颯太は愕然《がくぜん》とする——前に進路がないのだ！

無量によってポジションを押しあげられた4頭の馬はすでに手応えがあやしく、ずるずると落ちてきている。

しかし、抜きたくても抜けない。

内にはラチがある。外では無量の馬が鉄壁のごとくガードしていた。馬群を割って突き抜けるには、スピードタイプのセイラには馬格とパワーが足りない。

なす術《すべ》もなかった――失速しつつある馬たちの雁行《がんこう》陣形に、セイラは行く手にふたをされるように捕らえられてしまう！

一方、無量は、さらに外へ進路をとることでサラブレッドの牢獄を逃れた。

無量は歓喜のあまり腕を突きあげそうになる――決まった、厄介な対抗馬は内に包まれて死んだ！

――そこが、お前らの死地や！　内ラチに沈んでいけ！

4コーナーを駆け抜け、流れるように最終ストレートへ入っていく無量。

馬の手応えも問題なし。まさに、理想的なレース運び――いつもなら、勝利を確信するところだ。

しかし、無量はまた網膜に焼きつけてしまう。

希望のない奈落の底に落とされながら、決して光を失おうとしない颯太の目を。

――なんで、そんな顔してられる……⁉　その袋小路に、まだなにかあるというんか……!?

颯太は研ぎ澄ました五感を全開にしていた。血が煮《に》え滾《たぎ》っているように全身が熱い。瞬きなど、とうの昔に忘れた。

鼻孔を焦がす勝負の香りは途絶えていない――まだ終わっていない！　こんなところで、終わらせられるはずがない！

セイラがここまで自分を連れてきてくれた。見たこともない景色を見せてくれた。

――ならば、次に活路を切り開くのは俺だろうがッッ!!

並みの精神なら、うな垂れたくなるようなどん詰まりの光景。あるかどうかもわからない可能性に目を凝らすのが、こんなにも苦しいことだなんて。

でも、颯太には命を懸けてでも果たさなければならない使命がある――セイラがためた脚を爆発《ばくはつ》させるための滑走路をなんとしても見つけだす！

ターフが濁流のように過ぎ去っていく。密集した馬群は一向に割れる気配がない。

まだ、道は開かない。それでも、勝負の一瞬を信じて前を見据え続ける。

そして、その時がやってきた。

飛ばしすぎて余力を失くした馬が、コーナーを回る際に少しだけ外へふくらんだのだ。

ラチと最内を走る馬の間――インにほんのわずかな空間が生まれる。

開いた全身の毛穴から、超高温の蒸気が噴きだしていくようだった。

颯太の視界に、黄金に輝く一縷《いちる》のルートが敷かれていく――ここだ！　ここしかない！

ためらいも迷いも、勝利のために必要のないものはすべて死地へおき去りにする。

その瞬間、颯太とセイラは完全に一つのビジョンを共有していた。

馬一頭通れるかもあやしい窮屈なイン――そこへ、人馬一体となり火の玉のように突っこんでいく！

右の馬との間隔は、まさにすれすれだった。しかも、左の鐙《あぶみ》にかけたブーツの側面が内ラチと衝突する。

強烈にこすれ、激しい衝撃が颯太を襲う。だけど、セイラの馬体を守るため、足を逃がすつもりは毛頭なかった。

颯太は痛みに顔を歪める――ブーツの中の足がどうなっているか想像もしたくない。

やはり、スペースが不十分だった――でも、それがなんだっていうんだ！

構わない――このまま真っ直《ます》ぐゆく！

ガガガガガガガガガ!!　――ブーツがぶつかる音が響く。衝撃を受けた内ラチが波打つようにたわむ。異変を察したセイラが鞍上の様子をうかがうように耳を立てた。

――セイラ、やっぱり競馬ってこんなにしんどいんだな。

レース前、どれほど準備を重ねてもそうだ。思い通りにいった試しなんて一度もない。

ジョッキーは残酷で、だからこそ純粋なターフを支配する神にいつも試されている。

――でも、ここに戻ってきたのは惨めな思いをするためでも、負けるためでもないだろうッッ!!

颯太は歯を食いしばる。痛みに顔をしかめながら前だけを見続ける。

そこには、光り輝く活路がのぞいていた――誰も邪魔者のいない東京競馬場の最終ストレート！　セイラが飛ぶための道！

――俺たちはこれからもここで生き延びていくんだよッッ!!

後ろに勝利はない。命が走る理由は、いつだって前にある。

「――こじ開けろぉぉ、セイラッッ!!」

窮屈なインを刺し貫く、まばゆいばかりの閃光《せんこう》――いや、あれは陽光を浴びて黄金に輝く俊足の尾花栗毛《おばなくりげ》だ！

若き二つの才気が混然一体となり、老獪《ろうかい》な策略を吹き飛ばした瞬間だった。

「なんでしょう⁉　セイライッシキ、進路を失ったかと思いきや、ほとんどスペースのない内を切り裂いて抜けてきました！」

――なんや、このサブイボはぁぁ⁉

盤石の展開で最終ストレートを走っていた無量は、突然の悪寒に襲われた。

背中に感じるのは、食い殺されるようなプレッシャー。まるで、か弱い被食者になりさがったかのような気分だ。

積み重ねた経験が最大級の警報を鳴らす——なにか、化け物みたいなのが飛んでくる！

ふり返った瞬間、無量の呼吸は断裂する。そこには、受け入れがたい現実があった。

——どうして、お前がそこにいるッッ!?

完全に脚があがった馬群を従えて内ラチ沿いをただ一頭走るのは、討《う》ちとったはずのセイライッシキだった。その鞍上には、弾丸のごとくがむしゃらに前を目指す風早《かざはや》颯太。

地獄を切り抜けてきた人馬の勢いは、まさに鬼気迫るものがあった。

無量の勝負勘は、このまま颯太とセイライッシキに先頭を譲ることをよしとしなかった。

「——ちぃ!!」

手綱をしごく。搦《から》め手を弄した弊害で、自分の馬にも余計な体力を使わせてしまった。

だけど、もう四の五のいっている場合じゃない——ここが勝負どころ！　勝つか負けるかの剣が峰！

無量は長くしなやかな手足で馬をホールドして、最後の一滴をふりしぼるように追いだしにかかる。パートナーであるサラブレッドもその技術に応えた。

「風早《かざはや》騎手と神崎騎手の激しい追い比べです！　今のところ、脚色は五分に見える！」

並んだ両馬の首が交互に上下する。相手に先んじようと、唸る四肢が発火せんばかりにターフを叩《たた》く——汗と汗がほとばしり、血と血が煮沸し、意地と意地が火花を散らし、力と力が鍔迫《つばぜ》り合う！　互いに譲らない！　一歩も引かない！

手に汗握る熱戦にスタンドが天衝くばかりに沸き返る。塊のように飛んでくる歓声の波濤《はとう》に、半身を焦がされる。

無量は全身を躍動させながら、闘争心に燃える眼差しをセイライッシキの鞍上へ送った。

――やはり、僕の勘は間違ってなかった!! お前もセイライッシキも、ここで叩《たた》き潰《つぶ》しておくべき相手やった!!

最終ストレートも半分を通過する。いまだ追い比べは互角。

しかし、そこでギャロップの足音が急速に遠のく――無量は信じられないものを見たのだ。

――う、嘘《うそ》やろ……!?

自分は死にもの狂いで手綱をしごいているのに、颯太はまだ持ったままなのだ。

だけど、セイライッシキと無量の馬は同じスピードの中にいる。

それが意味するところは一つ――セイライッシキは、、、、、、まだトップスピ、、、、、、ードをだし、、、、ていない。

「――もういいよ」

ふいに、颯太の口がそう動いた気がして、無量は青い顔をはっとさせた。

――もういいよ、セイラ。もう我慢しなくていいんだ。

颯太は手綱を握り直す。まるで、モンスターマシンのアクセルに足をかけたような感覚――つま先から脳天へ甘美な電撃が駆け巡る。

――あぁ、頭がどうにかなってしまいそうだ。早く煮え滾るこれを解き放ちたい。

さぁ、とくと見よ――これが、最速を宿命づけられた血の叫びだッッ!!

「――セイラ、ゆくぞッッ!!」

颯太は満を持して手綱をしごきパートナーを追いだしにかかる。セイラも解放の合図となるハミをがっちり受けとった。

呼応するように、四肢の繰りだしが強靭《きょうじん》になる。

ぞくっとした。返ってきた手応えは、まさに規格外――セイラの肉体に貯蔵された膨大なエネルギーが、万物を切り裂く流線型をとっていくのがわかる。

ゴウッッ――次の瞬間、発生したのは加速などという生温《なまぬる》い現象ではなく、まさに推力の爆発。

芝が爆ぜたのを合図に世界が変わる。風のその向こうへ颯太を連れていく。

セイラが力強く前にでた――獰猛《どうもう》なスピードの最先端にいる栗毛の馬体が、細胞がスパークを起こしているように光り輝く。

――な、なんてこった……!!　インコロナートと瓜二つやないか……!?

それを、目の当《ま》たりにした無量は震撼《しんかん》した。

現在進行形で進化していくセイラの走り――風をかいくぐるような重心の低いフォームが、本気で他馬を抜きにかかるインコロナートの走法とそっくりなのだ。

ダービー馬の兄と分かち合った血統の才能が覚醒する。

閃光のようにターフを疾駆するセイラ。ピッチをあげたその走りのリズムに、颯太も無我夢中で合わせにいく。

そこからは、もう脚の伸びが違った。一完歩ごとに、無量の馬を引き離していく。

「神崎騎手の馬を千切ったぁぁ‼　白熱の一騎打ちを制したのはセイライッシキです‼」

手綱の手応えで、無量は自分の馬に余力が残っていないことを悟る。

そして、一瞥もくれずに先駆けるジョッキーの背中を目にして苦笑を浮かべた。

「……なーにが、ブービージョッキーや。詐欺やわ、ホンマ」

日本ダービーを制したのはインコロナートが強かったのと、単純にフロックだと高を括《くく》っていた。

だけど、思い直さなければいけないようだ——また、厄介な若手が現れてしまった。

大勢は決した。無量は闘争心の火を落とす。

しかし、レースはこれで終わりじゃなかったのだ。

突如、無量の脳裏《のうり》に上段に構えられた刀身のイメージが浮かぶ。

直後、背中へ奔った焼けつくような痛み。まるで、日本刀で斬りつけられたようだ。

顔をしかめながら、無量は尋常ならざる気配がする方へ視線をやる。

——そやった……‼　このレースにはヤバいのが、もう一頭いたんやった……‼

ターフを切り裂いて無量を抜き去っていくのは、猛る血が体表近くで流れているかのごとくダークボルドーの肌を授《さず》かったサラブレッド。

打ち砕く者――パウンドペルソナだった。

今年のアルテミスステークス最強と目されている差し馬。

1番人気の馬が極上の切れ味を誇る末脚を最後方から炸裂《さくれつ》させ、ライバルたちをことごとく一刀のもとに斬《き》り伏せながらまくってきたのだ。

だけど、こんなものじゃ全然斬り足りない。まだ両断していないやつがいる。

しかも、一番斬り応えのありそうなやつが――戦女神と化した彼女がめがけるのは、セイライッシキただ一頭。

そして、美しき追跡者の鞍上にいるのは妖刀の異名をとる騎手――氷室《ひむろ》凌馬だった。

東京競馬場に居合わせた全競馬ファンの熱い視線がゴール前に集中する。

そう、彼らは両馬のデビュー戦を目撃してから、ずっと同じ問いを繰り返してきた。

セイライッシキとパウンドペルソナ――果たして、どちらが真に強い馬なのか？

数秒後、その答えがでようとしていた。

アルテミスステークス最終決戦の鐘が鳴る。

東京競馬場は天を衝《つ》くような熱狂に包まれていた。

魂の解放区と化すスタンド――老いも若きも、男も女も、金持ちも素寒貧《すかんぴん》も、誰《だれ》も彼も、普段は交わらない人々が今この瞬間だけはただの競馬ファンとなって肩を並べ、願いを乗せた一頭の背中を押そうと声の限り叫ぶ。

狂騒の中心にいるのはターフを直走《ひたはし》るサラブレッド。

その最後まで決して諦《あきら》めようとしない勇姿に自分を重ねる人もいるだろう。その無垢《むく》な疾走に明日への勇気をもらう人もいるだろう。

ただ、一ついえることがあるとしたら——サラブレッドが駆ける姿は、こんなにも人の魂を震わせるということだ。

「最後方から、すさまじい追いこみをかけてきたパウンドペルソナ、ついに——!! ついに、ゴール板手前でセイライッシキを捉えたぁぁ!!」

実況の声は、とうの昔にセーブがついていない——当然だ。目の前で極上のドラマがクライマックスを迎えつつあるのだから。

最高潮に達した熱気の爆心地には、二頭のサラブレッドと二人の騎手が鎬《しのぎ》を削っていた。

「うあッッ——!?」

突如、颯太は熱した刃で両断されたかのような痛覚を背中に感じる。

この異様な感覚は模擬戦で幾度も味わった。ふり返るまでもない——あいつが、やってきたのだ！

「きたな、凌馬ッッ!!」

「颯太ぁぁ!!　会いたかったぜぇぇ!!」

ついにセイラが、狂気の末脚で追いこみをかけてきたパウンドペルソナに並びかけられる。

馬体を併せての壮絶な追い比べ――先頭がセイラとパウンドペルソナの首のあげさげで目まぐるしく入れ替わる。

両雄、肉弾戦といっていいほど接近していた。馬が一騎打ちを望んだかのように。

そして、それは鞍上で死力を尽くす騎手も同じだった。

汗だくになってセイラを追う颯太の視野に、ライバルの顔が映る――凌馬の表情は闘争に昂《たかぶ》る狂戦士のようだ。

「久しぶりだな、こういうガチンコ勝負⁉　覚えてるかよ、おい⁉」

「忘れたくても、忘れられるもんかよ……!!」

「だったら、どっちが勝つかも明らかだよなぁ⁉」

セイラとパウンドペルソナが放つ闘気がぶつかり合い、本当にバチバチと音が聞こえてきそうだ。ターフが炎上しているように空気が熱くて、呼吸さえもままならない。

脚色は互角か――いや、違う！

バチッ！　バチッ！　――電撃が弾《はじ》けるような音。

凌馬がパウンドペルソナの馬体に、鋭くステッキを入れているのだ。

気合をつけられたパウンドペルソナが、さらなる脚の伸びを見せる。鼻先ほどセイラの前にでた。

刹那《せつな》、凌馬の表情はおぞましいほどの歓喜に打ち震える。

対照的に、颯太は唇をかんだ――ゴール板はもう間近。後数秒で決着が着く。このままでは、おき去りにされてしまう！

過呼吸になりそうな高揚の最中、颯太は爆発しそうな心臓を必死になだめていた。

この展開は、十分に想定できていた。

颯太は凌馬の怖さを知り尽くしている――模擬戦で、何度も対決してきたから。

凌馬の最大の武器は、追いこみ馬に乗せた時に見せる恐ろしいまでの末脚の鋭さだ。

忘れられるはずがない――いつも図ったようにゴール板前で、きっちり差しきられる屈辱を。そして、抜き去られた際に生じる袈裟斬りを喰らったかのような激痛を。

今まで、一度も勝つことができなかった――だけど、今回は負けるわけにいかない！

考えが甘かったのだ。この期に及《およ》んで、颯太はできればそれをしたくないと思っていた。

だけど、もとより限界を超越しなければ勝てない相手だったのだ。

セイラはさらに一つ上のギアを隠し持っている――颯太も知らない、もしかしたら諸刃《もろは》の剣かもしれないその先を。

――セイラはまだレース中にステッキを入れられたことがない。

颯太は手綱と一緒に持っていたステッキを決然と抜く。

それをふりかぶった瞬間、様々な想いが颯太の胸に去来した。

――日本ダービーを勝ったこと、その直後スランプに陥《おちい》ったこと、インコロナートに怪我《けが》をさせたこと、その妹であるセイラと出会ったこと、ブービージョッキーと蔑まれたこと、騎手として自身を信じられなくなったこと、腐っていた自分を誰よりも信じてくれた聖来《せいら》さんのこと、そんなかけがえのない人に手を引かれて長い旅路を歩んできたこと。

そして、やっと自分を騎手だと認めることができたこと。

過去から伸びた暗闇《くらやみ》にかき消されそうな一縷が、様々なシーンを貫きながら光を集めて今に還《かえ》ってくる。

その現在地には風早颯太がいる。セイラを駆る風早颯太がいる――それは、きっと奇跡といっていいものだ。たやすく手放してはいけないものだ。

今なら、きっとできる――確信をもって、そう思えた。

腕をふりおろす。ステッキがしなる。

まさに、その瞬間だった。

――ドガッッ!!

死力を尽くすパウンドペルソナがヨレて、セイラにぶつかってきたのだ。

時間が凍りつく――颯太の手からステッキが滑り落ちていった。

馬主スタンドでも、勝負の熱が燃え移ったかのように生の感情が爆発していた。

まさに、レースは大詰めも大詰め——ゴール板手前100メートルで歓喜の声をあげるのはパウンドペルソナを管理する厩舎陣営。反対に、静まり返ったのは金武《かなたけ》厩舎《きゅうしゃ》陣営だ。

歓声とため息が交錯する中、聖来は目に涙をためていた——颯太がアクシデントに見舞われた瞬間を目撃してしまったのだ。

なんて残酷なんだろう。神さまは、もがきながら立ち直ろうとする青年をまた試練の谷に突き落とした。

誰よりも颯太の努力を間近で見てきたからこそ、本人の無念を思うと聖来の胸は潰れそうになる——こんな結末あんまりじゃないか！

いてもたってもいられなくなって聖来は席を立った。

「もう見てられません!!」

「目を離してはいけないいッッ!!」

頬《ほお》を打つような厳しい一声に、聖来は足を止める。

なにより、その言葉を口にしたのがいつも穏やかな清十郎だったことに驚いたのだ。

「私たちは、ターフから一瞬たりとも目を逸らしてはいけないのです。ホースマンがたゆみなく注いだ情熱が流れ着く地が、颯太くんたちが闘っている場所なのですから。それに——」

清十郎は強い意思がこめられた眼差しを、聖来へ送った。

「自身の目で確かめてごらんなさい――あなたが心からほれこんだ騎手は、この程度の逆境で勝負を諦める男でしょうか?」

その言葉にはっとして聖来はターフを見やった。そして、気付くのだ。

颯太の表情は精悍《せいかん》なままだった――全力疾走するサラブレッドのごとく、この瞬間に命を燃焼させる男の顔だ。絶体絶命にありながら、今なお自分たちに勝利を届けようと闘う戦士の顔だ。

どうしようもなく胸が熱くなって、涙があふれてきた。

颯太はなに一つ諦めていない――勝負も、セイラのこともなに一つ!

――わたしが、颯太くんとセイラを一番に信じてあげなくちゃいけなかったのに。

もう疑わない。怖くても、辛《つら》くても、痛くても目を逸らすものか――だから、どうか今ここで証明してほしい!!

決然と涙を拭《ぬぐ》った聖来は、最後の攻防を焼きつけるように見つめた。

――わたしが信じた騎手とサラブレッドが一番強いんだってッッ!!

「――颯太くん、負けるなぁぁぁぁ!!」

セイラの背から見渡す光景すべてが、エネルギーの滾りをまとっているように見えた。

それだけじゃない――今まさにセイラを追い抜こうとする凌馬とパウンドペルソナが切り

裂く風が、荒々しい集中線と化して流れていくではないか。

十中八九、幻想だろう。誰にいっても信じてもらえないかもしれない。

だけど、それでよかった——共に闘うセイラとこの世界を共有できていれば。

ステッキを落としても、不思議なくらい颯太の中に動揺はなかった。

むしろ、迷いがなくなったといった方が近い。

もう、脳裏にインコロナートの影はちらつかない——そこには、かつての自分の足跡しか残ってないから。今、俺がこの体を預けているのはセイラだから。

覚悟を決めて、颯太は空の手を掲げる。

そして、それを全霊の力でもってセイラの肩へふりおろした。

「——ぶち抜けぇぇぇぇ、セイラッッ!!」

手ムチ——ステッキを落とした時に使われる非常手段。

だけど、颯太はそれで伝わると確信していた——相棒の魂を火傷《やけど》しそうなほど近くに感じるから！

ジョッキーから初めて受けとった「ぶっちぎれ」の合図。

種族や言葉の壁を超えて、その意味をセイラは理解した。

颯太の気合が乗り移ったようにセイラの目の色が変わる。眠っていた細胞が、数億年先の進化を先取りするように覚醒していく。

突きだした前肢の着地点が伸び、後肢の蹴《け》りだしがさらに強烈になり、四肢が地面につかずに「空中を滑空する」時間が延長されていく――セイラを縛っていた限界値が少しずつ、少しずつ更新されていくのだ。

そう、死力を尽くすサラブレッドは空を駆ける。

新たな扉が音を立てて開いていく。スピードのさらに向こう側――ゾーンの真っ只中にいるセイラは、生まれ持った才能一つで未知の領域へ飛びこんでいく！

その時、鞍上の颯太にあの感覚が還ってきた。

――がちぃぃぃぃぃん‼

セイラと、自分の背骨が連結される感覚――セイラがこれほど激しく体を動かしているのに、颯太のフォームは一ミリたりともぶれない。

肉体という境界を越えて一個に溶け合う感覚を受け入れた人馬は、この世で最も純粋にスピードを希求する生き物となる。

あぁ、このままどこまでもいけそうだ――その瞬間、セイラは甘くしびれる陶酔の最中でそう思ったかもしれない。

まさに、ゴール板手前――セイラがパウンドペルソナを差し返していく。

決まりかけた趨勢《すうせい》が傾く。その最後の引き金を引くように、颯太は渾身《こんしん》の力でもって手綱ごとセイラの首を押しだした。

「セイライッシキ、ここにきてまだ力を残していました‼　なんという叩き合いだ‼」

没我の最中で人馬が互いを認め、高め合い――颯太とセイラはさらなる次元へ到達する。

誰にも影を踏ませない、一人と一頭だけの世界へ。


もはや、凌馬には唾液を拭う余裕もなかった。

相棒のパウンドペルソナを追い、がむしゃらにステッキをふりおろす。

絶対に差しきれるはずだ――心臓を吐きだしそうな疲労感の中、凌馬は胸中で叫ぶ。

なぜなら、自分に対して負け癖がついた颯太は、ゴール前で並ばれると敗北のイメージが頭を過《よぎ》るから。

騎手が勝利を信じられなくなった時、馬は魔法が切れたように脆《もろ》くなる。

だから、今回も差しが決まるはずだった。

しかし、現実はどうだ。セイライッシキに追いついたものの、中々抜き去れない。

それどころか、セイライッシキはさらに加速していくように見えた――いや、実際に鼻先ほどリードされている。

差し返された――脳裏に過る屈辱的な言葉をかき消すように、凌馬はパウンドペルソナを追いまくる。

――模擬戦で一度も先着を許さなかった俺が負けるはずがないッッ‼

模擬戦という言葉が、凌馬の脳から忌々《いまいま》しい記憶を引きずりだした。

――そうだ。思い返せば、いつもお前の背中は一番遠くにあった。

気持ちよく馬をいかせて、無謀とも思える先行策をとるのが風早颯太という騎手だった。

それなのに、その馬が終盤になっても中々落ちてこないのだ。颯太の手綱に応えるように必ず脅威の逃げ粘りを見せた――それが、あいつの才能なのだろう。

だけど、そんな騎手の仕事を放棄して馬と一つに溶け合うような乗り方が、そして、展開を度外視した夢見がちな騎乗が、凌馬は大嫌いだった。

だから、颯太の競馬を否定したくて模擬戦ではなりふり構わず勝ちにいった。

颯太は常に先頭にいて、いつも紙一重の勝負になった。勝って当たり前という顔をしてきたけど、負けを覚悟した局面なんて数えきれないほどあった。

――そうだ、俺は誰より知っている。あいつは強いのだ。

だからこそ、勝ちたかった。差したかった。斬りたかった。

絶対に許さない――ダービーを勝利して、俺の届かないところにいくのは。勝手に引退して、俺の前から姿を消すのは。あいつの背中を斬るのは、この俺だ！

――俺を見やがれッッ!!　勝利を疑えッッ!!　怯《ひる》め、怯め、怯めぇぇ!!

勝利に飢えた双眸《そうぼう》に、颯太の横顔が映る。

次の瞬間、凌馬は冷水を浴びせられたような衝撃に襲われた。

颯太は、凌馬を意識していなかった。

それどころか、ゴール板さえ見ていない。セイライッシキと一緒に、さらに先を見据えているようだった。

一人と一頭の世界は、両者以外を必要としていなかった。凌馬はそこに何人たりとも踏みこめない聖域を見てしまったのだ。

――か、勝てねぇ……‼

刹那の思考だった。しかし、その一瞬のゆるみが感染したように、パウンドペルソナが減速したのだ。

わずかな差が開いていく――だけど、それがゴール板前では致命的な差だった。

「――俺はこんなの認めねえぞぉぉ‼」

風に溶けていきそうな背中に向かって、凌馬は手負いの獣のように叫んだ。

ずっと考えていた――一体いくつの「ありがとう」を束《たば》ねたら、セイラに今の気持ちを伝えられるんだろうって。

――あぁ、なんて幸福な場所なんだろう。

風の抱擁を受けながら、颯太はパートナーと感覚を共有しているような境地にいた。

今なら、セイラの蹄《ひづめ》がターフをとらえる感覚までありありと伝わってくる。そのギャロップが、勝利を高らかに謳《うた》いあげていることも。

金や名誉、この世界に生みだされた万物を山脈のようにかき集めたとしても、これ以上、風早颯太という一個の人間を幸せにできない。

今この瞬間、地球上で自分より満たされた命はいない――確信を持ってそう思えた。

ゴール板が、目の前に迫ってくる。

それは、とても嬉《うれ》しいことのはずなのに、胸が潰れるほど切なかった。一秒でも長く、今の心地を味わっていたかったから。

だから、颯太はせめて深く刻みこむために誓いを立てる。

――この先、どんな辛いことが待っていようとも、俺は騎手という生き物であり続けよう。

だって、挫折も歓喜も絶望も栄光も――今も忘れ得ぬ大切なことは、すべてサラブレッドの背の上で教わってきたから。

きっと、これからはお前と一緒に――最後の瞬間、颯太はセイラを見つめて微笑んだ。

「セイライッシキ、1着でゴールインッッ!!　最年少ダービージョッキーが復活ッッ!!　アルテミスステークスを制したのは――風早颯太騎手とセイライッシキだぁぁ!!」

ゴール板を駆け抜け、セイラは名残《なごり》を惜しむようにキャンターを刻んでいた。

さっきまで異常な熱気に包まれていた東京競馬場が、今は厳粛な静けさに包まれている

――それは見守る者たちが、あんなに気持ちよさそうに駆ける人馬を邪魔しちゃいけないと思ったからかもしれない。

ウイニングランの最中、颯太は胸を震わせながらセイラのたてがみを撫《な》でる。

抜け落ちた黄金色の一本をぐっと握りこみ――ガッツポーズを天に突きあげた。

――わあああああああああああああああああああッッ!!

瞬間、競馬場をのみこむほどの歓声が巻き起こる。

スタンド中の祝福を浴びながら、栄光のターフをセイラと一緒に歩む。風を感じたくて、颯太はゴーグルをとった。

後検量を行うため一旦《いったん》、本馬場から地下馬道へ引きあげていく。

下馬する場所にはすでに厩舎関係者が集まっていて、清十郎とキアラが満面の笑みで迎えてくれた。レースの興奮を燃料にしてホースプレビューと呼ばれる施設へ先回りしていた観客も、ガラス越しに手をふってくる。

颯太はセイラからおりるなり清十郎と抱き合い、キアラとハイタッチを交わす。

そして、汗で乱れたセイラの前髪を整えることも忘れなかった――これから最高の晴れ舞台が待っているのだから!

「颯太くん、セイラ イッシキは私たちに任せて後検量を済ませてきなさい。馬主さんをお待たせしてはいけませんよ」

清十郎の言葉に頷《うなず》くと、颯太はセイラから鞍《くら》を外して検量室へ駆けこむ。

負担重量を確認するため体重計に乗る——問題ないことはわかっていたけど、係員からOKをもらえると胸を撫でおろしてしまった。

この後検量という工程を踏むことで、レースに不正がなかったと認められて順位が確定する——セイラの1着が正式に決まったのだ！

「にやにやしてんじゃねえよ、ヘタクソが」

「あだっ——!?」

いきなり、背中へ容赦のない張り手をもらって悲鳴をあげてしまう。誰がやったかなんて考えるまでもなかった——誠に遺憾ながら、こいつの声は脳の根っこに染《し》みついている！

「ってえな!?　ふざけんなよ、凌馬——!!」

いつものように売り言葉に買い言葉というわけにはいかなかった——凌馬の目が赤かったから。

「……じろじろ見てんなよ」

「……悪い」

凌馬は決まりが悪そうに、ごしごしと目元を拭う。

本当なら、同期にこんな姿は見せたくなかっただろう——でも、凌馬は弱い自身を晒《さら》すことを選んだ。それだけの理由がここにあったのだ。

「──もう二度と無様に逃げたり、隠れたりすんじゃねえぞ。どこにいようが、なにをしてようが、お前の居場所がわかるようにその背中をしゃんと伸ばしてろ。そしたら、今度こそ俺が斬りにいってやる」

長い付き合いだからこそ、すぐにわかった──凌馬が本心を打ち明けていることを。

そして、聞き逃してしまうくらいかすかだけど、さっきの言葉にはエールのような響きが含まれていたことを。

だから、口にすべき答えは最初から一つだ。

「あぁ、約束する。もう逃げも隠れもしない。いつだって背中を晒して闘う」

「当たり前のことをほざいてイキってんじゃねえよ」

颯太は苦笑する──こんな時でも、かわいげのないやつめ。でも、だからこそ、こいつは俺がずっとその背中を追ってきた氷室凌馬なのだ。

その時、背後からぬるりと肩に手を回されてぞっとする。

「──よぉくもやーってくれたなぁ、颯太ぁ」

「か、神崎さん⁉」

どす黒い微笑を浮かべて顔を寄せてくるのは無量だった──ってか、腕の力がやけに強くありません？　頂点捕食者に襲われたうさぎちゃんってこういう気持ちなのかしら。

「そんでぇ？　いつ、リベンジさせてくれんのぉ？」

一瞬、冗談かと思ったけど目がガチだった――この人、レース直後に再戦を申しこんできやがった！　勝ちまくってるくせに、どんだけ負けず嫌いなの？

「2歳最強馬は冬の大レースで決まる――アルテミスステークスを勝って、東のエース格として名乗りをあげたセイライイッシキも当然でてくるやろ？」

無量のいう通り、12月から年末にかけて2歳馬限定のGIレースが続々と開催される――阪神競馬場が舞台の朝日杯フューチュリティステークスや、中山競馬場で執り行われるホープフルステークスといったように。

「そうやなぁ。セイライイッシキは女の子やから、牝馬限定戦のGIレース――阪神ジュベナイルフィリーズが最適やと思うんやけどどうやろ？」

「そ、そんなことといわれましても……」

今はアルテミスステークスを勝てた事実がただただ嬉しくて、先のことなんて考えられなかった。だけど、無量はそんなことなどお構いなしに――

「セイライイッシキやパウンドペルソナが東のエース候補なら、僕がジュベナイルフィリーズで乗る馬は西のエースや。くるなら覚悟しときや」

「に、西のエース……？」

颯太が興味を引かれかけたその時、視界を漂白するようにフラッシュが瞬いた――記者陣が仲睦まじげに肩を組んだ颯太と無量を発見して撮影しまくっているのだ。

「おぉ！　神崎騎手が、勝った風早騎手を讃《たた》えているぞ！」

「スポーツマンシップの鑑《かがみ》のような行いだ！　さすが、日本競馬界の顔だけはある！」

――ジャーナリストのくせに目がくもりすぎだろ。この人、好青年然としているのは見た目だけで中身は超のつく腹黒ですよ。

甘いマスクに生まれながらセルフブランディングまで一流の無量は、カメラの前で爽《さわ》やかに手をふってサービスに余念がない。

そうしながらも、颯太の首にかかった腕の力は一層強くなった――く、くるぢぃ……‼

――これ、もはやヘッドロックだからね。便乗《びんじょう》して、凌馬も足踏んでくるし。こいつら、性格悪すぎだろ！　記者のみなさーん！　今なら競馬界の陰湿な部分が撮り放題ですよー！

結局、颯太の声にならない訴えは記者たちに届くことはなかった――真実が明るみにでることを願うばかりである。

「颯太くん、支度《したく》は済みましたか？」

「せ、先生が呼んでる⁉　凌馬、神崎さん！　俺、もういかないと！」

一礼して、颯太は華やぐ地下馬道の向こうへ慌ただしく駆けていったのだった。

☆　☆　☆

走り去っていく颯太の背中を、無量は腰に手をやりながらながめていた。

「なんや、忙《せわ》しないやっちゃなぁ。せっかく因縁を汗できれいさっぱり流して、親睦を深めようとしとるのに――なぁ、凌馬もそう思わん？」

「……神崎さん、絶対、俺の泣いてるところを見物しにきましたよね？」

「あはは、ばれたぁ？　泣き顔、意外と子供っぽいんやね」

凌馬は感極《かんきわ》まると鼻の頭が赤くなる体質を心から憎んだ――こいつだけは絶対に許さない。

また同じレースを走ることになったらめった斬りにしてやる。

「それと、お節介を焼こうと思ってなぁ」

「……お節介？」

胡散《うさん》くさそうに横を向くと、無量は前方の光景を見つめていた。

凌馬も、その含みのある視線を追う――颯太だけが光満ちる地下馬道の先へ駆ける中、残りの騎手たちは敗北の苦みに肩を落として引きあげの準備を進めていた。

凌馬はこれよりも明快で残酷な「勝者と敗者の図」を知らない。

「どんなに優れた騎手でも8割負ける。むしろ、騎手の真価は、いくつ意義ある負けを積み重ねてきたかといってええ。だから今の感情をごまかしたらあかんよ。しんどいけど、ちゃんと血管に通して肉と骨に馴染《なじ》ませんと、肝心な時に心が逆風に立ち向かってくれなくなる」

「新鮮味がないうえに、とっくの昔に心がけているアドバイスありがとうございます」

「自分のその憎たらしい後輩芸、一周回ってかわいく思えてきたわ」

無量は軽《かろ》やかに笑って凌馬の頭を小突くと、用事は済んだとばかりに去っていく。

一人になった凌馬は、目元にしつこく残る涙を拭った。

そして、苦い薬を飲みくだすように地下馬道の様子を目に焼きつける。

——今の俺に、この先に歩を進める資格はねえ。

凌馬は踵《きびす》を返して、颯太とは反対側の方向へ踏みだす。

恥じることはない。負けたのは今日だけの話だ。勝者の頭上にも敗者の頭上にも、等しく新しい日がのぼる——そこで、やり返せばいいだけだ。

もちろん、明日になれば勝てるなんて保証はない。

だけど、確かなことが一つだけ——騎手でいる限り、きっと俺たちは明日もサラブレッドの背の上で風を切っている。

☆　☆　☆

走っているうちに、背中に羽が生えてきそうだった。

勝負の余韻が残る地下馬道の中、颯太の目は世界中の誰よりも会いたい人を探す。

艶やかな髪が視界に入った瞬間、細胞が歓喜で弾けた。

「――聖来さん!!」

名前を呼ばれた聖来は、華奢《きゃしゃ》な肩を「ひくっ！」と跳ねあげた。

「そ、颯太くん!?　厩舎の方にいわれて、わけもわからずきたのですが――わたし、どうすればいいのでしょう!?」

事態をのみこめずあわあわしている聖来に、颯太は満面の笑みで手を差しだした――交わした約束を果たすために。

「今度は俺が素敵な場所に案内します！　さぁ！」

その手をとろうかとためらっていた聖来の指先を、待ちきれなくて颯太から握った。

「そ、颯太くん!?」

「ついてきてください！」

聖来の手を引いて、地下馬道を駆ける。

途中で曲がると、外の光がふり注いで目にまぶしかった。坂道の頂上から歓声も聞こえくる――あの先に待っている光景を、一秒でも早く聖来さんに見せたい！

坂道をのぼりきって外にでた瞬間、聖来は目をいっぱいに見開いた。

祝福ムードに包まれた東京競馬場――地下馬道から主役の二人が現れたことに気付いて、スタンドのお客さんがあたたかな拍手を送ってくれる。

聖来は目を白黒させながら、ターフへ目を移した。

目に染みるような緑の芝を、キアラに引かれて歩んでいるのはセイラだった。肩には重賞を制した証《あかし》である優勝レイがかけられている。華やかなピンク色の布地には、

「アルテミスステークス」と記されていた。

勝ち馬であるセイラのために、口取り写真の準備が進められているのだ。

颯太は聖来の顔をのぞきこむ――愛馬の晴れ舞台を前にした時、どんな表情を見せてくれるのか楽しみで仕方なかったのだ。

それなのに、聖来は顔を手で覆《おお》ってうつむいてしまった。

「あ、あれ⁉ どうしたんですか、聖来さん⁉」

「ご、ごめんなさい……!! 我慢できなくなってしまって……!!」

聖来は必死に涙を拭うけど、後から後からあふれてきりがない。

スタンドから「美人を泣かせるなー！」とか、「人でなしー！」とか罵声が飛んでくるので颯太の焦りは3割増しだ。

「まるで、夢を見ているようで……!! セイラが重賞を勝ってくれて、馬主になって1年目のわたしがターフで口取りができるなんて……!!」

聖来の言葉に颯太は頷く。改めて聞くと本当に夢みたいな話だ。でも――

「夢じゃありませんよ」

うるんだ瞳《ひとみ》で聖来が見つめ返してくる。

だから、颯太はもう一度、力強く言葉にした。

「あなたが夢のままで終わらせなかったんです」

――そう、こんな奇跡みたいな光景は全部、あなたがいたから起こり得たことなんだ。あなたが、セイラを連れて金武厩舎へやってきてくれたから。

「笑ってください、聖来さん！　口取り写真は笑顔じゃなきゃ！」

颯太は風踊るターフを指し示す――そこには、微笑むキアラと清十郎、そして、愛馬のセイラが誇らしげに佇《たたず》んでいた。

カメラマンも大勢集まっていて、いつ口取りが始まるのかと待ち構えている。

「いきましょう！」

颯太は聖来へとびきりの笑顔を向ける――あなたがいてくれたからこそ、今の自分は笑えるのだと伝えるために。

「――はいっ！」

二人で手をつないでターフを駆ける。祝福するように、やわらかな風が吹いた。

――カシャ！

セイラを中心に据えて撮られた口取り写真。

それぞれが最高の笑顔を浮かべる中、ダービーの呪縛《じゅばく》から解放された青年の表情が一際《ひときわ》輝いていた。

優勝
4
セイライッシキ

エピローグ ウイニングラン！

「今から、ケーキをつくります！」

徐々に季節が秋から冬に移ろいつつある、よく晴れた休日——颯太《そうた》のマンションで聖来《せいら》が声高らかに宣言した。

「ｗｏｗ！ いいですねー！ セーラ、ワタシもおてつだいしてよろしいですかー？」

「もちろん！ 一緒に頑張りましょう！」

エプロンを身に着けた女性陣がきゃぴきゃぴとキッチンに立ったものだから、リビングでゲームに興じていた颯太は気になって横目を送ってしまう。

——け、ケーキ……⁉ しかも、手作りだと……⁉

「せ、聖来さん、もしかしてそのケーキって……‼」

「はい！ アルテミスステークスを勝ったお祝いにつくろうと思いまして！」

歓喜のあまり、レースでゴール板を駆け抜けた時よりも派手なガッツポーズを決めるところだった——だって、聖来さんからケーキをプレゼントしてもらえんだよ？ 幸せ者すぎんだろ、俺《おれ》。

「俺も手伝わせてください！」

「えっ？　でも、颯太くん、せっかくのお休みなのに――」

「いいんです！　それくらいはさせてください！」

みなまでいうなといわんばかりに、親愛なるお姉さんの言葉をさえぎる――聖来さんお手製ケーキを食べれるなら、朝まで木馬を揺らしてろっていわれても完遂できるもん。

「では、お言葉に甘えて。颯太くん、ありがとうございます」

かわいらしいエプロンをまといながら、ふとももあたりできちんと手を揃《そろ》える清楚《せいそ》な立ち姿でまばゆい笑顔をふりまいてくれるお姉さん――くぅー、女神！

そういうわけで、休日の昼下がりに颯太は珍しくキッチンに立ったのだった。

といっても、メイン火力を担うのは料理スキルが飛び抜けて高い聖来だ。その助手を務めるのがキアラ――基本的に、颯太は後方待機の雑用係だった。

「それでは、まずはケーキの生地からつくっていきましょう」

「き、生地から⁉　市販のものではなく⁉」

「はい、せっかくのお祝い事なので凝りに凝っちゃいます」

聖来は意気ごみを示すようにぐいと腕まくりをする――本格的すぎる……‼　さらに期待が高まってきたぁ……‼

「生地のベースにするのは、これ――ふ、ふ、ふすまです」

俺が料理に疎《うと》いだけか……？

初対面の材料に颯太は首をひねる――ケーキってそんな材料使うっけか……？　俺が料理に疎《うと》いだけか……？

気遣いの鬼であるお姉さんは、疑問符を浮かべる料理初心者へのフォローも忘れなかった。

「ふすまとは、小麦の外皮の部分を製粉したものなんです。栄養価がとても高くて、外国ではブランと呼ばれているんです。ちなみに、ふすまの部分を取りのぞいて製粉したものが小麦粉になるんですよ」

「へー、そうなんですね」

――なるほど、ケーキづくりには欠かせない小麦粉の親戚ってわけね。なら、問題ないか。しかも、俺の体を考えてわざわざふすまを使ってくれるなんて聖来さんマジ女神……!!

そうやって、颯太が感動で胸を熱くさせているのも束の間――

「最初に、ふすまと混ぜ合わせる用のりんごをすりおろしていきましょう」

「り、りんご!?」

「ならば、ワタシはニンジンをたんとーいたしましょー！」

「に、にんじん!?」

「颯太くんはバナナをお願いします」

「ば、バナナ……？」

いつの間にか、颯太の手にはバナナとすりおろし器が握られていた。

さっそく聖来とキアラが調理に取りかかったので、颯太も余計なことを考えるのをやめてバナナをすりおろすマシーンと化す。

それでも、やっぱり違和感を拭いきれない——ケーキづくりにこんな工程あったっけ？ 本当かな？ 今、俺がつくっているのは本当にケーキなのかな？

それぞれがすりおろした材料を、ふすまがこんもりと盛られたボウルへ投入する。

「いざ、尋常に勝負です！」

そして、聖来は精神を統一するように「すぅー」と息を吸うと、ボウルの中身をヘラを使って混ぜ始めた——いや、混ぜるというレベルを超えて、己《おのれ》の魂をこめるように練りこんでいくのだ。

食材の原型が消え失せ、やがて形成されていくのはネチョネチョとした半固形の物体X——あんれぇ？ いつから、ハンバーグづくりに乗り換えてたっけぇ？

「ふう、これくらいでいいでしょう。味を整えていきますね」

そういって、聖来は錬金術に挑むかのごとく、慎重にはちみつと黒砂糖を配合していく——材料から食べられることは間違いないんだろうけど、色がものっすごく禍々《まがまが》しいんですけど……。

颯太が言葉を失っている間に、聖来は熱したフライパンにオリーブオイルを引いていく。

「では、焼いていきましょう！」

「セーラ！　カフェにでてくるよーなアツヤキがいいとおもいまーす！」

「いいですね！　3枚くらい重ねて盛りつければ、もっと雰囲気がでるかもしれません！」

「Wow！　ナイスアイデアでーす！　やりましょ、やりましょー！」

「――ッッ⁉」

その会話を耳にして、颯太はミステリー小説の最終盤であらゆる伏線がつながっていくような快感を覚えた――ケーキはケーキでも、パンケーキだったか！

聖来は手慣れた様子で、パンケーキの種をフライパンに乗せていく。焼いているうちに、甘い香りがふんわりと漂ってきた――料理上手な聖来さんなら、きっとふっわふわに仕上げてくれるはず！

聖来は宣言通り厚焼きのパンケーキを3枚焼いてお皿に盛りつける――ほくほくと湯気がでていて、この時点ですでにおいしそうだ。

でも、このスイーツはここからさらに進化する――まさに可能性の翼を広げるがごとく！

なぜなら、これから様々な魅惑のデコレートを――

「はい、これでできあがりです！」

「えええ⁉」

まさかの幕切れに、颯太は本気の絶叫をあげてしまった――うっそ⁉　これで完成⁉　生

クリーム、ドコ⁉　チョコレート、ドコ⁉　はちみつ、ドコォォォォ⁉

ダークサイドに落ちかけた颯太だったけど、ぎりぎりのところで正気を保つことができた
――どこの世界線にいるジョッキーが、真っ昼間からカロリーと罪悪感の爆弾ともいうべきスイーツを食せるんだっていう話だ。

おそらく、このケーキは騎手の体重管理を考慮してヘルシーに、それでいておいしさも可能な限り追求したお姉さん考案のスペシャルレシピなのだろう――だとしたら、俺は落ちこむのではなく、感激のあまり咽《むせ》び泣くべきだったのだ。

確かに、ここのところ大事なレースが続いたせいで、最後にいつ味わったかも忘れたあま～い生クリームを頬張《ほおば》れるチャンスは失われたかもしれない。

だけど、その代わりに、親愛なるお姉さんの愛を存分にかみしめることができる――

「あっ、大事なことを忘れてました」

「ですよね！」

――生クリームとか、生クリームとか、生クリームとか！

体は細身なれど、心はデブという特異体質に生まれた颯太はカロリーを求める獣に支配されていた。

「ケーキにあれを挿すのを忘れてました」

「あ、あれ……？」

ケーキに挿すものといえば、一つしか思いつかない。

「せ、聖来さん？　今日は俺の誕生日ではないのですが……」

「もちろん！　わたしが颯太くんの生誕祭を間違うわけないじゃないですか！」

自分の生まれた日を生誕祭と表現する人間に出会ったのも中々の衝撃だったけど、次に聖来がとった行動のパンチ力に比べればかわいいものだった。

キッチンにおいてあった棒状の物体を手にとり、勢いよくパンケーキの頂点に挿す。

唖然《あぜん》とする颯太の目に映ったそれは――スティックにんじんだったのだ！

「今度こそ、セイラのお祝いいいいいいいいケーキの完成です！」

「――へ？」

その1時間後、颯太は金武厩舎《かなたけきゅうしゃ》――もっというと、馬房におさまる可憐《かれん》な尾花栗毛《おばなくりげ》へ羨望《せんぼう》の眼差《まなざ》しを注《そそ》いでいた。

「いいなぁ、お前……。聖来さんお手製スイーツを食べれるなんて……」

「セイラぁ、おいちいでちゅかぁ？　アルテミスステークス、たくさん頑張りまちたもんね。たくさん食べるんでちゅよぉ」

意気消沈する颯太の目の前で、見せつけるようにお祝いケーキをむしゃむしゃと味わっているのはセイラだった（しかも、赤ちゃん言葉で甘やかされながら！）――飼葉桶《かいばおけ》に顔の半分を突っこんでよう食べてる。

「そんなにうらやましいのなら、ソータもたべますか？　おうまのオヤツですけど、いちおーニンゲンもたべられますがー？」

「……いや、いいっす」

ともあれ、お姉さんの愛を一身に受ける相棒に、これ以上ライバル心を燃やす気にはならなかった。

「もうすこしで、セイライッシキとしばらくあえなくなってしまいますものねー。さびしいでーす」

「はい。でも、厩舎を離れる前にお祝いできてよかったです」

二人の言葉通り近々、セイラは常晴《つねばれ》ファームへ長い放牧にでる予定になっている。

パウンドペルソナと激戦を演じたアルテミスステークスの反動や、デビューから間隔を詰めてレースで使っていた事情を考慮して、ここらで一息入れようということになったのだ。

だけど、理由は心身のリフレッシュだけじゃない。

清十郎《せいじゅうろう》と相談した結果、セイラの次走は12月に開催される2歳牝馬《ひんば》の最強女王を決めるGIレース——阪神《はんしん》ジュベナイルフィリーズに決まった。

そして、アルテミスステークスの覇者となったセイラには、すでに阪神ジュベナイルフィリーズへの優先出走権が与えられている——出走条件に踊らされることなく、じっくりとセイラの成長を促すことができるというわけだ。

オーナーの愛情がこもったケーキをすごい勢いで貪《むさぼ》るセイラは、まさに育ち盛り――体も心も伸び代の塊といってもいい。

颯太も、セイラがこれからどんな成長を遂げていくのか楽しみで仕方なかった。このすさまじい才能が、どんな走りをするようになるのかも。

だけど、進化を求められるのはセイラだけじゃない――主戦騎手である俺も、さらに一皮むけなければならない。

急きょ乗り替わりで参戦となった日本ダービーを抜きにすれば、こうして正面からＧⅠ《グレードワン》レースへ挑むのは初めての経験なのだから。

――セイラが帰ってくるのは１２月の頭ごろ。それまで、およそ1か月間の猶予がある。

そして、また金武厩舎で顔を合わせた時には――

「――俺も、もっと強い騎手になってるから。お前に負けないくらいに」

心に浮かんだ瞬間、無意識のうちに口にしていた言葉だった。

だから、隣から嬉《うれ》しそうな声があがったことに驚いてしまう。

「はい！　わたしも、颯太くんとセイラがどんな活躍を見せてくれるか楽しみです！」

心の声を聞かれたみたいで照れくさかったけど、颯太は聖来の親愛がこめられた笑みに頷《うなず》くことで応《こた》えた。

すると、ケーキを平らげたセイラが馬房からのっそりと首を伸ばしてくる――「ブービージョッキーにそんなことができるのかしら？」といぶかるように。

今ならちゃんと伝わる気がして、颯太はセイラに向かって手を伸ばした。

「約束するって。絶対にだ」

しかし、その指先が額から流れる美しい流星に触れる前に——ここのところお淑《しと》やかだった怪獣娘が、久しぶりに本性を現したのだ！

——ガブッ！

「ッッ——⁉　いってぇぇぇぇ⁉　かみやれたぁぁ⁉」

厩舎に響く哀れな絶叫——颯太が一人前になれる日は、まだ先のことになりそうだ。

だけど、悲観することはない——ジョッキーを極《きわ》めるためのゴール板は果てしないほど遠く、だからこそ、がむしゃらに駆けて目指す価値があるのだから。

あとがき

有丈《ありたけ》ほえるです。

ＧＡ文庫では初めましてなので、新人面しようと思います。右も左もわからない〜。

新シリーズを刊行するたびにこういうことをいっていますが、３年ほど前の私にとって競馬は縁遠いものでした。

ツイッターで「アーモンドアイ」というハッシュタグが流れてきたのが、すべての始まりでした。当時の私は、それが馬名だとも知らずにタップしたのです。

そして、アーモンドアイが牝馬３冠を達成したころ、私はすっかり競馬に魅了されていました。競馬を題材にしたラノベを書けないかと本気で企画したのも、この時です。

知識ゼロからの取材が始まりました。十分な資料が集まってからも、執筆は難航しました。

それでも、アーモンドアイが走る勇姿を目にするたびに、「もう少し頑張ってみよう」と自分を奮い立たせることができました。

そして、歴史的名牝となった彼女のラストラン——２０２０年のジャパンカップで同じ３冠馬２頭を後ろに従え、アーモンドアイは誰よりも速くターフを駆け抜けました。

胸がいっぱいになりました。無意識のうちに、拍手をしてしまうくらい。

アーモンドアイが有終の美を飾った翌日——第13回GA文庫大賞後期の締切日だった11月30日、私は完成した原稿を「ブービージョッキー!!」と名付け、応募を済ませました。

この物語はアーモンドアイが書かせてくれた——というのは、いいすぎでしょうか？

戯言を切りあげて、ここからは謝辞を。

まずは苦労すると知りながら、拙作を担当してくださった編集ジョー様。いつも尽力くださり、感謝の言葉もございません。

他作品と比べて2倍のカロリーを消費させたかと思います。難しい題材ゆえに、
もございません。


イラストを担当していただいたＮａｒｄａｃｋ様。サラブレッドという慣れない被写体を見事に描いてくださったばかりか、聖来やキアラたちも最高にかわいらしくデザインしていただきました。本当にありがとうございました。

そして、なによりも本作を手にとってくれた読者の方々にヒシアケボノより大きな感謝を送りまして、失礼したいと思います。

■私を最初に作家にしてくださったお二人へ
悪運だけはあるらしく、まだ作家を名乗ることができそうです。

お二人が与えてくれた創作者としての命を最後の一瞬までふり絞って、これからも作品をつくり続けていきたいと思います。どうか、見守っていてください。

ファンレター、作品の
ご感想をお待ちしています

〈あて先〉

〒106－0032
東京都港区六本木2－4－5
SBクリエイティブ（株）
GA文庫編集部 気付

「有丈ほえる先生」係
「Nardack先生」係

本書に関するご意見・ご感想は
右のQRコードよりお寄せください。

※アクセスの際や登録時に発生する通信費等はご負担ください。

https://ga.sbcr.jp/

ブービージョッキー!!

発　行　　2022年1月31日　初版第一刷発行

著　者　　有丈ほえる
発行人　　小川　淳

発行所　　SBクリエイティブ株式会社
〒106−0032
東京都港区六本木2−4−5
電話　03−5549−1201
03−5549−1167（編集）

装　丁　　AFTERGLOW

印刷・製本　中央精版印刷株式会社

ISBN978-4-8156-1439-3

Printed in Japan　　GA文庫

コロウの空戦日記

著：山藤豪太　画：つくぐ

GA文庫

「死はわたしの望むところだ。私は“死にたがり”なのだから」

あまりにも無為な戦争の、絶望的な敗勢の中で、とある事情から「死ぬため」に戦闘機乗りになった少女コロウ。配属されたのは、「死なさずの男」カノーが率いる国内随一の精鋭部隊だった。

圧倒的な戦力差で襲いくる敵爆撃機。危険を顧みない飛び方を繰り返すコロウを、仲間たちは「生」につなぎとめる。彼らの技術を吸収し、パイロットとして成長していく彼女はいつしか“大空の君”として祭り上げられるほどに――

あるべき“終わり”のために戦う戦闘機乗りたちを書き記す、空戦ファンタジー開幕！

試読版は
こちら!

第15回 GA文庫大賞
GA文庫では10代～20代のライトノベル読者に向けた
魅力あふれるエンターテインメント作品を募集します！
世界を書き換えろ！
イラスト／ファルまろ
大賞賞金300万円＋ガンガンGAにてコミカライズ確約！
◆募集内容◆
広義のエンターテインメント小説（ファンタジー、ラブコメ、学園など）で、日本語で書かれた未発表のオリジナル作品を募集します。希望者全員に評価シートを送付します。
※入賞作は当社にて刊行いたします。詳しくは募集要項をご確認下さい。
応募の詳細はGA文庫公式ホームページにて
https://ga.sbcr.jp/